BRANDOPFER

Thriller
Von Klaas Kroon

Impressum

©2018 – Klaas Kroon

autor@klaaskroon.de

Alle Rechte vorbehalten

Lektorat: Michael Lohmann, www.worttaten.de

Cover-Design: Melanie Nix

Titelfoto: Anthony Rao on Sunsplash

Herstellung und Verlag:

BoD – Books on Demand, Norderstedt

ISBN: 978-3-74604-877-2

Der Autor im Internet:

www.klaaskroon.de

Prolog – Freitag 14. Juni 2002

Es regnete jetzt wieder stärker. Rüdiger lenkte den Rettungswagen durch die Dunkelheit über die glänzende Landstraße. Kollege Mike saß neben ihm und starrte schweigend aus dem Fenster. Er brauchte immer einige Zeit, bis er bei Nachteinsätzen wach wurde. Der nasse Asphalt reflektierte die Blaulichter. Das Martinshorn hatte Rüdiger ausgeschaltet. Um zwei Uhr nachts gab es hier auf der Lüneburger Straße zwischen Winsen an der Luhe und Lüneburg kaum Verkehr.

Die Einsatzbeschreibung der Zentrale ließ Schlimmes erahnen. Ein Auto soll mit hoher Geschwindigkeit gegen einen Baum geprallt sein. Mehrere Verletzte. Zwei weitere RTW waren angefordert und vermutlich bereits an der Unfallstelle, einer davon mit Notarzt. Einen Rettungshubschrauber konnten sie bei der Dunkelheit nicht erwarten.

Die Straße führte schnurgerade und flach durch ein Waldstück. Der Regen wurde stärker. Rüdiger verringerte das Tempo. Nun sahen sie in der Ferne ein Meer von Blaulichtern.

»Hey, halt, warte mal«, rief Mike plötzlich. »Da war was. Ich glaub, da lag einer.«

Rüdiger bremste scharf.

»Fahr zurück!«

Rüdiger knüppelte den Rückwärtsgang rein, das Getriebe des alten Mercedes 508 knirschte schmerzhaft. Er fuhr gut fünfzig Meter rückwärts.

»Stopp. Hier.«

Die beiden Rettungssanitäter der Johanniter Unfallhilfe, stationiert in Winsen an der Luhe, stiegen aus. Tatsächlich. Im Straßengraben lag ein Mann. Verbogen. Verdreckt. Mit blutigem Kopf und ganz sicher tot. Für diese Diagnose brauchte man kein Medizinstudium. Lang lag er vermutlich noch nicht dort. Im Hellen wäre er sofort aufgefallen.

»Und jetzt?«, fragte Mike, der wie immer Rüdiger die Entscheidung überließ.

»Der ist wahrscheinlich auch von dem Wagen dahinten erwischt worden. Ist hier langgegangen und die haben den nicht gesehen.«

»Und was machen wir jetzt mit dem?«

»Komm, wir markieren den mit nem Hütchen und dann weiter. Dahinten können wir vielleicht noch helfen.«

Per Funk informierte Mike die Polizei über den Leichenfund.

Am Unfallort bot sich ein grausiges Bild. Die von der Feuerwehr aufgestellten Lichtmasten ließen Details erkennen. Ein älterer Kombi war mit solcher Wucht gegen einen Baum gerast, dass das Modell nicht mehr zu identifizieren war. Das Fahrzeug war beinahe in zwei Stücke gerissen. Blutverschmierte Airbags hingen aus dem Armaturenbrett. Auf der Rückbank saßen ein Mann und eine Frau, eingeklemmt. Beide höchstens zwanzig. Ihre Köpfe hingen verrenkt herab, die Augen geschlossen. Neben dem Baum lag ein weiterer Toter, einen vierten deckten Polizisten ab.

Der Notarzt, der eben noch neben dem Fahrzeug gehockt und die Körper auf der Rückbank untersucht hatte, stand auf und ging kopfschüttelnd auf die kleine Gruppe von Sanitätern und Polizisten zu, die unter einem Baum Schutz vor dem Regen suchte.

»Da ist für uns nichts mehr zu tun.«

»Scheiße«, zischte Rüdiger. »Warum muss das immer wieder passieren?«

»Wenn ich was zu sagen hätte«, knurrte der Notarzt, »dann würden sie auf den Dorffesten, die jetzt wieder überall laufen, direkt am Parkplatz Alkoholkontrollen machen. Jeder muss pusten. Und dann: Autoschlüssel kassieren.«

»Keine schlechte Idee«, sagte ein Feuerwehrmann, »dann hätten wir heute vier Leichen weniger.«

»Fünf«, sagte Rüdiger.

»Wieso fünf?«

»Unser Todespilot hier hat ein paar hundert Meter, bevor er den Baum getroffen hat, offensichtlich noch einen Fußgänger umgenietet. Den haben wir eben zufällig gefunden.«

1. Kapitel

Mitte Oktober, aber es war so warm wie im August nicht. Darum hatte Marie Lust aufs Motorrad. Sie lenkte ihre alte Yamaha XT 500 durch den dichten Morgenverkehr. Eigentlich ging Marie ab Oktober zu Fuß ins Präsidium. Das war so eine Art Sportprogramm. Sie näherte sich wieder munter der Neunzigkilogrenze. Das war zu viel. Fünfundachtzig hatte sie sich als Schmerzgrenze gesetzt, aber das war vor allem an ihrem Geburtstag schwer.

Ihre Mutter hatte sie wie immer ordentlich gemästet. Liebe fand bei ihr auf dem Teller statt. Widerstand zwecklos. Marie wunderte sich, wie ihr Vater so schlank bleiben konnte.

»Schön gefeiert?«, fragte Kriminalmeister Walter Sobchak anstelle einer Begrüßung, als sie das Motorrad vor dem Polizeipräsidium Lüneburg abstellte.

»Ganz ruhig, keine Orgie. Und du, Walter, aus dem Bett gefallen? Es ist erst sieben.«

»Der frühe Vogel, Marie, du weißt schon ...«

Sie stiegen in den Aufzug.

»Ach, übrigens, herzlichen Glückwunsch nachträglich, Marie«, sagte Walter, als sie im Aufzug standen. »Ich hoffe, du hattest einen schönen Urlaub.«

»Ja, danke. Ich war ein paar Tage bei meinen Eltern und eine Woche ganz alleine auf Sylt. Habe fast nur geschlafen. Das war herrlich. Und was war hier los?«

»Nichts Besonderes. Keine Toten.«

»Ist ja beruhigend.«

Sie verließen den Aufzug im fünften Stock, wo der Zentrale Kriminaldienst der Lüneburger Polizei seine Büros hatte. Marie wusste, dass ein paar Blumen und ein kleines Geschenk auf ihrem Schreibtisch auf sie warteten. Das war hier so üblich. Und sie hatte als Geburtstagskind auch einen Kuchen zu liefern, aber Backen war nicht ihr Ding. Das würde sie morgen Juan, ihrem chilenischen Mitbewohner, überlassen. Der war ein erstklassiger Hobby-Konditor.

Doch Geschenk und Blumen mussten warten. Schon auf dem Gang kam ihnen Stephan Weide entgegen, ihr Chef und Leiter des Fachkommissariats 1, zuständig für Straftaten gegen Leben und Gesundheit, Sexualstraftaten und Branddelikte. Im Laufen zog er seinen Trenchcoat an. Auch er war ungewöhnlich früh im Dienst. Der schlanke, gut aussende Mittvierziger wurde schneller.

»Marie, kommen Sie mit. Es gibt einen Toten.«

»Ja, Herr Weide, auch Ihnen einen schönen guten Morgen.«

Sie ließ Walter stehen und setzte ihrem Chef hinterher. Im Aufzug gab er ihr einen ersten Bericht.

»Nicht weit von hier im Gewerbegebiet, da bei diesem Center, diesem ...«

»Ilmenau Center?«

»Ja. Unter einer Brücke an der Ilmenau ist ein Obdachloser angezündet worden.« Er machte eine Pause, offenbar weil er wusste, dass Marie diese Nachricht schockieren würde. Er war erst ein halbes Jahr bei der Mordkommission in Lüneburg, aber offenbar kannte er seine Kommissarin gut genug, um zu wissen, dass sie ein solch grausames, sinnloses Verbrechen nicht kalt ließ.

»Puh. Schön, wieder dabei zu sein«, sagte sie nur.

»Es muss vor nicht langer Zeit passiert sein. Kurz nach sechs. Anwohner hatten Schreie gehört und die Streife gerufen.«

»Und warum werden wir jetzt erst alarmiert? Das muss ja schon über eine halbe Stunde her sein.«

»Die Kollegen mussten wohl erst den Toten suchen.«

Schweigend fuhren sie im Dienst-Golf die Straße Auf der Hude hinunter. Nur ein paar hundert Meter. Dann machte die Straße einen Knick nach rechts und schon sah man das große Aufgebot. Mehrere Streifenwagen und zwei Feuerwehrfahrzeuge standen kreuz und quer auf dem Gelände einer kleinen Tankstelle. Die Zufahrt zum Platz war mit rot-weißem Flatterband abgesperrt. Ein Beamter hielt das Band hoch und Weide fuhr mit dem Wagen darunter durch. Ein Tatort war nicht zu sehen.

»Kommen Sie bitte mit«, sagte einer der Uniformierten und ging voraus einen engen Pfad zum Fluss hinunter unter die schmale Eisenbahnbrücke. Dort war er, der Tatort. Ein enger Rad- und Fußweg führte unter der Brücke hindurch an der Ilmenau entlang, die keine fünf Meter vom Weg gemächlich floss.

Auch der Fußweg war an zwei Seiten mit Flatterband abgesperrt; dort standen dicht gedrängt die üblichen Schaulustigen mit ihren Handykameras im Anschlag. Die sommerlichen Temperaturen hatten ihrer Sensationsgier Flügel verliehen. Doch es gab nichts zu fotografieren. Ein Paravent versperrte den Blick auf das Grauen. Es war inzwischen zur Routine geworden, an Tatorten zunächst alles zu unternehmen, um Schaulustige auszusperren. Sie waren eine Pest. Sie zertraten Tatorte, verwischten Spuren und standen Rettungskräften und Ermittlern im Weg. Marie war schon häufiger diesen merkwürdigen Menschen gegenüber laut geworden.

Der Ort war von Polizei-Scheinwerfern hell erleuchtet. So sah man den verkohlten Körper deutlich, der die Uferböschung hinunterhing. Im Dunkeln war er sicher kaum zu sehen gewesen.

»Woher wissen wir, dass das ein Obdachloser ist?«, fragte Marie ihren Chef.

»Schlafsack, ein paar Plastiktüten, die übliche Ausstattung. Na, und dann eine Brücke als Schlafplatz. Das passt doch«, antwortete er und zeigte auf die Indizien.

»Na ja«, sagte Marie, »das hier ist kein Platz, an dem sich Obdachlose niederlassen. Viel zu eng hier und auf dem Weg kommen Radfahrer und Fußgänger vorbei. Viel zu unruhig. Und überhaupt, Herr Weide, Obdachlose gibt es in Lüneburg eigentlich nicht. Jedenfalls keine, die im Oktober auf der Straße schlafen. Da gibt es genug Quartiere.«

An einer Mauer lagen ein paar Plastiktüten. Schwarze Spuren auf dem Asphalt ließen vermuten, dass das Opfer sich im Todeskampf auf dem Boden gewälzt hatte, um die Flammen zu löschen.

Ein Beamter richtete auf ein Zeichen von Weide den Strahler auf die Leiche.

Es war nicht das erste Brandopfer, das Marie sah. Das Groteske an verbrannten Menschen: Je stärker das Feuer ihnen zugesetzt hatte, umso weniger schockierte ihr Anblick. Ein vollständig verbrannter Körper ist nur ein schwarzer Klumpen, einem verkohlten Baumstamm nicht unähnlich. Dieser Mensch hier hatte allerdings nicht lange gebrannt. Im Gesicht und auf der Kopfhaut sah Marie zwischen schwarzen Flecken offene Stellen blutigen Fleisches. Der Mund zu einem grotesken Grinsen geöffnet, die Zähne erschienen in stumpfem Schwarz.

Der Tote war fast nackt, seine Kleidung zum größten Teil verbrannt. Vom Schlafsack hing nur ein Fetzen an der linken Seite des Körpers. Der Bauch wirkte aufgedunsen und war von einer schwarzen Schicht verkohlter Haut bedeckt, die an vielen Stellen Risse bildete. Darunter schimmerte es rötlich. Die Arme standen angewinkelt vom Körper ab. Marie kamen die makabren Installationen des so genannten Künstlers Gunther von Hagens in den Sinn, der mit der Zurschaustellung präparierter Toter vor Jahren die Massen begeisterte.

Inzwischen war der Rechtsmediziner eingetroffen. Ein junger Kerl, arabischer Typ, den Marie noch nie gesehen hatte und der sich als Dr. Mansour vorstellte. Er war fast einen Kopf kleiner als Marie, schmal und gut aussehend.

Dr. Mansour zog ein paar Latexhandschuhe über. Zusammen mit einem Beamten bewegte er die Leiche auf den Fußweg. Er kniete sich neben den Körper, drückte die Haut ein, leuchtete mit einer kleinen Taschenlampe in den Mund, hob die verkohlten Stofffetzen über dem Unterleib an. Dann sagte er, ohne Marie oder Weide anzusehen: »Ein Mann, vierzig bis sechzig Jahre alt, hat sicher ziemlich gelitten. Muss sich noch herumgewälzt haben. Hat vermutlich versucht, in den Fluss zu rollen. Lebte schon lange auf der Straße.«

»Woran sehen Sie das?«, fragte Weide.

»Was?«

»Dass er schon lange auf der Straße gelebt hat.«

»Schlechte Zähne, ziemlich mager, die paar Fußnägel, die nicht verbrannt sind, sind ungepflegt. Ich vermute es einfach.«

»Können Sie was zur Brandursache sagen?«, fragte Marie. »Hat er sich vielleicht selbst angezündet, unbeabsichtigt?«

»Das ist eher unwahrscheinlich. Da war Brandbeschleuniger im Spiel. Nicht viel, sonst wäre er mehr verbrannt.«

»Dann kann er sich aber doch trotzdem selbst angezündet haben?«, sagte Marie und ihr schauderte bei dem Gedanken, dass ein armer, hoffnungsloser Mann alleine unter einer Brücke Benzinkanister und Streichholz nimmt, um seinem Leben ein Ende zu setzen.

»Glaube ich nicht. Selbstverbrennungen haben in der Regel Symbolcharakter. So was machen Leute öffentlich. Aus Protest. Wer sich alleine umbringen will, hat andere Möglichkeiten. Es gibt kaum eine schmerzhaftere und langwierigere Art zu sterben als durch Verbrennen.«

Marie war der neue Pathologe gleich sympathisch. Sachlich, ohne falsches Pathos oder Mitleid. Und ohne die Arroganz seines Vorgängers, der wenig sprach und dafür ellenlange Berichte schrieb, die keiner las.

»Wer tut so was?«, sagte Marie mehr zu sich selbst.

»Das müssen wir jetzt herausfinden«, entgegnete Weide, der sich meistens emotionale Kommentare verkniff.

Am Tatort waren fünf Streifenpolizisten dabei, die Umstehenden zu befragen. Der Leiter der Einheit gab einen ersten Bericht. Gesehen hatte niemand etwas. Die

Bewohner des nahegelegenen Altenheimes, von denen viele hier am Flatterband standen, hatten nur die Schreie gehört.

Sie sei wach geworden, sagte eine dicke, alte Frau, die nur einen Bademantel und Winterstiefel anhatte. Sie zitterte leicht. Und dann habe sie ein Auto gehört, das mit durchdrehenden Reifen wegfuhr. Andere Anwohner bestätigten diese Beobachtung. Einer berichtete, dass das Auto einen starken, lauten Motor hatte. Sicher ein Sportwagen. Sechszylinder, sagte er fachmännisch.

Lachen und Gegröle hatte ein anderer Mann gehört, den Marie ansprach. Er war Pfleger in dem Altenheim und hatte Nachtdienst, war aber kurz eingenickt und erst vom Lärm wach geworden.

»Junge Männer. Bestimmt so Kanaken, die machen so was«, sagte er.

»Wen meinen Sie mit Kanaken?«, fragte Marie betont sachlich.

»Na, Ausländer, Asylanten, so Typen.«

»Konnten Sie verstehen, welche Sprache die jungen Männer gesprochen haben?«

»Nee, war ja zu weit. Und nur ganz kurz. Dann waren die auch schon weg mit der lauten Karre.«

»Woher wissen Sie dann, dass das Ausländer waren?«

»Ach, keine Ahnung, weiß man doch.«

»Und was war das für ein Auto?«

»Ein lautes. Ich tippe auf Porsche.«

Marie nahm seine Personalien auf, als ein Beamter mit einem langen, dünnen Gegenstand, der in einer durchsichtigen Tüte steckte, auf sie zukam. Aus der Nähe erkannte sie, was es war: eine Angel. Klein, unscheinbar. Vom Polizisten bereits sicher verpackt.

»Könnte dem Opfer gehört haben«, sagte der Beamte. »Dahinten in einer Tüte sind auch Haken, Gewichte und so Sachen.«

»Danke«, sagte Marie und nahm das Gerät an sich. Dann ging sie mit Weide zurück zum Auto.

»Haben wir ähnliche Fälle in den letzten Jahren hier gehabt?«, fragte Weide.

»Nein. Nicht in dieser Härte. Mag sein, dass ab und an irgendwelche Spacken Obdachlose belästigen. Das kommt vor, landet aber nicht bei uns. Gott sei Dank überleben die Leute das ja meistens.«

Sie fuhren zurück zum Präsidium.

Dort bewunderte sie pflichtschuldig ihren geschmückten Schreibtisch. Ihr war nicht nach Feiern zumute. Ein großer Blumenstrauß stand mitten auf dem Tisch. Daneben ein Päckchen. Ein Buch. Marie entfernte das Geschenkpapier. Es war eine Reparaturanleitung für die Yamaha XT 500.

»Danke, Walter, du weißt, was ich wirklich brauche. Kuchen gibt's morgen.«

Kriminalmeister Walter Sobchak hatte eine nicht ganz geklärte DDR-Vergangenheit, trank zu viel, war zu dick und würde sicher irgendwann aus gesundheitlichen Gründen vorzeitig pensioniert – aber fleißig war er.

Auf Maries Bildschirm hatte er bereits ein paar Ermittlungsakten geöffnet. Fälle von Gewalt gegen Wohnungslose im Kreis Lüneburg aus den letzten drei Jahren. Sechs davon waren aktenkundig. Marie wusste, dass die nur die Spitze eines Eisberges darstellten. Viele

Stadtstreicher zeigten gar nicht an, wenn Jugendliche sie belästigten oder misshandelten. Die Stadt schätzte die Zahl der Wohnungslosen auf einhundert, genau wusste das aber niemand. Manche bewegten sich zwischen Hamburg und Lüneburg hin und her, viele waren gar nicht in Lüneburg gemeldet. Es gab eben Menschen, die sich bewusst der Bürokratie entzogen. Warum auch immer.

Walter hatte sich endlich angewöhnt, Marie die Akten online zuzuweisen und nicht auszudrucken. Die Papierberge auf dem Tisch konnte sie überhaupt nicht leiden. Und eine Umweltsauerei war das Ausdrucken auch.

Die Berichte bildeten eine Dokumentation trauriger, sinnloser Gewalttaten. Täter waren immer Gruppen junger Männer, mal mit, mal ohne Migrationshintergrund. Immer waren Alkohol und Drogen im Spiel. Nie gab es ein nachvollziehbares Motiv. Denn Begründungen wie ›uns war langweilig‹, ›wir wollten den nur erschrecken‹ oder ›der hat so gestunken‹ konnte man kaum nachvollziehbar nennen.

Die Opfer wurden immer nur leicht verletzt, die Sachbeschädigung an ihren Habseligkeiten war kaum zu beziffern. Und so kam es auch in keinem der sechs Fälle zu Haftstrafen. Dummejungenstreiche, die die Täter inzwischen vermutlich längst wieder vergessen hatten. In einem Fall musste das Verfahren sogar ganz eingestellt werden, weil die Kripo die minderjährigen Schläger vernommen hatte, ohne die Eltern zu informieren. Das entwertete die Geständnisse der Jungs.

Kein Name tauchte in diesen sechs Fällen zweimal auf. Eine Gang, die sich auf das Drangsalieren von Pennern spezialisiert hatte, gab es in Lüneburg offensichtlich nicht.

»Ach, Walter«, stöhnte Marie, »seid ihr Männer eigentlich nur in jungen Jahren solche gewalttätigen Idioten oder hält das bis ins hohe Alter an?«

»Noch so ein Spruch und ich hau dir eine rein, Alte«, sagte Walter mit verstellter Stimme und lachte. »Aber im Ernst. Ich verstehe auch nicht, was mit den Kids heute los ist. Wenn wir früher den Kanal total voll hatten, gingen wir nach Hause. Unterwegs haben wir vielleicht noch beim Nachbarn in den Vorgarten gekotzt und das war's. Und wenn es mal eine Prügelei gab, dann unter uns Jungs. Wir hätten doch so arme Schweine nicht angegriffen.«

»Ging ja auch nicht. Im Arbeiter- und Bauernparadies gab's ja keine Penner.«

»Na, vielleicht nicht so viele wie im goldenen Kapitalismus. Bei uns hießen die damals Asoziale. Die inhaftierte man direkt, wenn sie auffielen. Die galten als arbeitsscheu. Mit denen hatte keiner Mitleid.«

»Walter«, sagte Marie wieder im geschäftsmäßigen Ton. »Irgendwo müssen wir anfangen. Überprüfe bitte doch mal alle Täter aus den Berichten hier. Wer hat Karriere gemacht und ist sonst noch aufgefallen. Ich kümmere mich um das Umfeld des Opfers. Vielleicht war es ja einer seiner Brückenbrüder.«

2. Kapitel

Thomas liebte diese Zeit am Morgen, wenn die Sonne aufging, der See noch völlig ruhig dalag und die Luft noch nicht zerrissen wurde vom Lärm der Schiffe, Lastwagen und Motorräder. Um diese Tageszeit hatte er den See kennengelernt, damals vor fünfzehn Jahren. Und er hätte sich unsterblich in diesen See verliebt, wenn er nicht kurz zuvor schon eine andere große Liebe gefunden hätte: Linda. Die schöne, kluge, immer fröhliche Linda. Der Tobasee war ihre Heimat und ihr war er hierhin gefolgt. Er wäre ihr auch auf den Mond gefolgt, wenn sie darauf bestanden hätte. Aber mit dem Tobasee hatte er es eindeutig besser getroffen. Ein Paradies aus satten grünen Hügeln und einem riesigen, dunkelblauen See.

Der Tobasee auf der indonesischen Insel Sumatra ist einer der größten Seen der Welt. Fast doppelt so groß wie der Bodensee und bis zu fünfhundert Meter tief. Weil er gut neunhundert Meter über dem Meeresspiegel liegt, herrscht hier immer ein angenehmes Klima. Warm, aber nicht heiß, einmal am Tag ein erfrischender Regen. Hier hatte Thomas die glücklichsten Jahre seines Lebens verbracht. Doch das war nun vorbei.

Linda und ihr fünfjähriger Sohn Ronald, genannt Ron, waren vor einem Jahr bei einem Busunglück ums Leben gekommen. Thomas betrieb ihr kleines Backpacker-Hostel auf der Halbinsel Tuk Tuk seitdem alleine, und das gelang ihm nicht wirklich gut. Zu tief saß der Schmerz, die Wut über den Verlust. Von einem fröhlichen, unbeschwerten Gastwirt mutierte er rasch zu einem grummeligen, alten Kauz – mit erst siebenundvierzig Jahren.

Mit jedem Gast, den er anschnauzte oder ignorierte, verschlechterten sich die Bewertungen in den Reiseportalen. Die Gäste blieben aus. Das Internet richtete gnadenlos. Zuletzt hatte er von zwanzig Betten gerade mal vier belegt. Er war pleite. Und er war krank. Leberkrebs. So viel konnten sie im Krankenhaus in der fünf Autostunden entfernten Provinzhauptstadt Medan diagnostizieren. Wenn er schnell einen Spender fände, hätte er eine Chance. Aber Organspende war in Indonesien nicht so verbreitet. Wenn einer spendete, dann nur den nächsten Angehörigen. Die Organe von Toten handelte man in den Großstädten unter der Hand. Für enorme Summen.

Thomas stand am Kai des Hafens von Tomok und beobachtete, wie das Schiff anlegte. Ein paar LKW rumpelten von der Fähre, dann fuhren die im Hafen wartenden rauf. Das verlief alles ohne Hektik. Tägliche Routine. Er betrat mit gut zwanzig anderen Reisenden das Boot. Ein Pärchen aus Europa oder Australien, Backpacker, die Thomas aber zum ersten Mal sah. Sie hatten nicht bei ihm gewohnt und auch nicht nach einem Zimmer gefragt. Die anderen Passagiere waren Einheimische. Teenager auf dem Weg in ihre Internate in der Kreisstadt, Frauen zu ihren Jobs in den kleinen Fabriken von Parapat oder zu irgendwelchen Behördengängen in der Kreisstadt Siantar.

Thomas kannte ein paar von ihnen vom Sehen. Man grüßte sich wortlos und lächelnd. In den vergangenen Jahren war er einer von ihnen geworden. Er sprach ihre Sprache, mochte ihre Küche. Nur den fetten, süßen

Palmwein trank er nicht mit ihnen. Da hatte er sich ans trockene Bintang Bier gewöhnt.

Die Gegend um den Tobasee war auch deshalb nach Thomas' Geschmack, das gab er gerne zu, weil hier getrunken wurde. Regelrecht gesoffen. Die sechs Millionen Batak, die rund um den See und auf der großen Seeinsel Samosir lebten, waren Christen. Im Gegensatz zu den übrigen zweihundertvierzig Millionen Indonesiern, die Moslems waren. Die Batak lebten in einer Mischung aus heidnischen Kulten, tiefer Religiosität und ausgelassener Feierlaune.

Das Schiff legte ab und zog langsam über den ruhigen See. In der Ferne sah man noch wenige weitere Fähren, ein paar kleine Fischerboote.

Man hätte die Ruhe genießen können, aber der Schiffsführer wollte den Fahrgästen sein leistungsstarkes Soundsystem nicht vorenthalten und spielte blechernen indonesischen Pop. So war das hier. Thomas hatte sich daran gewöhnt.

In Parapat bestieg er den Bus. Der würde vier bis sechs Stunden bis zum Flughafen in Medan benötigen. So genau konnte man das nie sagen. Nur einhundertfünfzig Kilometer Wegstrecke, aber die Straßen waren schlecht und permanent überfüllt. Es passierten viele Unfälle und da konnte man schon mal zwei Stunden im Stau stehen. Er saß in einem großen, komfortablen Reisebus. Nicht mehr neu, aber für indonesische Verhältnisse gut in Schuss. Anders als der Kleinbus, in dem Linda und Ron auf dem kurzen Stück von Tuk Tuk nach Tomok verunglückten. Das war eine Schrottkarre. Überfüllt, der Fahrer übermüdet oder betrunken. Er ist beim Überholen ungebremst in einen entgegenkommenden Lastwagen gekracht. Hätte Thomas sie doch nur mit ihrem alten Pick-up gefahren. Aber er hatte sich mit einem deutschen Touristen festgequatscht und schon das dritte Bir Bintang intus, obwohl es erst Mittag war. So ließ er seine Familie ins Unglück fahren. Er würde sich das nie verzeihen. Und zur Strafe wuchs nun ein Schatten auf seiner Leber, jeden Tag ein kleines Stück.

Der Bus zum Flughafen fuhr recht schnell über die Landstraße. Durch kleine Dörfer mit ihren Straßenmärkten, vorbei an Kirchen und Moscheen, durch endlose Palmöl-Plantagen. Die Flächen, auf denen die gedrungenen Bäume wie Soldaten auf dem Exerzierplatz standen, wurden immer größer. Der Dschungel Bukit Lawang im Norden musste weichen. Die Indonesier störte das nicht. Das Palmöl ließ sich überall in der Welt bestens verkaufen. Es brachte etwas Wohlstand in diese von der Regierung im zweitausend Kilometer entfernten Jakarta vernachlässigte Region. Niemand hier hörte auf die Warnungen der Umweltschützer aus Europa und Australien. Was wollten die? Die hatten ja ihren Wohlstand. Die konnten gut Ratschläge erteilen, war die einhellige Meinung der Menschen hier.

Die Fahrt verlief ohne Vorkommnisse. Nach etwas über vier Stunden hielt der Bus am Kuala Namu international Airport Medan.

Thomas hatte noch drei Stunden Zeit bis zu seinem Abflug. Er schlenderte durch die Geschäfte. Für irgendwelchen Kram hatte er aber ein Geld. Er musste sehr streng haushalten. Damit hatte er kein Problem. Er hatte gelernt, seine Bedürfnisse herunterzuschrauben. Diesen Überfluss an Überflüssigem, der sich in den Airport-Shops bot, hatte er nie vermisst. Fünfzehn Jahre lang hatte er gut gegessen und getrunken und prima gelebt, ohne dass er sich ständig irgendwelchen Unsinn kaufen musste. In seinem Leben war man mit T-Shirt, Shorts, Sonnenbrille und Flipflops bestens gekleidet. Er besaß einen Anzug, den er sich beim örtlichen Schneider hatte machen lassen. Perfekt für die zahlreichen Hochzeiten, Taufen und Beerdigungen, die in der Familie seiner Frau stattgefunden hatten.

Beim Einchecken sah sich der Mitarbeiter von Asia Air Thomas' Pass genau an. Noch genauer schauten dann die Beamten bei der Zollkontrolle in das Dokument. Es war ein indonesischer Pass. Und sein Name – Thomas Simbolon – war ein indonesischer Name. Christliche Vornamen waren üblich bei den Batak. Aber er sah nicht indonesisch aus. Nicht mal asiatisch. Gut einen Kopf größer als die Uniformierten, hellhäutig, weil er die pralle Sonne mied, und hellblond, inzwischen ins Graue gehend.

Thomas verließ nicht zum ersten Mal das Land. Er war mit Linda schon in Singapur und in Thailand gewesen. Und jedesmal musste er sich an der Grenze erklären. Deshalb wartete er nun gar nicht, bis die Beamten fragten, sondern sagte in sauberem Indonesisch mit leichtem Akzent: »Meine Frau ist Indonesierin. Ich habe ihren Namen angenommen und die indonesische Staatsbürgerschaft. Ich bin Indonesier. Ich liebe dieses Land.« Der letzte Satz reichte aus, um die misstrauischen Beamten zu versöhnen. Sie ließen ihn ziehen.

Der Flug mit Asia Air zum Umsteigeort Kuala Lumpur dauerte nicht mal eine Stunde. Am riesigen Flughafen der malaysischen Hauptstadt war die Pracht der Shopping Malls noch um einiges aufdringlicher als in

Medan. Auch das ließ Thomas kalt. Er musste zwei Stunden warten und gönnte sich in einem japanischen Imbiss eine Ramensuppe, dazu ein Kirin Bier. Das kostete ihn zusammen zwölf Dollar. Viel Geld, aber er wollte ja auch nicht zum Asketen werden. Bei KLM auf dem Flug nach Amsterdam würden die Drinks kostenlos sein. Er freute sich auf Gin Tonic und Rotwein.

3. Kapitel

Marie hatte ein zwiespältiges Verhältnis zu Menschen, die auf der Straße lebten. Zum einen taten sie ihr leid, klar. Sie fragte sich bei so manchem jungen Punk aber auch, ob der sich nicht ein besseres Leben erarbeiten könnte, wenn er nur wollte.

Früher, als junge Polizistin bei der Streife, hatte sie mehr mit Stadtstreichern zu tun und auch eklige Situationen erlebt. Besonders bizarr fand sie das Verhalten der Rettungsdienste mit den oft völlig betrunkenen Obdachlosen. Einmal musste sie einen, der in einem Einkaufszentrum total weggetreten Leute angegriffen hatte, im Rettungswagen begleiten. Er hatte sich selbst verletzt und blutete. Der Sanitäter ging nicht besonders zimperlich mit seinem Patienten um, als er ihn auf der Trage in den Wagen schob. Und als der alte Mann sich übergeben musste, reagierte der Sanitäter schnell, riss ihm das Hemd auf und drückte ihm den Kopf auf die Brust. Nun ergoss sich die stinkende Brühe auf seinen Bauch. Der Sanitäter schloss die Jacke des Mannes und ließ ihn mit seiner eigenen Kotze auf dem Bauch auf der Trage liegen.

Marie sah ihn entsetzt an, aber er sagte nur: »Glaubst du, ich habe Lust, kurz vor Schichtende die ganze Karre zu putzen? Sollen die sich im Krankenhaus mit dem Dreck herumschlagen.«

Das war lange her und die Begegnungen zwischen dem Zentralen Kriminaldienst, dem Marie inzwischen angehörte, und Lüneburger Stadtstreichern waren selten. Als Täter fielen sie gelegentlich als Ladendiebe und

Dauerschwarzfahrer auf. Zu Opfern wurden sie noch seltener.

Marie ging dorthin, wo sie die meisten Obdachlosen am Mittag vermutete, zur ›Chance Salzstraße‹, einer Einrichtung, die sich um die Wohnungslosen in der Umgebung kümmert. Jeden Tag konnten die Menschen hier, mitten in der historischen Lüneburger Altstadt, zwei Stunden lang Kaffee trinken, essen, duschen und sich bei den Sozialarbeitern Rat für alle Lebenslagen holen.

Marie betrat einen großen, hellen Aufenthaltsraum. Neue Möbel, eine gepflegte Küchenzeile mit Tresen. Es sah fast aus wie in einem schicken Szene-Café. Sechs Menschen saßen an den Tischen. Fünf Männer und eine Frau. Nur zwei Männer saßen zusammen, alle anderen schlürften für sich allein schweigend ihren Kaffee oder ihre Suppe. Misstrauisch sahen die Leute Marie an. Noch bevor sie etwas sagen konnte, kam hinter dem Tresen eine schlanke, gepflegte Frau um die sechzig hervor und ging zügig auf Marie zu.

»Kann ich Ihnen helfen?«, fragte sie und ihr Ton ließ vermuten, dass Menschen, die offensichtlich nicht obdachlos waren, hier mit Vorsicht behandelt wurden. Marie zückte ihren Ausweis.

»Marie Gläser, Kriminalpolizei Lüneburg, wir ermitteln …«

»Ja, ist mir schon klar, was Sie ermitteln. Haben wir ja alle mitbekommen. Hier finden Sie den Täter nicht. Das sage ich Ihnen gleich. Die Leute zünden sich nicht gegenseitig im Schlaf an.«

»Entschuldigung, ich habe Ihren Namen nicht verstanden«, parierte Marie die unfreundliche Begrüßung.

»Elisabeth Oppermann, ich leite die Einrichtung. Ehrenamtlich.«

»In Ordnung, Frau Oppermann. Wir vermuten hier auch nicht den Täter. Wir wären ja froh, wenn wir schon mal wüssten, um wen es sich bei dem Opfer überhaupt handelt. Haben Sie eine Ahnung?«

»Haben Sie ein Foto?«

»Das würde Ihnen nicht weiterhelfen. Der Tote ist nicht mehr zu erkennen. Einen Ausweis oder Ähnliches haben wir nicht gefunden.«

»Ja, das wird schwierig.«

»Hey«, rief nun einer der Männer aus dem Raum. »Was hat er denn angehabt?«

Marie ging auf den Mann zu. Frau Oppermann schien das nicht zu gefallen. Sie sah es offenbar als ihre Aufgabe an, ihre Gäste zu beschützen.

»Seine Kleidung ist verbrannt. Aber er hatte ein paar Plastiktüten mit Sachen drin.«

»Was denn?«

Marie zögerte, sagte aber dann: »Eine kleine Angel haben wir gefunden, sind aber noch nicht sicher ...«

Der Mann unterbrach sie: »Helmut, der Angler.« Die anderen nickten stumm.

Marie setzte sich zu ihm. Er war sicher nicht über fünfzig, das sagten seine Augen. Aber sein grauer, zotteliger Bart, seine ungepflegten, langen grauen Haare und die faltigen, zitternden Hände ließen ihn älter erscheinen.

»Sind Sie sicher, Herr ...«

»Kurt, einfach Kurt. Ein Herr bin ich schon lange nicht mehr.«

»Okay. Kurt. Helmut heißt er, sagen Sie?«

»Jo. Der hatte immer so 'ne kleine Angel.«

Marie rief Walter an und bat ihn, ein paar Fotos der am Tatort gefundenen Sachen zu schicken.

Kurz darauf brummte ihr Handy ein paar Mal kurz hintereinander. Walter hatte sechs Fotos per WhatsApp geschickt. Sie zeigten die Angel und den Inhalt der Plastiktüten, ausgebreitet auf hellen Tischen in den Räumen der KTU. Eine Jeans, ein paar T-Shirts, eine Wolldecke, zwei Frotteehandtücher. Ein paar Schuhe. Ein kleiner Beutel, daneben der Inhalt: eine Zahnbürste, Zahnpasta, eine Flasche Duschgel, eine rostige Nagelschere. Die Bilder schaffen es, dachte Marie, aus dem Handy heraus modrigen Gestank zu verbreiten. Vielleicht kam der aber auch von dem Mann neben ihr oder dem Kerl vom Nebentisch, der aufgestanden war und sich über Maries Schulter beugte, um die Bilder zu betrachten.

Kurt betrachtete das Foto der Angel und nickte zufrieden: »Ja, so ein Ding hat er gehabt. Hat manchmal sogar was gefangen. So kleine Fische, die hat er dann überm Feuer gegrillt. Hier durfte er die nicht braten.«

Ein anderer Mann zeigte nun mit dem langen, dreckigen Fingernagel seines Zeigefingers auf ein anderes Bild.

»Die Schuhe da. Mach die mal größer.«

Marie gehorchte. Der Mann nahm ihr das Handy aus der Hand und hielt es sich nah vor die Augen.

»Lisa«, rief er, ohne das Bild aus den Augen zu lassen, »gib mal deine Brille.«

Die Leiterin kam näher, gab dem Mann ihre Brille, er setzte sie auf.

»Ja, die sind von Helmut«, sagte er, ohne zu zögern. Er gab Marie das Handy zurück und Frau Oppermann ihre Brille.

»Helmut wer?«, fragte Marie.

»Na, Helmut«, sagte der Mann, »mehr weiß ich nicht.«

»Das sind seine Schuhe?«

»Ja. Das sind rahmengenähte Budapester. Super Schuhe. Ich kenn mich da aus. Ich war Schustermeister …«

»Du bist immer noch Schustermeister, Paco«, verbesserte ihn Frau Oppermann.

»Ja, egal. Diese Budapester hier sind natürlich völlig im Eimer. Nie gepflegt worden. Keine Ahnung, wo Helmut die herhatte, war jedenfalls mächtig stolz auf die Dinger, auch wenn sie ihm eine Nummer zu groß waren. Ich hab immer gesagt, Helmut, was willste mit Maßschuhen, die nicht für dein Maß gemacht …«

»Ist gut, Paco, das reicht«, sagte Frau Oppermann und legte dem Mann zärtlich die Hand auf die Schulter, der jetzt Tränen in den Augen hatte.

»Der Helmut«, sagte nun Kurt, auch sichtlich berührt, »das war ein feiner Kerl. Der war immer höflich. Der hat geteilt, nie was geklaut. Der lebte schon ewig auf der Straße. Kam, glaube ich, aus Hamburg. Mehr weiß ich nicht über den.«

»Und Sie?« Marie sah Frau Oppermann an.

»Ich kenne ihn auch nur als Helmut. Wir haben es hier nicht mit Nachnamen. Aber wenn wir für den irgendwie offiziell geworden sind, haben wir den Namen auch in der Kartei. Da muss ich nachschauen.«

Marie nickte ihr zu und machte damit wortlos klar: Dann schau nach, sofort.

Frau Oppermann verschwand in einen Nebenraum, der als Büro zu erkennen war und setzte sich an einen Computer.

Inzwischen hatten sich alle Obdachlosen zu Marie an den Tisch gesetzt. Sie ließen ihr Handy rumgehen und starrten auf die Fotos.

»Hat er sehr gelitten?«, fragte die Frau. Sie war höchstens dreißig, im Gesicht tätowiert und hatte kaum noch Zähne. Ein Junkie.

»Ja, vermutlich. Verbrennen ist ein sehr grausamer Tod.«

»Was sind das für Wichser, die so was tun?«, knurrte Paco.

»Hatte Helmut Feinde?«, fragte Marie in die Runde. Alle schüttelten den Kopf. Bis auf einen Mann, der noch nichts gesagt hatte.

»Ja, hatte er. So ungefähr siebzigtausend.«

»Wie bitte?«

»Na, alle anständigen Bürgerinnen und Bürger des hübschen Hansestädtchens Lüneburg.«

»Ach, Stulle, red doch kein Quatsch«, sagte die Frau.

»Doch«, fuhr Stulle fort, »die würden uns am liebsten nach Hamburg jagen. Hat mir mal ein Wirt am Stintmarkt gesagt. Wir würden die Touristen vertreiben mit unserem Gestank und der Bettelei. Dabei habe ich gar nicht gebettelt. Wollte nur mal auf sein Klo.«

»Aber die braven Bürger von Lüneburg sind keine Mörder«, sagte Frau Oppermann, die wieder den Raum betreten hatte. Sie hielt einen Papierbogen in der Hand, von dem sie ablas.

»Helmut Thiele, geboren 22. August 1958 in Stade, Beruf unbekannt, Angehörige unbekannt. Meldeadresse keine.« Sie gab Marie den Bogen. »Letztes Jahr lag er mal mit total vereitertem Unterkiefer im Krankenhaus. Da haben wir uns um ihn gekümmert. Deshalb haben wir seine Personalien. Ansonsten verlangen wir hier keine Ausweise.«

»Gut«, sagte Marie, »das hilft uns weiter.«

Elisabeth Oppermann erklärte sich bereit, ihre Gäste nach Helmut zu befragen und sich bei Marie zu melden, wenn es brauchbare Hinweise gäbe.

»Wenn ich irgendwie dazu beitragen kann, das Schwein zu finden, das den Helmut auf dem Gewissen hat, dann tue ich das gerne.«

***

Im Präsidium gab Marie Walter einen neuen Auftrag.

»Wir wissen im Moment nur, dass die Schuhe und die Angel am Tatort Helmut Thiele gehörten. Das heißt noch nicht, dass der Tote auch Thiele ist. Deshalb nimm bitte Kontakt mit dem Krankenhaus auf, in dem Thiele im letzten Jahr gelegen hat. Die haben vielleicht noch Röntgenbilder, die man vergleichen kann. Damit wir Gewissheit haben.«

»Okay, mache ich. In unserer Kundenkartei taucht dieser Helmut jedenfalls nicht auf. Der ist nicht mal schwarzgefahren. Ein Musterbürger. Auch wenn man ihm das sicher nicht angesehen hat.«

»Ja. Und Walter, bitte versuch mal herauszufinden, wo sich Helmut in den letzten Jahren so herumgetrieben hat. Frag mal in Hamburg nach und bei der Rentenversicherung. Ein Mensch kann ja bei uns nicht leben, ohne in irgendwelchen Akten zu landen.«

»Mache ich, aber ich weiß schon, was dabei herauskommt.«

»Ach ja, was denn?«

»Na, dass unser Helmut ein einsames, unbeschriebenes Blatt im Ozean tragischer Existenzen war. Nur zum Opfer geworden, weil er zufällig gerade da war, wo ein paar Irre Spaß haben wollten. Seine Biografie wird uns nicht zu seinen Mördern führen.«

»Vermutlich hast du recht. Aber es ist nicht unser Job, zu mutmaßen, sondern zu ermitteln.«

4. Kapitel

Lars saß seit gut zwei Stunden in seinem Zimmer am Schreibtisch und starrte auf den Bildschirm seines Laptops. War das wirklich passiert?

Er war gegen elf Uhr wach geworden mit einem Mordskater. Kopfschmerzen, fieser Geschmack im Mund von Bier und Schnaps. Gekifft hatten sie auch. Aber an Details konnte er sich nicht mehr erinnern. In Hamburg waren sie, sind über den Kiez gezogen. Und dann noch irgendwo bei McDonald's, Berge von Burgern und Pommes kaufen. Fressflash. Aber auch diese Erinnerung lag im Nebel und konnte genauso gut ein Traum gewesen sein. Aber wer träumt schon von McDonald's?

Was er dort vor sich auf dem Laptop sah, auf der Homepage der ›Lüneburger Stimme‹, war aber kein Traum. Das hatte stattgefunden und er musste irgendwie zusammenbekommen, was er damit zu tun hatte.

Eigentlich hätte er heute in der Uni sein müssen. *Responsibility and Sustainability* stand auf dem Stundenplan, was auch immer das heißen mochte. Er studierte im ersten Semester Digital Media an der Leuphana Universität, und es hatte ihn verdammt viel Kraft gekostet, diesen Studienplatz zu bekommen. Sein Eins-Achter-Abischnitt alleine hatte nicht ausgereicht. Er musste auch noch einen schweren Eignungstest bestehen. Aber nun war er dabei und er würde alles dafür tun, um dabei zu bleiben. Nur eben heute nicht. Nicht mit diesen Kopfschmerzen und nicht mit dieser diffusen Ahnung, an etwas Schrecklichem beteiligt gewesen zu sein.

Der Sonntag hatte ganz normal begonnen. Er hatte lange geschlafen, mit seiner Mutter gefrühstückt, später war er im Fitnessstudio. Dort hatte er Benny getroffen, einen seiner besten Freunde. Sie sahen sich nicht mehr so oft, weil Benny inzwischen in Hamburg Jura studierte. Aber manchmal kam er spontan nach Lüneburg, um seiner Mutter die schmutzige Wäsche zu bringen oder seinen Vater, den Chef einer bekannten Anwaltskanzlei in Lüneburg, um ein paar Extra-Euro anzuschnorren. Benny befand sich ununterbrochen im Party- und Abenteuermodus. Gleichzeitig war er vom Ehrgeiz getrieben und sicher, mal ein bekannter und reicher Anwalt zu werden.

Sie hatten zusammen trainiert und waren dann zum Abendessen in eine Sushi-Bar gefahren, die Lars nicht kannte und die er sich auch nicht leisten konnte. Aber Benny bezahlte. Er hatte etwas zu feiern. Er hatte sich von seiner Langzeitfreundin Simone getrennt und war nun frei, um alles flachzulegen, was zwischen Elbe und Ilmenau einen Schlitz hatte und nicht über fünfundzwanzig war, wie er sich gewohnt derbe ausdrückte.

In der Sushi-Bar hatten sie bereits ein paar Bier und diesen merkwürdigen Sake getrunken. Dann rief Benny Costa an, der irgendwie auch immer dazu gehörte, wenn es etwas zu feiern gab. Costa lebte nicht mehr bei seinen Eltern, er hatte es in eine WG geschafft. Aber er half häufig im Restaurant der Familie. Auch an diesem Abend. Benny und Lars fuhren mit Bennys protzigem amerikanischen Pick-up zum Restaurant ›Zorbas‹ in der Nähe des Behördenhauses. Eigentlich war das ›Zorbas‹ eher ein Imbiss in einer umgebauten Tankstelle. Im Sommer saß man draußen, wo früher mal Zapfsäulen standen, und aß das hier legendäre Gyros. Jetzt im Herbst bot der kleine Gastraum zwanzig Gästen Platz.

Costas Vater Dimitri war ein echter Klischeegrieche. Immer gut drauf, immer ein bisschen blau und gnadenlos gastfreundlich. Er schob Benny und Lars an einen freien Tisch und schenkte Ouzo ein. Dazu stellte er einen Teller gefüllter Weinblätter, ein paar Oliven und Schafskäse. Lars' Beteuerungen, dass sie schon gegessen hätten und eigentlich auch schon zu viel getrunken, halfen nichts, sie mussten sich dem Wirt beugen.

Costa stand hinter dem Tresen, zapfte Bier, spülte Gläser und grinste. »Ihr entkommt dem alten Dimitri nicht. Der bewirtet euch zu Tode.« Costa war gut fürs Geschäft. Mit seinen pechschwarzen kurzen Haaren, dem schwarzen Vollbart und der rauen Stimme betörte er besonders die alten Damen im ›Zorbas‹. Außerdem sprach er die Sprache seiner Eltern ganz gut, was die griechischen Einwanderer unter den Gästen freute. Costa hatte nicht vor, die schlichte Taverne seiner Eltern irgendwann zu übernehmen. Er studierte mit Lars Digital Media und hatte andere Pläne, als Gyros und Ouzo zu servieren.

Benny brauchte nicht viel Überredungskunst, um Costa von seinen Pflichten loszueisen. Es war nicht viel Betrieb in der Kneipe, nur wenige Leute aßen, an einem Tisch hingen die üblichen Trinker. Und außerdem würden sie sowieso bald schließen.

Einen Tsipouro mussten die Freunde noch mit Dimitri trinken, aus dem schnell drei wurden. Der alte Grieche pries den Schnaps als bestes Getränk unter der Sonne an. Schwarzgebrannt von seinem Bruder in Thessaloniki. Locker sechzig Prozent Alkohol. Zum Beweis des hohen Alkoholgehalts tunkte Dimitri seinen Daumen in den Schnaps und hielt ihn in die Kerze. Der Daumen brannte mit bläulicher Flamme. Benny war so begeistert, dass er Dimitri gleich einen Dreiliterkanister von dem Fusel abkaufte. Das war typisch für Benny.

Dann fuhren sie endlich los. Natürlich war Benny zu diesem Zeitpunkt, es war vielleicht elf Uhr, längst fahruntüchtig. Aber er war nicht der Typ, den das interessierte. Bennys gute Laune und der aggressive Rap, der aus dem fetten Soundsystem des Dodge wummerte, wirkte ansteckend auf Lars und Costa.

Benny hatte den Truck Anfang des Jahres gekauft, nachdem ihm sein Vater zum Studienbeginn einen fast neuen Golf geschenkt hatte. Benny fackelte nicht lange und verkaufte die »Spießerkarre« gleich wieder, um sich dieses fünfzehn Jahre alte Monster zu leisten. Der passte auch viel besser zu Benny, der mit seiner blonden Mähne, den strahlendblauen Augen und dem ständigen Zahnpastagrinsen aussah wie ein kalifornischer Modelsurfer.

Während Benny den Wagen über die Autobahn Richtung Hamburg lenkte, baute Costa mit Bennys saugutem Gras einen großen Joint. Lüneburg, das war ihr Credo, seit sie partyfähig waren, taugt zum Schlafen und Essen, aber für Party musste man nach Hamburg. Und in so einer lauen Oktobernacht sei sicher einiges los rund um die Reeperbahn.

Lars musste nun in seiner Erinnerung kramen, denn der erste Joint, es sollte nicht der letzte in dieser Nacht sein, hatte große Lücken gerissen. Sie waren in ein paar Clubs und Kneipen rund um den Hans-Albers-Platz. Sie tranken Mexikaner, unzählige, baggerten Touristinnen an, die in Junggesellinnenabschiedsgrüppchen unterwegs waren. Lars meinte sich zu erinnern, dass Costa mit einem Mädchen auf dem Klo verschwunden war. Im ›Goldenen Handschuh‹, der miesesten aller miesen Kiezkneipen, die sie traditionell im Verlaufe einer Partynacht aufsuchten, schlief Lars am Tisch ein. Wie lange er geschlafen hatte, wusste er nicht. Benny hatte ihn wachgerüttelt, ihm eine volle Flasche Astra in die Hand gedrückt und angeordnet: »Wir fahren jetzt.«

Lars konnte sich noch gut erinnern, dass sie locker eine halbe Stunde durch die große Parkgarage am Spielbudenplatz gewankt waren, um den Dodge zu finden. »Die haben hier Überwachungskameras«, hatte Costa angemerkt, »wenn die uns hier so sehen, rufen die gleich die Bullen.« Aber es kamen keine Bullen. Irgendwann hatten sie den Pick-up gefunden und Benny war bedrohlich unsicher losgefahren. Auf dem Rückweg hatte Costa den dritten Joint gedreht. Oder war es der vierte?

Es wäre allerhöchste Zeit gewesen, nach Hause zu fahren. Doch das Gras gab allen noch mal einen Kick und machte sie hungrig. Und so landeten sie irgendwie bei McDonald's. Lars konnte sich nicht erinnern, bei welchem, doch es war schon in Lüneburg. Da gab es seines Wissens nur den McDonald's an der Autobahnausfahrt Lüneburg-Nord, der rund um die Uhr geöffnet hatte.

Costa – oder war es Benny? … einer bestellte am Drive-In-Schalter Unmengen von Burgern, Pommes und Cola.

Bis zu diesem Zeitpunkt war es ein ganz normaler exzessiver Abend, dachte Lars. So hatten sie in den letzten Jahren häufiger auf die Kacke gehauen. Und es war immer gut gegangen. Keine Unfälle, keine ernsthaften Schlägereien, kein Stress mit der Polizei. Aber der letzte Abend hatte dann offenbar ein anderes Ende genommen. Wie war es dazu gekommen? Und was genau war passiert?

5. Kapitel

Amsterdam. Früher, in einem anderen Leben, fuhr Thomas gerne nach Amsterdam. Er liebte die Stadt der Grachten – weiß Gott nicht nur wegen ihrer Coffee Shops. Amsterdam war wild und beschaulich zugleich, weltoffen und durch und durch holländisch. Hier gab es tolle Musik und interessante Frauen. Ein Nachmittag in der Sonne vor einem Café an einer Gracht war schon fast wie ein ganzer Urlaub. Doch das alles lag lange zurück. Nun stand er hier am Schiphol Airport und betrat zum ersten Mal nach fünfzehn Jahren wieder europäischen Boden.

Bei der Passkontrolle zögerte er kurz. *Schengen* und *Non Schengen* stand dort auf Schildern über den Köpfen der Ankommenden. Er musste sich nun in die Non-Schengen-Schlange stellen, die deutlich langsamer vorankam als die andere. Er war kein Deutscher mehr, kein Europäer. Er war Indonesier und das auch erst, seit er Linda geheiratet hatte. Mit einem miserabel gefälschten deutschen Pass, in dem genug Dollarscheine steckten, um die Blicke der Beamten zu trüben. So war er 2002 zu neuem Leben erwacht, hatte mit der indonesischen Staatsbürgerschaft eine legale Existenz bekommen. Das bedeutete aber auch, dass er gezwungen war, den beschwerlichen Weg der Visum-Erteilung zu gehen, um in das Land seiner Geburt einreisen zu dürfen. Er musste nicht nur eine indonesische Heiratsurkunde im deutschen Honorar-Konsulat in Medan vorlegen, sondern auch einen Einkommensnachweis. Außerdem eine Einladung einer deutschen Adresse, die ebenfalls einen Einkommensnachweis liefern musste. Der starke deutsche Staat, der seitdem er ihn verlassen hatte, noch mal so viel stärker geworden war, versuchte mit allen Mitteln, sich Armutsflüchtlinge vom Leib zu halten. Und irgendwie war er ja so einer.

Die indonesischen Dokumente waren mit ein paar Dollar leicht zu bekommen. Und für die deutsche Einladung hatte er Sybille eingespannt. Lange hatte er überlegt, wen er damit behelligen konnte. Eigentlich kam nur Sybille infrage, die dann nach einigen Bettel-E-Mails auch zusagte.

Er ließ die Einreiseprozedur am Zoll in Amsterdam mit den üblichen skeptischen Blicken – asiatischer Pass, europäischer Mensch? – über sich ergehen. Dann betrat er die von vielen seiner Landsleute und vielen hundert Millionen anderer Menschen in der Welt so heiß begehrte EU.

Im Internet hatte er recherchiert, wie er nun weiterkäme. Ein Flug nach Deutschland war zu teuer, ebenso die Bahn. Er entschied sich für eine Buslinie namens Flixbus, die ihn für zweiunddreißig Euro nach Hamburg bringen sollte. Das war immer noch viel Geld, aber trampen wollte er nicht. Kaum mehr als eine Stunde später bestieg er den giftgrünen Luxusbus und schlief sofort ein. Grachten würde er auf dem Weg sowieso keine sehen.

6. Kapitel

Bei Costa lief nur die Mailbox. Eigentlich hätte Lars zuerst gerne mit ihm gesprochen, doch nun musste er Benny anrufen.

»Ja?«

»Hey, Benny, ich bin's. Wo bist du?«

»Zu Hause. Ich liege noch im Bett. War ja ziemlich heftig gestern.« Seine Stimme klang rau und dünn. Er sprach sicher die ersten Worte an diesem Morgen.

»Ja. Heftig. Wie heftig? Haben wir gemacht, was ich denke, was wir gemacht haben?«

»Äh … ja, also, wieso wir?«

»Hä?«

»Also, du warst ganz schön irre und Costa erst.«

»Und du?«

»Ey, Lars, wir sollten das vielleicht nicht am Telefon besprechen. Lass uns treffen.«

»Meinst du, wir werden abgehört oder was?«

»Weiß nicht. Um zwei im ›Café Zeitgeist‹. Ich sag Costa Bescheid.«

***

Als Lars pünktlich um zwei in dem schicken Café in der Fußgängerzone von Lüneburg eintraf, waren Benny und Costa bereits da. Sie hatten auch schon halb geleerte Kaffeetassen vor sich. Warum? Hatten sie sich früher getroffen? Musste Lars den Freunden misstrauen?

Benny und Costa saßen an einem kleinen Tisch in einer Ecke. Es war offensichtlich, dass sie ungestört sein wollten. Das Café war nicht voll. Lars trat an den Tisch und begrüßte die beiden mit der üblichen Bro-Fist. Keiner der drei grinste oder lachte.

Die Kellnerin nahm Lars' Bestellung auf. Benny zog sein iPad aus der Tasche und öffnete die Homepage der ›Lüneburger Stimme‹. *Obdachloser verbrannt. War es Mord?*

Lars spürte Panik in sich aufsteigen. Wenn er einen Kater hatte, war er psychisch sowieso immer recht labil – und das war jetzt zu viel. Er wäre am liebsten schreiend aus dem Café gerannt. Aber er riss sich zusammen und sagte nur:

»Okay, helft mir mal. Was ist geschehen?«

Benny und Costa schwiegen einen Moment, als könnten sie sich nicht entscheiden, wer nun sprechen sollte. Schließlich ergriff Costa das Wort.

»Bis wohin hast du es denn noch mitbekommen?«

Lars wurde wütend: »Was ist das für eine bescheuerte Frage?«, zischte er. »Sagt mir, was da passiert ist. Waren wir das?«

»In gewisser Weise, ja, ich glaube schon«, sagte Costa.

»Etwas konkreter bitte?«

»Hey, Larry« Lars hasste es, wenn Benny ihn Larry nannte, wie er überhaupt diese ganze Ghetto-Spitznamen-Masche hasste. »Larry, wir müssen jetzt ganz cool bleiben.« Benny zitterte leicht und sprach mit gepresster Stimme. Ständig suchte er die Umgebung nach Zuhörern ab. »Da ist eine verdammte Scheiße passiert letzte Nacht. Aber wir sind safe, wenn wir alle dichthalten.«

»Wie ist das passiert?« Lars war jetzt so geschockt, dass er gar nicht mehr panisch oder hysterisch werden konnte. Er war plötzlich kühl und sachlich. Wie man bei einem schweren Unfall roboterhaft das Richtige tut und hilft und erst nachher kotzt. »Bitte ganz genau.«

»Also so genau«, druckste Benny, »wir waren ja auch drüber.«

»Du erinnerst dich noch, dass wir beim McDonald's-DriveIn waren«, sagte Costa und sprach dabei mit Lars, wie mit einem Irren.

»Ja, weiß ich. Und dann?«

»Dann sind wir wieder losgefahren und haben das ganze Zeug unterwegs gegessen. Irgendwann war uns schlecht und wir haben an einer kleinen Tankstelle irgendwo im Gewerbegebiet gehalten. Weißt schon.«

»Und?«

»Ich bin so einen Weg runter zum Fluss und hab ins Wasser gekotzt und Benny schleppte diesen Fusel von meinem Alten mit sich rum.«

»Du hast gesagt, ich soll den rausholen«, zischte Benny ihn an. »Du hast gesagt, das Zeug würde den ganzen Magen wieder frei räumen oder so einen Scheiß.«

»Egal«, sagte Costa. »Dann haben wir den Schnaps getrunken. Aus dem Plastikkanister raus. Nur ein paar Schlucke, das schmeckte fürchterlich. Und wir wurden schlagartig noch besoffener. Ja, und dann ...« Costa stockte.

»Was, und dann?«, fragte Lars.

»Dann war da dieser Penner.«

»Und was hat der gemacht?«

»Nichts. Der lag da und hat gepennt in seinem stinkenden Schlafsack, der nutzlose Arsch«, sagte Benny.

»Und dann sind wir da hin. Also du zuerst«, sagte Costa. »Schon irre, dass du das alles nicht mehr weißt.«

»Weißt du es denn noch?«, fragte Lars an Costa gewandt, »oder ist das nur eure Version der Geschichte?«

»Was meinst du damit?«, empörte sich Benny.

»Egal. Costa, wie ging's weiter?«

»Du bist da hin und hast den angesprochen, warum er da rumliege und so. Hast ihn gefragt, ob er auch 'nen Schnaps wolle.«

Jetzt sprach Benny weiter: »Du hattest den Kanister mit dem Fusel in der Hand, und dann hast du den Typen angeschnauzt, er solle gefälligst mittrinken, wenn wir ihn schon einladen.«

»Aha.« Lars glaubte immer weniger von dieser Geschichte, er konnte sich einfach nicht vorstellen, dass er sich im besoffenen Zustand mit einem Penner abgegeben haben sollte. Und er konnte ebenfalls nicht glauben, dass die beiden sich so glasklar an alles erinnerten, während er den totalen Filmriss hatte.

»Und was hat der Penner gemacht?«

»Nichts«, sagte Benny, »der war vermutlich total dicht. Hat nur gebrummt. Da hast du angefangen, ihm den Fusel langsam ins Gesicht zu schütten. Darauf hat der gar nicht reagiert. Dann hast du das Zeug über seinen Schlafsack geschüttet. Völlig krank. Wir sind dann auch hin und haben dir gesagt, du sollst aufhören mit dem Scheiß. Und plötzlich ...«

»Und plötzlich?«, echote Lars.

»Brannte der Typ.« Costa sagte diese Worte so leise, dass man ihn kaum verstehen konnte. »Mit einem Knall ging der Schlafsack und alles in Flammen auf. Voll der Horror.«

Nach einer Pause sagte Lars in einer Lautstärke, die die Freunde zusammenzucken ließ. »Ich glaube euch kein Wort.« Und dann leiser: »Ihr wollt mir was anhängen. Ich war das nicht. Ich habe ja nicht mal Feuer. Bin Nichtraucher.«

»Ich auch«, beeilte sich Benny.

»Hast dir aber mit meinem Feuerzeug den letzten Joint angezündet«, wandte Costa ein.

»Und wo ist das Feuerzeug jetzt?«, fragte Benny. »Wäre gut, wenn es nicht mehr bei dem Penner läge.«

Lars sah sich im Café um. Es waren jetzt nur noch eine Hand voll Gäste da und die Bedienungen standen gelangweilt herum. Beobachteten sie sie? Hatten sie irgendetwas aufgeschnappt? Lars sah auf das iPad. Ein großes Foto zeigte den Tatort im Morgengrauen. Nur ein Paravent war zu sehen, eine Absperrung, Schaulustige, Polizisten, keine Leiche. Dann drückte er auf den Home Button des Tablets, um den Anblick zu löschen.

Ein paar Minuten herrschte Stille am Tisch. Die drei jungen Männer schauten nur nachdenklich in ihre leeren Kaffeetassen.

»Wir müssen zur Polizei gehen«, sagte Lars schließlich leise und ohne den Blick von der Kaffeetasse zu nehmen.

»Auf gar keinen Fall«, sagte Benny ebenso leise. »Die haben nichts. Hier steht, dass man einen Sportwagen gehört hat. Ich habe keinen Sportwagen.«

»Und wenn uns jemand gesehen hat?«, fragte Costa, der nun auch nervös wirkte.

»Wenn wir uns melden«, sagte Lars, »können wir das als Unfall im Suff darstellen. Wir wollten das nicht. Ist passiert. Wollten mit dem Penner Schnaps trinken und dann hat er was verschüttet. Versteht ihr? Irgendwie so. Hat sich selbst angezündet, als er rauchen wollte.«

»Das glaubt uns kein Schwein.« Benny lachte sarkastisch. »Dann hätten wir ja Hilfe rufen müssen. Ich sage euch, was wir jetzt machen …« Irgendwie feierlich richtete er sich auf und sprach leise. »Wir schwören uns gegenseitig, kein Wort über den Mist zu verlieren. Keinen Ton. Keine Tagebucheintragungen oder so einen Blödsinn. Einfach vergessen. Die können uns nichts.«

»Ich weiß nicht, ob ich das durchhalte«, sagte Lars. »Mein Gott, wir haben einen Menschen auf dem Gewissen.«

Benny schaute sich irritiert um. »Einen Penner, Lars, einen Penner, der in den nächsten Wochen sicher sowieso erfroren wäre. Wegen dem geh ich nicht in den Knast.«

»Wir kommen nicht in den Knast, das geht auf Bewährung«, sagte Lars.

»Ach echt? Sicher? Auf jeden Fall könnt ihr euch eure Karrieren als Internetmillionäre abschminken und meine Zukunft ist dann erst recht im Arsch. Und enterben tut mich mein Alter auch. Keinen Bock drauf, echt nicht.«

Costa sah nervös zum Thekenpersonal rüber und sagte: »Ich glaube, wir sollten lieber mal abhauen. Wir haben hier schon viel zu viel gequasselt.«

»Okay«, sagte Benny und zog seine Jacke an. »Wir sind uns einig. Keinen Ton.« Costa nickte.

»Lars?«, fragte Benny streng. »Ja, klar«, antwortete der und sie verließen das Café.

7. Kapitel

»Und Marie, fängst du den Typen, der den Penner abgefackelt hat?«, fragte Juan, ihr chilenischer Mitbewohner. Er war für seine Verhältnisse besonders früh auf den Beinen und schlürfte am Frühstückstisch sein Müsli. Eigentlich war es Maries Müsli, aber das nahm sie schon lange nicht mehr so genau. Wenn man in einer Wohngemeinschaft der einzige Mensch ist, der nicht vom Bafög oder der elterlichen Überweisung lebt, muss man in Kauf nehmen, dass man die anderen irgendwie unterstützt. Das war okay für Marie. Sie hatte es sich ja so ausgesucht. Juan, Pauline und Andy waren über zehn Jahre jünger als sie und studierten. Sie mochte die drei, jeden auf seine Art und nach einem missglückten Zweisamkeitsversuch mit ihrem Ex Olaf vor zwei Jahren war das die im Moment beste Lebensform für sie.

»Juan, in meinem Kurs Deutsch für lateinamerikanische Akademiker lernst du heute: Das heißt nicht Penner. Das ist sehr abwertend. Wir sagen Stadtstreicher, Wohnungsloser, manche sagen auch Berber, in Bayern heißen sie Sandler. Notier's in deinem Vokabelheft. Nächste Woche schreiben wir einen Test.«

»Ja, okay, merke ich mir. Und habt ihr eine Spur?«

»Darüber darf ich nicht sprechen, aber wir sind dran. Verlass dich drauf.«

»Widerlich. Wer tut so was?«

»Ja, ich weiß es nicht. Ich frage mich aber eigentlich bei jedem Mordfall, wer so was tut.«

»Wirklich bei jedem? Es gibt doch auch Morde, die man echt gut verstehen kann. Wenn zum Beispiel eine Frau ihren gewalttätigen Ehemann kaltmacht.«

»Das ist dann aber meistens kein Mord, sondern Totschlag.«

Pauline und Andy kamen zusammen in die Küche. Das war merkwürdig. Lief da was? Eher unwahrscheinlich, denn die linke Feministin Pauline und der Partygott und Aufreißer Andy hatten keinen großen gemeinsamen Nenner. Aber wenn die Lust einen überkommt. Marie hatte für sich auf jeden Fall die Entscheidung getroffen, mit keinem ihrer Mitbewohner zu schlafen.

Es wurde unruhig in der geräumigen Küche der schönen Altbauwohnung in der Feldstraße am Rande der Lüneburger Altstadt. Zeit für Marie, den Weg zur Arbeit anzutreten. Wieder mit dem Motorrad. Der goldene Oktober hielt an.

Als sie im Präsidium über den Gang ging, sah Stephan Weide sie durch seine offen stehende Bürotür. »Marie, haben Sie mal eine Minute.« Ein Satz ohne Fragezeichen. Weide bat nicht, er ordnete an.

»Darf ich vielleicht schnell die Jacke ausziehen und einen Kaffee holen«, rief sie durch den Türspalt und lächelte.

»Ja, okay, aber schnell, ich habe hier was.«

In den Monaten, die Marie nun mit Stephan Weide zusammenarbeitete, hatte sie immer noch nicht alle seine Geheimnisse entschlüsselt. Ein paar schon. So wusste sie, dass er aus Düsseldorf nach Lüneburg gekommen war und dass es in seinem alten Job ein paar Probleme gegeben hatte, zu denen er nur Andeutungen machte. Alkohol war wohl ein Thema und sein Gedächtnis funktioniert aufgrund einer Erkrankung nicht mehr einwandfrei. Er litt unter einer anterograden Gedächtnisstörung, hatte er Marie überraschend offen erklärt. Folge einer nicht besonders langen, aber intensiven Säuferkarriere.

Weide war mit der bildschönen Tochter eines reichen Unternehmers verheiratet, mit der er aber seit ein paar Monaten so etwas wie eine Ehepause durchmachte. Das hatte wohl auch mit dem ersten spektakulären Fall zu tun, den Marie mit ihm durchzustehen hatte. Weide war mit Frau und vierjähriger Tochter von einem irren Serienkiller ein paar Stunden gefangen gehalten und mit dem Tode bedroht worden. Zu dieser Situation kam es auch deshalb, weil der Verbrecher ein iPad hacken konnte, in das Weide sich alle Details des Falles notiert hatte, um sie nicht zu vergessen. Eigentlich eine Katastrophe, aber nach dem Fall wurde sein unprofessionelles Verhalten gar nicht weiter durchleuchtet. Möglich, dass Weide mit Polizeipräsident Mucha eine Vereinbarung hatte, eine Art letzter Chance.

Seine Frau wollte ihm offenbar keine letzte Chance geben, sondern wartete in Düsseldorf darauf, dass er den Polizeiberuf endlich an den Nagel hing. Sein Beamtengehalt benötigten sie sowieso nicht. *Mord ist sein Hobby,* hatte die ›Bild‹ seinerzeit geschrieben.

Er nahm nun, das hatte er Marie versichert, wirksame Medikamente, die sein Gedächtnis einigermaßen in Funktion hielten. Notizen macht er sich nur noch unleserlich auf Papier und übertrug sie regelmäßig in den gesicherten Polizeicomputer.

»Gut, was haben Sie, Chef?«, sagte Marie bestens gelaunt, als sie mit einer Kaffeetasse in der Hand sein Büro betrat und vor seinem Schreibtisch Platz nahm. Sie wusste, dass ihn das irritierte. Er war von der Sorte, die dem Besucher erst einen Platz anbot, bevor er sich setzen durfte. Aber Marie ignorierte solche Machtspielchen bewusst.

»Der Autopsiebericht von diesem ...«

»Helmut Thiele?«

»Ja, genau. Es war Brandbeschleuniger im Spiel.«

»Ja, das wissen wir doch.«

»Wir wissen aber nicht, welcher Brandbeschleuniger, und die Freunde in der Pathologie wissen es auch nicht so genau. Benzin war es jedenfalls nicht. Auch kein Spiritus. Das hätte viel verheerender gebrannt.«

»Was dann?«

»Sie haben Zucker gefunden, also Karamellkristalle. Ungewöhnlich viele. Das lässt auf Alkohol schließen. Aber nicht auf reinen Alkohol, sondern eher auf ...«

»Auf was? Jetzt machen Sie es nicht so spannend.«

»Schnaps. Der Gute wurde regelrecht flambiert.«

Marie verzog das Gesicht, war aber durchaus offen für eine gesunde Portion Sarkasmus.

»Dann hat er sich vielleicht doch selbst angezündet. Besoffen den Schnaps verschüttet, dann eine Zigarette. Paff.«

Weide schüttelte den Kopf. »So einfach ist das nicht, schreiben die Experten. Man hat etwas abseits eine leere Flasche gefunden, die war wohl weggerollt und wurde von den Flammen nicht erreicht. Das war normaler Korn mit zweiunddreißig Prozent. Der brennt nicht.«

»Wie viel Prozent muss der Schnaps denn haben, damit es ein hübsches Feuer gibt? Über fünfzig, oder?«

»Ja, Besser noch mehr.«

»Bäh«, blökte Marie, »wer trinkt denn so was?«

»So was nehmen die Leute für Feuerzangenbowle oder um Eierlikör selbst zu machen. Bei der Schwarzbrennerei entsteht auch solcher Teufelsfusel. Möglich, dass da bei den Pennern so ein Stoff kursiert.«

»Gut. Dann werde ich meine Freundin von der Obdachlosenhilfe mal fragen, ob sie was von solchen Cocktails weiß.«

»Ich werde mich mal um die Öffentlichkeit kümmern. Die möchte Antworten.«

»Echt?« Marie stand auf und sagte im Rausgehen, »ist es den Leuten nicht scheißegal, wenn ein alter Penner abgefackelt wird?«

Weide zuckte mit den Schultern und Marie verließ den Raum.

Walter saß an seinem Schreibtisch, zurückgelehnt in den Bürostuhl, die Hände vor dem stattlichen Bauch gefaltet und hatte die Augen geschlossen. Wie ein Buddha der Arbeiterklasse saß er da in seinem langweiligen karierten Hemd. Das große Wappen des FC Hansa Rostock an der Wand hinter ihm, rahmte seinen massigen Schädel ein wie ein Heiligenschein. Immer wieder bekam er von Kollegen Sprüche zu hören, dass man in Lüneburg nicht einem Ostverein huldigen dürfe, aber das juckte ihn nicht.

Marie verhielt sich leise, sie gönnte Walter seinen Minutenschlaf. Er brauchte ihn. Doch dann klingelte sein Telefon und es war Schluss mit Fofftein, wie man im Norden sagt.

Marie beobachtete Walter, wie er, den Hörer eingeklemmt zwischen Kopf und linker Schulter, sein Gespräch führte und dabei eifrig Notizen machte. Alles was Walter tat, wirkte umständlich und ungeschickt. Dauernd hatte man das Gefühl, dass ihm etwas aus der Hand glitt oder er zu Fall kam. So fuhr er auch Auto. Walter war eine fleischgewordene ungute Vorahnung. Aber er war auch ein guter Kollege und ein verlässlicher Ermittler. Das einzige Problem: Walter wollte gerne mehr raus. Marie sah ihn, schon zu seiner eigenen Sicherheit, lieber am Schreibtisch.

Walter legte den Hörer auf. »Krankenhaus und Pathologie haben die Röntgenaufnahmen vom Kiefer des Toten verglichen. Es handelt sich eindeutig um Helmut Thiele.«

8. Kapitel

»Guten Abend, mein Herr, was treibt Sie denn mitten in der Woche in die heimatliche Hütte?« Bennys Vater sah von seinem iPad auf und fixierte seinen Sohn lächelnd, aber kritisch. »Hat nicht erst heute das Semester wieder begonnen? Und jetzt schon frei?«

Benny setzte sich zu seinem Vater auf das riesige Ledersofa im Wohnzimmer. Aus den Boxen plätscherte dezent irgendeine Jazzmusik. Bennys Mutter war direkt von ihrer Kinderarztpraxis zu irgendetwas Ehrenamtlichem gefahren. Wie so oft. Benny war sicher, dass seine Eltern nur deshalb über zwanzig Ehejahre überstanden hatten, weil sie sich so selten sahen.

»Mir war nicht gut. Musste mich mal ausruhen. Morgen fahre ich wieder hin.«

»Die Krankheit kenne ich, Benjamin. Hast am Sonntag mit deinen Freunden die Nacht durchgesoffen, oder?«

Benny schwieg. Das war klüger, wenn er auf der Anklagebank saß. Jedes Wort würde sein Vater gegen ihn verwenden. Dr. Christoph Klein war zwar kein Staatsanwalt, sondern ein Wirtschafts- und Patentanwalt mit internationalem Ruf, aber er war Anwalt, und das reichte, um jede Diskussion mit ihm unmöglich zu machen.

»Gerade die ersten Semester sind entscheidend. Wenn du da die Kurve kriegst, steht einem Top-Abschluss nichts mehr im Wege.«

»Ja, Daddy, ich weiß.«

»Wo habt ihr euch denn überhaupt so die Kante gegeben?«

»Ach, hier und da. Nichts Besonderes.«

»Und schön besoffen mit deiner Proletenschleuder durch die Stadt? Ich kann dich nicht raushauen, wenn sie dir den Schein abnehmen. Da ist die Rechtslage eindeutig.«

»Ja, ich weiß. So schlimm war's aber nicht.«

Christoph Klein stand auf, ging durch den großen Raum und legte noch einen Scheit Holz in den massiven Kaminofen, der den Wohnraum mit angenehmer Wärme erfüllte. Er blieb am Kamin stehen und schaute in die Flammen.

Benny beobachtete seinen Vater. Er ging ihm häufig auf die Nerven. Schon während der Schulzeit hatte er ständig Druck gemacht, mehr Fleiß und bessere Noten gefordert. Immer auf eine kumpelhafte, lockere Tour, aber doch mit Entschiedenheit. Benny hatte keine Angst vor ihm, aber Angst davor, seinen hohen Ansprüchen nicht zu genügen. Auch heute noch.

Wie sein Vater da am Kamin stand, groß, schlank mit vollem grauen Haar … er sah verdammt gut aus. Ein cooler Hund, der vor nichts und niemandem Angst hatte und es selbst mit Fleiß und Härte zu Ansehen, Reichtum und einer Stadtvilla im Roten Feld, in bester Lüneburger Lage, gebracht hatte. Benny wusste, dass sein Vater Ähnliches von ihm erwartete. Das war so weit in Ordnung, Ansehen und Reichtum waren auch für Benny oberstes Ziel, aber vielleicht mit etwas weniger Stress und mehr Spaß. Die Stadtvilla würde er sowieso erben.

»Mal was anderes, Benjamin«, sagte Dr. Klein und kam wieder zur Sitzgruppe. »Übernächsten Freitag habe ich ein paar Leute zur Jagd eingeladen. Wir gehen auf Schwarzwild. Da sind auch ein paar Kollegen aus Hamburg dabei. Komm mit. Kannst nicht früh genug Kontakte knüpfen.«

Das hatte Benny gerade noch gefehlt. Auf die Jagd. Mit einem Haufen alter Langweiler, die den ganzen Tag über ihre wichtigen Jobs reden und sich am Abend mit Steinhäger besaufen.

Er hatte vor zwei Jahren seinem Vater zuliebe den Jagdschein gemacht und war ein paar Mal mit ihm unterwegs gewesen. Wirklich Spaß machte ihm die Jagd nicht. Man lief lange herum, saß stundenlang auf Hochsitzen und wenn man mal ein Tier getroffen hatte, musste man es sofort ausweiden. Eine widerliche Sache. Einzig das Schießen mit der großkalibrigen Flinte oder mit Schrot hatte seinen Reiz.

»Och, ich weiß nicht. Mal sehen, ob ich das schaffe. Ist ja auch Uni an dem Tag.«

Der Vater schüttelte in einer Mischung aus Unverständnis und Enttäuschung den Kopf.

Benny ging auf sein Zimmer.

Auf seinem Handy sah er drei entgangene Anrufe von Costa und eine Mailbox-Nachricht. Ohne die Nachricht abzuhören, rief er den Freund sofort an.

»Hey, Benny, gut, dass du anrufst. Ich glaube wir müssen Lars im Auge behalten. Der ist gar nicht gut drauf.«

»Wieso? Was ist passiert?«

»Er hat mich angerufen, rumgejammert. Er glaubt nicht, dass er den Penner angezündet hat.«

»Ey, Costa, wir sollten das nicht am Telefon besprechen.«

»Ach, hör auf. Meinst du etwa, wir werden abgehört?«

»Vielleicht nicht im Moment. Aber wer sagt dir, dass nicht generell alle Gespräche aufgezeichnet werden. NSA und so, weiß man doch. Und wenn es dann irgendwann nur den Hauch eines Verdachtes gibt, haben sie die Aufnahmen und damit die Beweise.«

»Haha«, lachte Costa. »Und wer soll das ganze Gelaber abhören?«

»Ey, Mann. Ich denke, du bist der Digital-Experte. Das wird gescannt. Mit Worterkennung. Da hört keiner zu wie bei der Stasi früher. Das geht vollautomatisch. Die geben als Suchwort Penner ein und schon haben sie unser Gespräch.«

»Ja, klar. Weiß ich auch.«

»Also. Schnauze jetzt und Nerven behalten. Keine Calls, keine Messages. Ich spreche mit Lars. Der dreht schon nicht durch.«

»Okay, Benny, aber eine Frage noch, da dieses Gespräch ja sowieso schon kontaminiert ist.«

»Und?«

»Wer war es denn nun?«

»Lars. Hast du doch auch gesagt.«

»Ich bin nicht mehr so sicher. Ist alles so im Nebel. Und wo ist der Kanister mit dem Fusel gelandet?«

»In der Ilmenau. Der schwimmt jetzt längst in der Nordsee.«

9. Kapitel

Thomas war nun seit drei Tagen in Lüneburg. Mit dem Flixbus von Amsterdam nach Hamburg, dann mit der S-Bahn weiter. Um Geld zu sparen, hatte er die erste Nacht im Bahnhof verbracht. Am nächsten Tag war er mit dem Bus zum Haus seines Bruders gefahren. Doch der öffnete nicht. Er ging nicht ans Telefon und Thomas' E-Mails hatte er, wie in den Wochen zuvor, auch nicht beantwortet. Tot konnte er nicht sein, das hätte Thomas erfahren. Wenn der erfolgreiche Lüneburger Software-Unternehmer Jürgen Taubmann den Löffel abgibt, berichten die Medien darüber.

Als er vor Jürgens Haus im Stadtteil Wilschenbruch stand, war er etwas enttäuscht gewesen. Er hatte sich das Anwesen größer vorgestellt. Eigentlich war es gar kein Anwesen, sondern ein Einfamilienhaus. Modern, schön, aber nicht riesig. Das Haus umgab eine hohe weiße Mauer, direkt an der Straße lag eine Doppelgarage. Hinter der Mauer sah man das zweigeschossige Haus aufragen. Flachdach mit Pflanzen darauf, offensichtlich eine Dachterrasse. Große Fenster überall. Dahinter rührte sich nichts.

Neben der Doppelgarage lag das Tor zum Vorgarten. Natürlich verschlossen. Die Klingel- und Sprechanlage in der Mauer war mit einer Kamera ausgestattet. Thomas konnte nicht erkennen, ob er beobachtet wurde.

In der Innenstadt hatte Thomas über AirBnB ein billiges Zimmer gefunden. Billig für deutsche Verhältnisse. Auf Sumatra hätte man für die fünfzig Euro pro Nacht eine Luxussuite bekommen. Er war vertraut mit AirBnB und hatte seit Jahren einen Account dort, weil am To-basee auch viele Gäste über diese Plattform buchten. Er hatte kurz gebangt, ob sein Kreditkartenkonto noch genug Spielraum für diese Buchung bot, aber es funktionierte.

Es war ein kleines Zimmer in der Altbauwohnung eines alleinstehenden Rentners. Sauber und ruhig. Ein eigenes Bad gehörte auch dazu. Nach der ersten Nacht verlängerte er in direkter Absprache mit dem Rentner, zahlte bar und konnte so noch einen kleinen Rabatt aushandeln.

Aber nun hatte er das Zimmer gekündigt. Eine Nacht konnte er dort noch verbringen, dann war er obdachlos. Jürgen musste ihm jetzt helfen. Er hatte noch einhundert Euro in der Tasche. Sein ganzes Vermögen.

Nun stand er also zum zweiten Mal vor dem Haus seines Bruders und es war wieder still und offensichtlich menschenleer.

Thomas hatte nach dem Grauen von 2002 in den folgenden Jahren mit Linda zu innerer Ruhe gefunden. Er hatte ein asiatisches Temperament entwickelt, regte sich nicht schnell auf, war nie aufbrausend oder aggressiv. Aber nun war er am Ende seiner Geduld. Sein Bruder wusste, dass er da war. Er wusste, wie er litt und dass er seine Hilfe brauchte.

Thomas nahm sein Handy und überprüfte den Mail-Eingang. Auch auf die letzte Nachricht hatte er von Jürgen keine Antwort bekommen. Es reichte!

Ein Stück die Straße hinunter war die Bushaltestelle mit einem kleinen Unterstand mit Sitzbank. Dort ließ er sich nieder. Es war fünfzehn Uhr, er würde hier warten. Bis in die Nacht, wenn es sein musste. Es war ungewöhnlich warm für Oktober. Seine Lederjacke reichte aus. Er hatte seit dem Frühstück nichts gegessen, verspürte aber keinen Hunger. Vielleicht brachte das die Krankheit mit sich: Appetitlosigkeit.

Thomas hatte gut vier Stunden an der Bushaltestelle gesessen. Nur eine Hand voll Leute war in dieser Zeit gekommen, um auf den Bus zu warten. Sie standen immer nur kurz und beachteten ihn nicht. Keiner der Wartenden setzte sich auf die Bank, obwohl Platz gewesen wäre.

Alle halbe Stunde kam ein Bus. Es stiegen nie Leute aus. Die Busfahrer schauten Thomas immer erwartungsvoll an, ob er denn nicht einsteigen wolle, aber er winkte ab. Kurz war er eingenickt und als wieder ein Bus hielt, rief der Fahrer: »Hey, Alter, willste mitfahren? Dann los, ich warte nicht ewig.«

Ziemlich respektlos, dachte Thomas. Als er sich dann in der Scheibe des Wartehäuschens betrachtete, konnte er schon verstehen, dass man ihn für einen Penner hielt. Die alte, abgewetzte Jacke, eine schmutzige Jeans, ausgetretene Sneakers, ungepflegter Vollbart und verfilzte Haare. Er war ein Penner. Inzwischen.

Es war längst dunkel, sieben Uhr vielleicht, da tat sich etwas. Ein Auto kam zügig die Straße entlang und hielt vor der Doppelgarage. Ein silbernes Mercedes-Coupé. Recht neu. Kennzeichen: LG-JT 70. Jürgen Taubmann, geboren 1970. Eitel war er schon immer gewesen.

Das Tor öffnete sich automatisch und der Wagen fuhr in die Garage. Dort stand bereits ein Mini-Cabrio.

Thomas sprang auf, ging zügig über die Straße und auf die Garage zu. Jürgen stieg aus dem Auto. Er hatte Tenniskleidung an.

»Hallo, Jürgen«, sagte Thomas und blieb vor der offenen Garage stehen. Jürgen zuckte nicht zusammen, er schaute nicht mal überrascht. Er hatte offensichtlich damit gerechnet, dass Thomas ihm irgendwann auflauern würde, er das Zusammentreffen nicht ewig rauszögern konnte. Thomas musterte seinen Bruder von oben bis unten. Fünfzehn Jahre hatten sie sich nicht gesehen. Was dachte Jürgen jetzt? Empfand er Mitleid für die erbärmliche Gestalt, die jetzt in seine Garage trat? Verachtung? Angst?

»Mensch, Thomas, du darfst nicht hier sein«, zischte er schließlich aufgeregt.

»Ich brauche Hilfe, Jürgen. Und du hast mich die letzten Jahre schon hängen lassen. Jetzt wird's Zeit. Das hatte ich dir geschrieben.«

Thomas kam näher, stand nun vor seinem Bruder.

»Thomas, du bist tot. Wenn dich irgendjemand hier in Lüneburg sieht, sind wir beide geliefert.«

Jürgen sah klasse aus. Schlank, frisch, in seinen Tennisklamotten machte er eine gute Figur. Er war auf den Tag genauso alt wie Thomas und sah zehn Jahre jünger aus. Ja, Thomas war neidisch. Alles andere wäre gelogen.

Jürgen drückte auf seinen Autoschlüssel und das Garagentor schloss sich. Die Garage war nun in grelles Neonlicht getaucht. Thomas sah sich um. Der Mercedes, das Mini-Cabrio, Rasenmäher, Gartengeräte, eine zusammengeklappte Tischtennisplatte, Weinkisten, ein großer Gartengrill. Alles hatte seinen Platz, es war sauber und ordentlich. Klar. So war Jürgen.

»Ich bin sowieso geliefert. Vor allem dann, wenn du mir nicht hilfst«, sagte Thomas.

»Du brauchst meine Leber, ich weiß. Und du brauchst Geld. Aber meine Leber bekommst du nicht. Wenn du dir da am Arsch der Welt irgendeinen Erreger eingefangen hast, dann ist das dein Problem. Ich riskiere dafür nicht mein Leben.«

»Ja, Jürgen, das habe ich nicht anders von dir erwartet.«

»Weißt du eigentlich, was du da verlangst? Die Chance, dass du mit einem Stück meiner Leber noch länger als zwei Jahre lebst, ist sehr gering. Die Chance, dass ich bei dem Eingriff draufgehe, ist aber extrem hoch. Du weißt, ich bin ein Spieler. Und wenn ich kein gutes Blatt habe, erhöhe ich nicht den Einsatz. Ach, und was das Geld angeht: Ich habe kein Geld. Echt nicht. Das habe ich dir vor Monaten geschrieben. Ich bin am Arsch.«

»Und das hier alles?«, Thomas machte eine Bewegung mit dem Arm, die zwei Autos und ein Haus symbolisch umschloss.

»Alles auf Pump. Gehört alles der Bank und die wird es sich bald zurückholen.«

»Und deine Frau?«, Thomas zeigte auf den Mini.

»Freundin. Aber die ist auch weg. Schon seit ein paar Monaten. Nur das Auto ist noch da. Gehört ja auch der Bank.«

»Und was ist mit unserer gemeinsamen Erfindung? Was ist mit dem genialen Code? Und was ist mit der Lebensversicherung?«

»Lange her, Thomas, lange her. Und du hast davon profitiert. Monat für Monat. Jahrelang.«

»Pah, tausend Euro im Monat, dann nur noch fünfhundert und im letzten Jahr nichts mehr. Ein Witz, gemessen an dem, was du kassiert hast.«

»Alles futsch, glaub mir. Die Krise, dann die Scheidung von Sybille. Ich habe versucht zu retten, was zu retten war. Leute entlassen, das Büro aufgelöst. Zu spät. Die Insolvenz ist angemeldet.«

Er sagte das nicht so, dass man hätte Mitleid mit ihm haben müssen. Eher als Information und sicher in der Hoffnung, dass es reichen würde, um den Bittsteller loszuwerden.

»Hör auf, Jürgen, ich kenne dich doch. Du hast rechtzeitig einen Notgroschen in Sicherheit gebracht.«

»Nein, Thomas. Habe ich nicht. Und du musst jetzt gehen. Ich kann dir nicht helfen.«

»Jürgen!« Thomas musste sich bemühen, jetzt nicht weinerlich oder verzweifelt zu klingen, nicht erbärmlich. Dabei hatte er so gehofft, dass es mit Thomas' Leber und deutschen Ärzten noch eine Chance für ihn gäbe. Aber die Mitleidstour verfing bei Jürgen nicht.

»Gut, Bruderherz, dann muss ich andere Saiten aufziehen ...«

»Ach, willst du mir drohen?« Jürgen versuchte, cool zu wirken, was ihm misslang.

»Zum Spenden eines Stücks deiner Leber kann ich dich nicht zwingen. Aber ich brauche Geld. Fünfzigtausend mindestens für eine Behandlung in Hamburg. Vielleicht mehr. Ich bin ja im Gegensatz zu dir nicht krankenversichert.«

»Ich habe keine fünfzigtausend. Nicht mal einen Bruchteil davon.« Jürgen hatte die ganze Zeit in der offenen Autotür gestanden, jetzt schloss er sie. Er lehnte sich gegen den schicken Wagen. »Wie bist du eigentlich hier her gekommen? Ein Toter hat doch keinen Pass und bekommt kein Visum.«

»Ein Toter nicht, aber ein Indonesier mit guten Beziehungen nach Deutschland.«

»Du bist Indonesier? Wusste ich ja gar nicht.«

»Du weißt vieles nicht. Hat dich aber auch nie interessiert.«

»Es gab gute Gründe dafür, dass wir keinen Kontakt haben durften. Das hattest du immer akzeptiert.«

»Also, Jürgen. Besorg mir das Geld, schnell. Sonst gehe ich zur Polizei und erzähle die ganze Geschichte.«

»Dann gehst du auch in den Knast, das ist dir klar, oder?«

»Mir ist es egal, wo ich verrecke. Ehrlich. Im Knast kümmert man sich wenigstens um mich. Und überhaupt: Dich kriegen sie dran wegen schweren Betruges, und wenn das verjährt sein sollte, will nicht nur die Versicherung viel Geld von dir. Ich habe nur meinen eigenen Tod vorgetäuscht. Das ist dagegen eine Kleinigkeit.«

»Du bist irre, Thomas, völlig irre. Warst du immer schon. Es war ja deine Idee damals. Du wolltest tot sein und neu anfangen. Du hast mich da reingezogen.«

»Es hat sich für dich gelohnt. Mehr als für mich, wenn man es heute betrachtet.«

Jürgen bewegte sich von seinem Auto weg und ging Richtung Tür.

»Warte hier einen Moment«, sagte er, »und komm mir bloß nicht nach.«

Er ging durch die Tür, hinter der Thomas einen gepflegten Weg zum Haus sah und schloss die Tür.

Nach wenigen Minuten war er zurück.

»Du musst verschwinden.«

Er drückte Thomas ein paar zerknitterte Scheine in die Hand.

»Hundertfünfzig Euro? Soll das ein Witz sein?«

»Mehr habe ich nicht im Haus. Ich sehe, was ich tun kann und melde mich. Warte ein paar Tage. Ich schreibe dir per E-Mail von dem geheimen Account.«

»Das soll ich dir glauben? Du hast mich die letzten Jahre doch nur verarscht.« Thomas kam sich so hilflos vor. Er wollte seinem Bruder glauben, wollte hoffen, aber die Fakten sprachen dagegen.

»Bitte, Thomas, glaub mir. Und tu nichts Unüberlegtes.«

Jürgen öffnete das Garagentor und Thomas ging erst langsam, dann immer schneller fort.

10. Kapitel

Marie saß mit Walter an einem Tisch in der Polizeikantine, wie fast jeden Tag. Das Essen war günstig und gar nicht so schlecht. In der näheren Umgebung gab es außer einem griechischen Imbiss auch keine echte Alternative. Marie aß Kabeljau in Senfsoße mit Kartoffeln, Walter Currywurst mit Pommes, die für so manchen Polizisten in Lüneburg das Highlight jedes Freitags war. Marie hätte natürlich besser den Salat genommen, wegen der Fünfundachtzigkilogrenze, aber sie hatte Stress und da funktionierte Diät nicht so gut.

»Marie«, sagte Walter und schob sich ein paar Pommes quer in den Mund, »warum legt sich unser Herr Thiele unter dieser Brücke zum Schlafen? Das ist kein gängiger Platz bei den Brüdern.«

»Vielleicht deshalb. Er wollte seine Ruhe. Er hat geangelt und ist dann müde geworden. Es war ja warm in der Nacht. Zwölf Grad oder so.«

»Da hatte er aber einen weiten Weg. Von der Salzstraße bis zum Tatort sind es zu Fuß locker dreißig Minuten und Herr Thiele war bestimmt kein Langstreckenläufer.«

»Was denkst du?« Marie schob zwei dicke Kartoffeln beiseite und beschloss, sich nur dem Fisch zu widmen.

»Vielleicht hat ihn einer dorthin gebracht?«

»Um ihn dann anzuzünden? Warum sollte das jemand tun? So ein Kerl wird nicht Opfer eines ausgetüftelten Mordes. Er war da, wo ein paar Idioten seinen Weg kreuzten und schon nahm das Schicksal seinen Lauf. Hast du doch selbst gesagt.«

»Und niemand hat was gesehen?«, sagte Walter fast zu sich selbst und stopfte sich das letzte Stück der Wurst in die Backen.

»Nee, niemand.«

»Oder vielleicht doch?« Walter sprang auf, nahm sein Tablett und ging zügig auf das Geschirrband zu.

»Was ist los, alles klar?«, rief Marie ihm hinterher.

»Ja, habe da so eine Idee. Erkläre ich dir gleich.«

Marie aß in Ruhe ihren Fisch auf. Wenn Walter da so eine Idee hatte, war das noch kein Grund, in Hektik zu geraten. Walters Ideen waren häufig Schnapsideen.

Stephan Weide kam an ihren Tisch. Er aß so gut wie nie in der Kantine und auch jetzt hatte er sich nur einen Cappuccino geholt.

»Marie, schmeckt's«, sagte er fröhlich und schaute mit unverhohlener Skepsis auf die Reste des Kabeljaus.

»Danke. Allerfeinst.«

»Mich hat eben eine Frau ... eine Frau von dieser Obdachlosenhilfe angerufen. Wollte eigentlich Sie sprechen.«

»Ach, Frau Oppermann.«

»Ja, so hieß die, glaube ich.« Weide setzte sich neben Marie an den Tisch.

»Und?«

»Sie hat sich unter ihren Schützlingen umgehört, da ist nichts von irgendeinem schwarzgebrannten Schnaps bekannt. Die saufen alle das Billigste aus dem Aldi. Soll ich Ihnen ausrichten.«

»Ja, danke.«

»Und, Marie, wenn Sie Hilfe brauchen bei dem Fall, sagen Sie Bescheid. Ich halte Ihnen derweil die Presse und den Polizeipräsidenten vom Hals.«

»Ja, danke, das weiß ich zu schätzen.« Sie erhob sich und nahm das Tablett. »Ich muss los. Kollege Sobchak hat eine Idee. Da muss man gut aufpassen.«

Weide grinste.

Als Marie in ihr Büro kam, stand Regina Feldmann mitten im Raum. Die Reporterin der ›Lüneburger Stimme‹ trug einen schwarzen Lackmantel und auf den schwarz gefärbten Haaren einen Lackhut. Sie sah aus wie ein in Öl getauchter Feuerwehrmann. Wie immer war sie für ihre fünfzig Jahre zu grell geschminkt – und wie immer auf der Jagd nach Sensationen, von denen es in Lüneburg leider so wenige gab.

»Frau Gläser, gut, dass Sie da sind ...«

»Moin, Frau Feldmann ich freue mich auch, Sie zu sehen, aber ich habe nichts für Sie.« Marie ließ sich in ihren Stuhl fallen und bemühte sich, die Feldmann zu ignorieren. Dann würde sie schon gehen.

»Ich will doch gar nichts von Ihnen, meine Liebe, ich habe was für Sie!«

Marie war nicht wirklich gespannt: »Was haben Sie denn Tolles für mich. Immer her damit.«

»Ein Bekennerschreiben.«

»Ein was?« Frau Feldmann machte sich gerne wichtig, aber das war nun eine neue Dimension.

»Ja. Ist auch für mich das erste Mal in meiner langen Laufbahn, das können Sie mir glauben.«

Sie zog eine DIN-A4-Klarsichthülle aus ihrem schwarzen Lackrucksack und hielt ihn Marie vor die Nase. In der Hülle steckte ein weißes DIN-A4-Blatt. Unverkennbar mit einem PC geschrieben und ausgedruckt. Den kleinen Text im oberen Teil des Blattes konnte Marie nicht lesen, weil die Feldmann es am ausgestreckten Arm hielt, der ziemlich zitterte.

»Habe ich sofort in diese Hülle getan. Wegen der Fingerabdrücke.«

Marie griff danach und zack, zog die Reporterin das Blatt weg.

»Ich muss Ihnen das nicht geben. Ich kann das auch wieder mitnehmen«, sagte sie schnippisch.

Marie lehnte sich zurück. »Liebe Frau Feldmann, ich weiß nicht, was das da ist. Aber wenn es ein Beweismittel in einem Kapitalverbrechen ist, dann dürfen Sie es mir nicht unterschlagen. Sonst machen Sie sich strafbar. Das wissen Sie doch.«

»Ja, ja. Ist ja schon gut. Ich gebe Ihnen das Ding ja auch. Aber ich möchte hier nicht mit leeren Händen wieder rausgehen. Ich brauche Informationen. Das ist mein Rohstoff.«

»Ja. Wir werden sehen. Jetzt geben Sie mir schon das Ding.«

Regina Feldmann legte das Dokument vor Marie auf den Schreibtisch. Marie las laut vor, damit auch Walter was davon hatte.

»Wir bekennen uns zur Entsorgung eines Lüneburger Penners am 16. Oktober 2017.

Dieser Penner musste sterben als Mahnung an alle asozialen Elemente deutschen und ausländischen Ursprungs in Lüneburg.

Penner, Asylanten, Junkies und anderes Gesocks: Verlasst schnellstmöglich unsere schöne Stadt. Ihr könnt irgendwo anders die Bürger drangsalieren und die Sozialkassen schröpfen. Sonst war dies nicht der letzte Tote.

Aktion für ein bürgerfreundliches Lüneburg.«

»Da sind Sie platt, was?« Frau Feldmann schien zu triumphieren.

»Ja, doch. Das ist … interessant.«

»Und?« Frau Feldmann war in Höchstform, »was meinen Sie? Ein dummer Scherz oder müssen wir das ernst nehmen?«

»Zunächst mal vielen Dank, dass Sie damit direkt zu uns gekommen sind. Wie sind Sie daran gekommen?«

»Lag heute Morgen in unserem Briefkasten. Ohne Umschlag. Was halten Sie davon?«

»Noch gar nichts. Müssen wir erst mal prüfen. Und Sie gehen jetzt bitte. Ich informiere Sie, wenn wir mehr wissen. Und schreiben Sie darüber noch nichts in Ihrem Qualitätsmedium. Das verunsichert unsere Mitbürger nur.«

»Na, klar«, schnaufte die Feldmann beleidigt und schob ab.

»Und, Walter, was hältst Du davon?«

»Schwer zu sagen, klingt etwas unbeholfen. Nazis?«

»Vielleicht. Oder nur besorgte Bürger.«

»Was oft nur eine andere Bezeichnung ist.«

»Sind Neonazis hier denn überhaupt ein großes Thema im Moment?«

Walter richtete sich auf, als ob er eine Rede halten wollte: »Es gibt hier wohl einen ganz munteren Haufen Identitäre, also Nazis ohne Glatze und Springerstiefel. Die arbeiten eng mit dem Hamburger Ableger zusammen. Haben im Juni beim Hafengeburtstag ein paar Aktionen abgezogen.«

»Was heißt bei denen Aktion?«

»In Hamburg haben sie einen Terroranschlag mit großen Stoffpuppen nachgestellt. Ziemlich geschmacklos, aber nicht gewalttätig. Der Verfassungsschutz hat die wohl im Auge. Mehr weiß ich auch nicht.«

»Das ist doch schon eine ganze Menge«, sagte Marie anerkennend. »Und traust du diesen Leuten einen solchen Mord zu?«

»Schwer zu sagen. Vermutlich zu kriminell und zu willkürlich. Ein deutscher Obdachloser ist nicht wirklich ein Feind für die. Ein arabischer schon eher. Und dieses Bekennerschreiben. Das klingt etwas schlicht. Diese Identitären sind keine Idioten. Das macht sie ja so gefährlich.«

»Mensch, Walter, ist das ein Hobby von dir oder was?«

»Nee, aber ich kenne einen beim Verfassungsschutz, der sich mit den Leuten beschäftigt. Kann den ja mal fragen.«

»Tun Sie genau das bitte nicht, Herr Sobchak«, sagte Weide, der unbemerkt in die Tür getreten war. Wie lange er da schon stand, vermochte Marie nicht zu sagen. Sie war kurz erstaunt darüber, dass Weide, ohne zu überlegen, Walters Nachname einfiel. Sollte sie das persönlich nehmen? »Lassen Sie den Verfassungsschutz erst mal da raus. Wenn die einmal Blut wittern, haben wir gleich auch BKA und BND am Hals und dann blickt hier bald keiner mehr durch.«

»Bei allem Respekt, Herr Weide«, begann Walter eine für ihn höchst seltene Widerrede, »ist es nicht unsere Pflicht, bei dem Verdacht auf terroristische Aktivitäten genauso zu verfahren, dass wir die Kollegen einschalten? Ich meine nur vor dem Hintergrund der NSU-Morde ...«

Weide unterbrach ihn.

»Gut, dass Sie das ansprechen. Haben nicht gerade bei diesen Morden die von Ihnen angesprochenen Institutionen über Jahre hinweg jämmerlich versagt? Wurden nicht gerade dort die Opfer zu Tätern und aus Dönerbuden-Besitzern organisierte Kriminelle? Eine Schande für unseren ganzen Berufsstand war das.«

»Ja, äh ...« Walter gab sich geschlagen.

»Und außerdem, dieser Bekennerbrief deutet nicht auf einen terroristischen Hintergrund hin, wenn Sie meine Meinung hören wollen. Das sind Spinner, dumme Jungs, Trittbrettfahrer. Mit solchem Unfug behelligen wir doch die viel beschäftigten Kollegen nicht. Oder, Marie, was meinen Sie?«

»Sehe ich ganz genauso. Dummejungenstreiche«, sagte Marie und war einmal mehr beeindruckt von der unorthodoxen Denkweise ihres sonst so korrekten Chefs.

»Na, dann sind wir uns ja alle einig. Ich verlasse mich auf Ihre Loyalität, Herr Sobchak.« Walter nickte beflissen und Weide verließ den Raum.

»Und was wolltest du mir jetzt zeigen, mein furchtloser Faschistenjäger?«, fragte Marie.

»Sehr witzig. Komm mal rum.«

Marie ging hinter Walters Schreibtisch und sah auf seinen Bildschirm. Er hatte Google Maps geöffnet, die Brücke, unter der der Obdachlose verbrannte, im Mittelpunkt.

»Das ist unser Tatort. Hier die Brücke, dort geht die Straße Auf der Hude entlang, an deren anderem Ende sich unser schönes Präsidium befindet, aber das weißt du ja.«

»Ja, und?«

»Auf dieser Straße ist der Sportwagen gefahren, den Zeugen im Altenheim gehört haben – das liegt hier.« Walter wischte mit dem Finger auf seinem schmutzigen Bildschirm herum.

»Ja.«

Er schaltete von der Kartendarstellung in die Satellitenansicht.

»Hier, hier und hier sind große Märkte. Ein Elektromarkt, ein Möbelgeschäft, ein Baumarkt. Parkplätze dazwischen, siehst du?«

»Ja, und?«

»Ich wette, dass die dort Überwachungskameras haben, um ihre Außenbereiche zu kontrollieren. Den Elektromarkt habe ich schon angerufen. Positiv. Die anderen beiden mache ich noch. Schneller geht's, wenn du auch einen anrufst.«

»Und du glaubst, dass die Kameras an diesen Gebäuden«, Marie deutete mit dem Finger auf die riesigen Hallen, »diese Straße dort im Blick haben? Wozu?«

»Na ja, die sind nicht auf die Straße ausgerichtet, aber vielleicht kann man in einem kleinen Winkel etwas sehen. Versuchen wir es.«

»Okay. Warum nicht.«

Nach ein paar Telefonaten hatten Marie und Walter ein weiteres Unternehmen mit Überwachungskameras gefunden. Die Marktleiter beider Firmen erklärten sich bereit, ihre Aufzeichnungen abzuspeichern und zur Verfügung zu stellen. Marie schickte eine Streife, um die USB-Sticks abzuholen. Per E-Mail war es ihr zu unsicher. Wenn hier wirklich Terroristen am Werk waren, musste man mit allem rechnen.

Keine halbe Stunde später hatten sie Überwachungsvideos der Mordnacht in digitaler Form auf dem Schreibtisch.

Es waren Aufzeichnungen von insgesamt fünf Überwachungskameras, und es dauerte nicht lange, das Material auf die Tatzeit hin zu durchsuchen. Und tatsächlich: Man konnte ein Auto erkennen. Nicht besonders gut, aber deutlich genug, um zu sehen, dass es kein Sportwagen war.

11. Kapitel

Mair stand auf dem Klingelbrett. Sybille hatte ihren Mädchennamen wieder angenommen. Aber das wusste Thomas. Er klingelte.

»Ja, bitte?« Die Sprechanlage knarzte.

»Hey, Sybille, ich bin's, Thomas.«

»Was? Bist du verrückt hierherzukommen?«, zischte eine Frauenstimme durch den Lautsprecher.

»Lass mich rein, bitte, nur kurz.«

Eine Zeit lang passierte nichts. Thomas wollte noch mal klingeln, da hörte er Sybilles Stimme wieder:

»Zweiter Stock. Schnell. Muss dich niemand sehen.«

Beim Treppensteigen merkte Thomas, dass er verdammt schwach geworden war. Jeder Schritt schmerzte und das Atmen fiel ihm schwer. Der Schatten auf der Leber war sicher größer geworden.

Sybille stand in der Tür. Als sie ihn sah, lächelte sie: »So wie du aussiehst, erkennt dich sowieso niemand. Mann, Thomas, was machst du für Sachen?«

Sie ließ ihn ein und schloss die Tür hinter ihm.

Im kleinen Flur nahm Sybille Thomas die Lederjacke ab und hängte sie an die Garderobe. Kurz standen sie sich etwas unbeholfen gegenüber, dann umarmte Sybille ihren Exschwager förmlich und unsicher.

Vom Flur gingen vier Türen ab. Schlafzimmer, Wohnzimmer, Bad, Küche. Kein Palast.

Sybille führte Thomas in ein kleines Wohnzimmer mit Balkon. Sauber, schöne, moderne Möbel, ein recht neuer Fernseher, ein Regal mit Büchern.

»Wann bist du angekommen?«

»Vor vier Tagen.«

»Kaffee?«, fragte Sybille.

»Gerne.«

»Dann komm mit in die Küche, das dauert etwas.«

In der Küche nahm Sybille eine kleine Handkaffeemühle, füllte sie mit Kaffeebohnen aus einem großen Glas und gab Thomas die Mühle.

»Mach du! Da wo du herkommst, weiß man doch, wie man einen anständigen Kaffee kocht.«

Sie lächelte wieder. Sybille war immer noch schön. Sie war genauso alt wie Thomas, also siebenundvierzig. Sie war schlank, hatte glatte Haut. Der schöne Lippenbogen, der Thomas immer an die Schauspielerin Michelle Pfeiffer erinnert hatte, war etwas schmaler geworden. Die Haare mittellang, nachlässig frisiert und blond gefärbt. Sie trug einen hellgrauen Jogginganzug. Es war Samstag, es regnete, sie hatte offensichtlich nicht vor, das Haus zu verlassen.

»Sybille«, sagte Thomas fast feierlich, »ich möchte dir noch mal herzlich danken. Ohne dich wäre ich nicht hier. Das war sehr großzügig von dir und auch mutig.«

»Ja, Thomas, schon gut. Aber wir hatten vereinbart, dass du keinen Kontakt zu mir aufnimmst. Das ist zu gefährlich. Es gibt sicher immer noch Leute, die nicht glauben, dass du tot bist.«

»Ja. Es tut mir leid.«

»Hast du ihn getroffen?«

»Kurz. Und ich musste ihm regelrecht auflauern. Er will nichts mit mir zu tun haben.«

»Kann ich mir vorstellen. Und Geld gibt er dir auch nicht?«

»Er ist pleite, sagt er.«

Sybille lachte sarkastisch: »So ein Unsinn. Der hat irgendwo noch Kohle. Jede Menge. Er hat eure Software teuer ins Ausland verkauft. Das Geld ist sicher irgendwo geparkt. Und er betreibt noch irgendwelche anderen Geschäfte. Bestimmt. Jürgen ist nicht blöd. Der wusste, dass es auch mal abwärts gehen kann.«

Thomas gab ihr die Mühle mit dem fertig gemahlenen Kaffee. Sybille füllte das Pulver in den Siebträger der Maschine und schäumte mit der Düse Milch auf. Dann ließ sie den Kaffee in ein kleines Edelstahlkännchen laufen. Kaffeeduft erfüllte die Küche, der Thomas an seine Wahl-Heimat Sumatra erinnerte. Dort hatte er selbst ein paar Kaffeepflanzen auf einem Berg kultiviert und gelegentlich eigenhändig seine Ernte geröstet.

»Ich war ja fest davon überzeugt, dass du umgekommen warst«, sagte Sybille und gab ihm einen dampfenden Becher. »Hab auf deiner Beerdigung ziemlich geheult. Auch um Nadja. Ich mochte deine Frau sehr, das weißt du. Erst vorige Woche war ich noch an eurem, an ihrem Grab. War der fünfzehnte Jahrestag ihres Todes.«

»Ich versuche, dieses Jubiläum jedes Jahr zu ignorieren.«

»Kannst du dir vorstellen, wie ich mich erschrocken habe, als du dich vor ein paar Wochen plötzlich gemeldet hast? Ich dachte erst, da verarscht mich jemand. Wie hast du mich überhaupt gefunden? Ich heiße doch gar nicht mehr Taubmann.«

»Das war nicht schwer«, Thomas musste jetzt grinsen, »das war doch klar, dass du nach der Scheidung nicht mehr den Namen meines Bruders tragen wolltest. Und an deinen Mädchennamen habe ich mich erinnert. Schon in der Schule hast du immer gesagt ›Mair mit a und ohne e‹. Das fand ich witzig.«

Sie gingen ins Wohnzimmer und setzten sich nebeneinander auf das Sofa. »Was machst du?«, fragte Thomas, »arbeitest du?«

Sybille lachte. »Was denkst du denn? Meinst du, das Schloss hier finanziert sich von alleine?«

»Ich dachte, Thomas hätte dir ein kleines Vermögen zahlen müssen.«

»Ach was. Wir waren nur fünf Jahre verheiratet und wir haben keine Kinder, da ist nicht viel fällig. Fünfundzwanzigtausend Euro habe ich bekommen. Aber nicht, weil ich ihn als Ehefrau verlassen habe, sondern weil er mich als Angestellte rausgeschmissen hat. Das war eine Abfindung. Hat natürlich nicht lange gehalten.«

»Und jetzt?«

»Ich arbeite in meinem alten Beruf als Physiotherapeutin in einer Praxis nicht weit von hier. Das bringt kein Vermögen ein, aber ich komme klar.«

»Lebst du allein?«

»Ja, das ist ja unübersehbar. Nach Jürgen hat nichts mehr lange gehalten. Und bei dir? Wie geht es dir? Versteh mich nicht falsch, aber man sieht dir nicht an, dass du sehr krank bist.«

»Der Leberkrebs ist recht früh erkannt worden. Zufällig, weil ich in Medan war und starke Bauchschmerzen hatte. Bei einer Ultraschallaufnahme sah man das Ding dann. Ich habe mir Sorafenib besorgt. Das einzige Mittel, das gegen die Beschwerden hilft. Hat mich meine letzten Ersparnisse gekostet. Aber wirklich helfen kann jetzt nur eine Transplantation.«

»Und da hast du an deinen Bruder gedacht.«

»Klar. Eine Lebendspende von ihm wäre meine Rettung.«

»Und weil du nicht krankenversichert bist, kostet das sehr viel Geld.«

»Das auch.«

»Wie viel?«

»Fünfzigtausend. Eher mehr.«

Er hatte seinen Kaffee ausgetrunken, stand auf, öffnete die Tür zum Balkon und trat heraus. Er sah über die Wohnstraße. Es waren nur wenige Menschen unterwegs.

Sybille kam zu ihm.

»Ich würde jetzt gerne eine rauchen. Hast du eine?«

»Nein. Ich habe schon vor Jahren aufgehört. Thomas, ich habe kein Geld. Ich würde es dir geben. Ehrlich. Aber ich komme gerade so über die Runden, habe nichts gespart. Meine Eltern haben mir auch nichts hinterlassen. Die paar Jahre mit euch und der Firma waren, finanziell betrachtet, die besten meines Lebens.«

»Meine besten Jahre begannen erst nach meinem Tod.«

Sie gingen wieder in die Wohnung.

»Was brauchst du, Thomas? Also außer dem Geld, das ich nicht habe.«

»Eine Nacht auf deinem Sofa wäre schon mal ein Fortschritt.«

Sybille überlegte kurz: »Gut, eine Nacht. Dann gehst du in so ein Hostel am Bahnhof. Das ist billig. Ein bisschen Geld kann ich dir geben. Und dann musst du Jürgen noch mal richtig Feuer machen. Der muss dir helfen. Hast du ihm erzählt, dass ich dir mit einer offiziellen Einladung bei der Einreise geholfen habe?«

»Nein.«

»Besser so.«

»Siehst du ihn manchmal noch?«

»Nein. Seit fünf Jahren kein Kontakt.«

Sie saßen eine Zeit schweigend nebeneinander. Sybille schien zu überlegen. Dann sprach sie langsam und nachdenklich:

»Mal angenommen, du gehst zur Polizei und stellst dich. Du sagst denen, dass du der Thomas Taubmann bist und dich nur ein paar Jahre tot gestellt hast. Dann gibt's Ärger, aber am Ende bist du wieder ein Deutscher und krankenversichert. Dann spazierst du in Hamburg ins UKE und bekommst vielleicht sogar irgendein Spenderorgan. So bist du nicht auf deinen Bruder angewiesen.«

Thomas lächelte und schüttelte den Kopf.

»Darüber habe ich natürlich auch schon nachgedacht. Aber so einfach ist das nicht. Zum einen ist das, was ich getan habe, schwerer Betrug. Dafür wird man hart bestraft. Womöglich auch noch fünfzehn Jahre später, weil ich den Betrug ja fortgesetzt habe. Es wurde eine Lebensversicherung ausgezahlt. Zweihunderttausend Euro.«

»Aber doch an Jürgen, nicht an dich.«

»Man wird nachweisen, dass er mir lange Geld geschickt hat. Also hänge ich mit drin. Die rechtliche Klärung dieser Fragen wird dauern, bis ich in Krebsstadium vier bin oder als illegaler Indonesier abgeschoben werde. Ich darf nur drei Monate hier sein. In dieser Zeit muss es passieren. Mit meinen indonesischen Papieren wird man mich nur behandeln, wenn ich bezahlen kann.«

Thomas stand auf und ging langsam im Wohnzimmer hin und her.

»Das Schlimmste ist doch, ich bin nicht irgendein vorgetäuschter Toter, der in den Alpen abgestürzt ist oder so. Ich bin einer von zweihundertzwei Menschen, die beim Terroranschlag auf Bali 2002 ums Leben gekommen sind. Ein Jahr nach Nine/Eleven. Das ging um die ganze Welt. Sechs Deutsche wurden betrauert. Darunter ich, dessen Leiche man nie gefunden hat. Neben dem Sarg meiner Frau, die schrecklich verstümmelt wurde, flog ein leerer Sarg mit etwas Asche nach Deutschland.«

»Und?«

»Ein Mensch, der so kaltblütig ist, dass er sich dann aus dem Staub macht, um ein neues Leben zu beginnen und die Lebensversicherung zu bescheißen, wird gehasst. Das geht durch alle Medien. Das überlebe ich nicht.«

»War es denn so, wie du sagst? Warst du so kaltblütig?«

»Nein. Ich war ja auch verletzt. Am Kopf. Kann mich kaum erinnern. Ich bin dann wohl auf ein Motorrad gestiegen, das ein Stück neben diesem ›Sari Club‹ stand und einfach losgefahren. Ich hatte ja gesehen, dass ich

Nadja nicht mehr helfen konnte. Ich war völlig durch den Wind und bin gefahren, bis der Tank leer war. Bestimmt zwei Stunden. Dann bin ich zusammengebrochen und eine Bauernfamilie hat mich aufgenommen. Zwei Wochen war ich bei denen. Ohne vollständige Erinnerung. Ich wusste zwar, wer ich war und was passiert war, konnte mich aber zum Beispiel nicht an den Namen meines Hotels erinnern. Die Familie hat mir sehr geholfen, und ich war froh, aus allem raus zu sein.«

»Und wann bist du auf die Idee gekommen, ganz zu verschwinden?«

»Ich hatte kein Geld, Pass und Kreditkarten waren im Hotel. Ich musste mir etwas einfallen lassen.«

»Und da hast du Jürgen angerufen.«

»Ja. An seine Handynummer konnte ich mich erinnern. Ich erklärte ihm, dass ich nach all dem ein neues Leben anfangen wolle und er mir helfen müsse. Wir beschlossen, dass er die Lebensversicherung nimmt, um die Firma zu retten. Wir hatten ja damals eine ziemlich schwere Phase. Ein paar Monate zuvor war Marcel tödlich verunglückt. Die Konkurrenz für unsere Software wuchs. Er war einverstanden. Vielleicht war er auch froh, mich loszuwerden. Er flog nach Bali, holte meine und Nadjas Sachen. Er musste auch ihre Leiche identifizieren. Nach meinen Resten wurde vergeblich gesucht in dem Chaos. Aber niemand zweifelte daran, dass ich den Abend an Nadjas Seite verbracht hatte und verbrannt bin. Es dauerte keine vier Wochen und ich war für tot erklärt.«

»Und Thomas hat dir Geld gegeben?«

»Ja. Zehntausend Euro. Damit konnte ich neu anfangen. Ich habe dann auch schnell Linda kennengelernt und geheiratet. Ab diesem Moment war ich legaler Indonesier.«

»Thomas?«

»Ja?«

»Setz Jürgen die Pistole auf die Brust. Lass ihn nicht davonkommen. Er hat Geld. Irgendwo. Ganz sicher. Und eine gesunde Leber hat er auch.«

12. Kapitel

»Ein Sportwagen ist das nicht«, sagte Walter und versuchte das Bild der Überwachungskamera zu vergrößern. »Eher ein kleiner Lastwagen. Was hat der denn da auf dem Dach?«

»So fette Scheinwerfer. Lass mal zurücklaufen.« Marie stand hinter Walter und wurde zum Opfer seines Körpergeruchs. Spätestens ab vierzehn Uhr entwickelte sich der dicke Mann, der durchaus nicht ungepflegt war, zum Problem für seine Umwelt.

»Das ist ein Transporter. Mit Ladefläche«, sagte Walter.

Marie nahm Walters Telefon und wählte die Nummer der KTU.

»Hey, Jakob, Marie hier. Du kennst dich doch mit Autos aus. Kannst du uns mal kurz helfen?«

Sie hörte zu. »Gut. Danke. Bis gleich.«

Es dauerte nicht lange, da saß der kleine, alte Mann in seinem grauen Kittel auf Walters Stuhl und drückte sich die Nase am Bildschirm platt.

»Ein Pick-up. Ziemlich groß. Doppelkabine. Die gängigen Toyotas und Mitsubishis sind kleiner. Das hier könnte ein Ami sein. GMC, Chevy oder Dodge.«

»Sicher?«

»Natürlich nicht. Kann sein.«

»Farbe?«

»Och, Marie? Nachts sind alle Autos grau. Ich vermute schwarz oder silbergrau. Mehr kann ich euch nicht bieten.«

»Besser als nichts. Danke, Jakob.«

Eine Nachfrage bei der Zulassungsstelle ergab, dass siebenundsechzig passende Fahrzeuge in Lüneburg herum fuhren. Zu viele, um sie alle einzeln zu überprüfen. Die Scheinwerfer auf dem Dach brachten sie auch nicht weiter. Diese Dinger waren zwar zulassungspflichtig, aber viele Halter sparten sich den Aufwand und montierten die Scheinwerfer lieber ab, wenn der Wagen zum TÜV musste.

Marie erinnerte sich an einen Hof außerhalb von Lüneburg, auf dem US-Autos repariert und verkauft wurden. Dort würden sie Experten finden.

Walter wollte unbedingt mit, und da Stephan Weide irgendwelchen Verwaltungskram erledigen musste, konnte Marie das nicht verhindern. Aber sie fuhr den Dienst-Golf, darauf bestand sie.

Der kleine Hof mit den Ami-Autos lag zwanzig Minuten südwestlich von Lüneburg an der B209 kurz vor Amelinghausen. An der Einfahrt stand ein großes Schild mit Schrift im Westernstil, *US Special Cars*.

Das niedrige Hauptgebäude aus rotem Backstein schien gut in Schuss. In einer riesigen Scheune, deren neues Holztor verschlossen war, befand sich sicher die Werkstatt. Unter alten Bäumen standen auf dem Hof gut zwanzig Autos. Allesamt amerikanische Fabrikate. Manche schrottreif, viele ganz okay, ein paar top gepflegt. Pick-ups, Limousinen und Vans. Marie konnte sich für solche Angeberkarren mit ihrem astronomischen Spritverbrauch nicht erwärmen, aber Walter schritt die Reihe der Fahrzeuge bewundernd ab.

Marie steuerte auf das Wohngebäude zu und drückte auf die Klingel *Koslowski*. Das Klingelgeräusch ertönte nicht im Haus, sondern unüberhörbar in der Scheune. Nach einiger Zeit öffnete sich eine Tür, die im Tor eingelassen war. Ein kleiner Mann trat heraus. Ungefähr vierzig, grauschwarze Haare, unrasiert. Sein hagerer Körper steckte in einem fleckigen Blaumann.

»Was will die Staatsgewalt?«, rief er über den Hof.

Marie ging zügig auf ihn zu, Walter folgte.

»Wie haben Sie das so schnell erkannt?«, fragte Marie und zeigte dem Mann ihren Ausweis.

»Jahrelange Erfahrung«, sagte der und drehte sich in Ruhe eine Zigarette.

»Na, das spricht nicht unbedingt für Sie, wenn Sie so viel Erfahrung mit der Polizei haben.«

»Was kann ich für Sie tun«, sagte der Mann, während er die Zigarette lässig anzündete.

»Sie können uns helfen«, sagte Walter.

»Ich? Das würde mich wundern. Wobei?«

»Wir suchen ein ganz bestimmtes Auto?«

»Zum Kaufen? Dann sind Sie hier richtig.«

»Dürfen wir mal reinkommen?«

Marie versuchte, sich an dem kleinen Kerl vorbei in die Werkstatt zu zwängen, doch der versperrte ihr den Weg.

»Da drin darf man nicht rauchen«, sagte der Blaumann.

»Ich rauche nicht«, entgegnete Marie, »und mein Kollege auch nicht.«

»Ich aber. Und alleine lasse ich Sie da nicht rein.« Er grinste breit und trat die Zigarette aus. Dann verbeugte er sich neben der Tür wie ein Butler und bat die Polizisten in die Halle.

Es war eine blitzsaubere und – soweit Marie das beurteilen konnte – aufwendig ausgestattete Werkstatt. Drei Hebebühnen, eine Grube. Maschinen für Reifenwechsel, Werkbänke. An den Wänden blitzendes Werkzeug, nach irgendeinem System geordnet.

Außer dem Blaumann war noch ein anderer Mann in der Werkstatt. Ein Farbiger, ebenfalls im Blaumann, der den Boden fegte.

»Abdul, geh mal Kaffee kochen, los.«

Der Farbige sah den Blaumann verständnislos an.

»Versteht kein Wort, der Kerl. Ziemlich hohl in der Birne. Aber bärenstark, das sag ich Ihnen.«

»Ich bin Kriminalkommissarin Marie Gläser, das ist Polizeimeister Walter Sobchak. Wir sind von der Mordkommission. Verraten Sie uns auch Ihren Namen?«

»Werner Grüther. Ich bin hier der Meister.«

»Und der Chef? Ist der auch da?«

»Nee, Koslowski ist unterwegs, kommt erst Montag wieder.«

Walter ging langsam durch die Werkstatt und Marie bemerkte, wie Grüther ihm misstrauisch mit Blicken folgte.

»Also«, fragte er Marie. »Was kann ich für Sie tun? Umgebracht habe ich keinen, wenn Sie das wissen wollen.«

Marie zog ein iPad aus der Tasche und zeigte Grüther ein paar Vergrößerungen des Autos aus dem Überwachungsvideo. Der betrachtete die Bilder schweigend. Dann sagte er: »Soll das ein Witz sein? Das kann so ziemlich alles sein. Nur vielleicht kein Ferrari.«

»Vielleicht ist es ein Dodge«, rief Walter aus einer Ecke der Halle und Grüther drehte sich zu ihm um.

Walter stand vor einem abgetrennten Bereich der Halle, einer Art großer Kabine, die mit einer Falttür verschlossen werden konnte und ging langsam hinein.

»Was ist da?«, fragte Marie und ging mit Grüther zu der Kabine.

»Das ist unsere Lackierkabine.«

In der Kabine stand ein Pick-up. Doppelkabine. Schwarz, auf dem riesigen Kühlergrill stand *DODGE* und auf dem Dach prangten vier dicke Suchscheinwerfer, wie man sie auf einer Safari braucht, nicht aber auf deutschen Landstraßen.

»Was soll mit dem Fahrzeug geschehen?«, fragte Walter und ging mit fachmännischer Miene um das Auto herum.

»Der soll lackiert werden. Ist doch 'ne Lackierkabine.«

»Aber der Lack ist doch noch gut«, bohrte Walter weiter.

»Wenn der Kunde aber Schweinchenrosa will, dann machen wir das. Wir bekommen die verrücktesten Wünsche.«

»Will er Schweinchenrosa?«, fragte Marie.

»Keine Ahnung, müssen Sie den Chef fragen. Der Wagen ist nächste Woche erst dran.«

»Wem gehört das Schmuckstück denn?«

»Im Moment noch uns. Steht zum Verkauf.«

»Und soll vorher noch lackiert werden?«, fragte Walter, der nun aus der Kabine getreten war und dicht neben Grüther stand.

»Muss er dann nicht erst mal angeschliffen werden? Macht man das auch in der Lackierkabine?«

»Sie sind mir mal ein Klugscheißer«, sagte Grüther lachend zu Walter. »Wollen Sie uns unseren Job erklären? Machen Sie sich keine Sorgen um den Dodge. Mit dem ist alles in Ordnung.«

»Täusche ich mich«, fragte Marie, »oder haben Sie den Pick-up dort versteckt?«

»Versteckt? Wie kommen Sie denn darauf. Wäre ein blödes Versteck.«

»Haben Sie noch mehr Kunden mit ähnlichen Fahrzeugen, also mit diesen Scheinwerfern auf dem Dach?«, fragte Marie.

»Klar, ein paar. Wir sind ziemlich angesagt in der Gegend. Jetzt wo die Spießer und Ökos alle E-Autos fahren, sind richtige Autos erst recht gefragt.«

»Aha, schön für Sie«, Marie drückte Grüther ihre Visitenkarte in die Hand.

»Ihr Chef soll mich anrufen, sobald Sie von ihm hören.«

»Ja, okay, worum geht es überhaupt?«

»Um Mord. Schließlich sind wir von der Mordkommission.«

»Und wenn wir von der Gewerbeaufsicht wären, dann würden wir Sie jetzt nach den Arbeitspapieren für Ihren dunkelhäutigen Gehilfen fragen«, fügte Walter an.

»Daneben, Superbulle. Abdul ist Asylbewerber. Macht ein Praktikum bei uns. Ganz legal. Man muss den armen Teufeln doch irgendwie helfen.«

»Wie selbstlos von Ihnen. Rührend«, sagte Marie und Grüther hielt ihr die Tür auf. Dabei rutschte der Ärmel seines Blaumanns ein Stück hoch und legte ein Tattoo auf der Unterseite des Unterarms frei: *Blut & Ehre* stand dort in großer Frakturschrift und intensiver rotschwarzer Färbung, umrahmt von Eichenblättern und durchstochen von einem Dolch. Auch Walter bemerkte das Tattoo.

»Wo waren Sie am Dienstagmorgen gegen fünf Uhr?«, fragte Marie spontan um Grüther keine Zeit zu geben, sich etwas auszudenken.

»So früh? Im Bett.«

»Wer kann das bezeugen?«

»Meine Mutter. Die ist um diese Zeit meistens schon wach. Ist halt 'ne alte Frau.«

»Sie wohnen bei Ihrer Mutter?«

»Oder meine Mutter bei mir, wie Sie wollen. Haben Sie ein Problem damit?«

Auf dem Weg zum Auto nervte Walter mit Aktionismus. Sofort mitnehmen wollte er den Nazi und das mutmaßliche Tatfahrzeug beschlagnahmen.

»Walter, ganz ruhig. Wir haben einen unsympathischen Mechaniker und ein Auto, das, wie zig andere auch, in der fraglichen Zeit am Tatort vorbei gefahren sein könnte. Das ist weniger als nichts.«

***

Walter setzte Marie zu Hause ab und übernahm es, den Dienst-Golf ins Präsidium zu fahren. Es war Freitagabend. Wochenende. Auch er hatte Dienstschluss.

Doch in Walter nagte ein Verdacht, den er nicht mit ins Wochenende nehmen wollte. Das war untypisch für ihn. Nach insgesamt fünfunddreißig Jahren im Dienste der Volkspolizei Parchim und der Polizei Lüneburg bekam er es eigentlich gut hin, Feierabend zu machen und abzuschalten. Er hatte seit ein paar Jahren eine Gartenlaube mit Blumen und Gemüse. Dort verbrachte er die Wochenenden im Sommer. Er traf sich mit pensionierten Kollegen zum Skat. Manchmal ging er ins Kino. Und alle paar Wochen fuhr er nach Hamburg auf die Herbertstraße zu Monique oder Jenny und ließ sich verwöhnen. Das war sein kleines, delikates Geheimnis.

Doch die Begegnung mit Werner Grüther ließ ihn nicht los. Der kleine, arrogante Mechaniker hatte ihn herausgefordert.

Walter setzte sich noch mal an seinen Schreibtisch, fuhr den Computer hoch und suchte. Schnell wurde er fündig. Grüther war kein Unbekannter in der Datenbank der Polizei. Vor fünfzehn Jahren mal gesessen, wegen Autodiebstahls. Im Knast hat er dann die Prüfung zum Kfz-Meister abgelegt. Originelle Kombination, dachte Walter. Danach nur ein Mal Ermittlungen wegen Körperverletzung und Landfriedensbruch. Das war erst im letzten Jahr. Da hatte er mit ein paar anderen Männern auf einem Volksfest in der Nordheide Reichskriegsflaggen geschwungen und eine Gruppe Asylanten angegriffen. Das Verfahren wurde nach Zahlung einer Geldbuße eingestellt.

Aber es gab doch sicher noch eine Ermittlungsakte zu diesem Fall. Seit gut zehn Jahren digitalisierten die Behörden in Niedersachsen die Ermittlungsakten. Deshalb musste Walter keine Notbesetzung im Archiv anklingeln, sondern konnte direkt vom Schreibtisch aus auf die Akten zugreifen. Der Fall hatte offenbar keinerlei Geheimstufe. Walter konnte die Akte problemlos öffnen.

Es war zu lesen, dass eine Gruppe von zehn bis zwölf schwarz gekleideten Männern, zu der auch Grüther gehörte, am frühen Abend auf dem Feuerwehrfest in Natendorf, eine halbe Stunde südlich von Lüneburg, erschienen war und zunächst an einem Bierstand gezecht hatten. Die Männer gehörten zu einem dubiosen Verein namens ›Heimatfreunde Nordheide‹, der am Ortsrand sein Clubhaus hatte.

Als eine Gruppe von ungefähr zwanzig Asylanten, vorwiegend aus Syrien, mit ihren Betreuern das Fest besuchen wollte, wurden sie von den Männern am Bierstand zunächst beschimpft. Die Betreuer führten ihre Schützlinge weiter. Aus der Gruppe der Deutschen wurden nun Gläser und Flaschen geworfen. Einzelne Männer liefen hinter den Ausländern her. Einige wurden getreten, ein paar stürzten. Es gab leichte Verletzungen. Als die herbeigerufene Polizei eintraf, hatten die Angreifer bereits von ihren Opfern abgelassen. Gegen die zwölf Männer wurde ermittelt. Werner Grüther konnte von einem der Betreuer zweifelsfrei als einer der Schläger identifiziert werden. Außerdem wurde er mit einer Reichskriegsflagge angetroffen. Das wog fast schwerer als die Gewalttaten. Insgesamt alles Kleinkram.

Ganz normale Arschlöcher, dachte Walter. Aber interessanter fand er den Hinweis auf das Clubhaus. Die Adresse stand dabei. Er notierte sie auf einen Zettel, schaltete den Computer aus und verließ die Dienststelle.

Er stieg in seinen altersschwachen Volvo 440 und rief seinen Bekannten Michael vom Verfassungsschutz an.

»Hallo, ich bin's, Walter.«

»Was gibt's? Wenn du ein Bier trinken willst, heute nicht. Muss meine Frau ausführen.«

»Nein, habe nur mal eine Frage. Hast du schon mal von einem Verein ›Heimatfreunde Nordheide‹ gehört?«

»Nee, was soll das sein?«

»Die haben wohl in Natendorf ein Clubhaus. Sind letztes Jahr mal gegen Asylanten aufgefallen.«

»Nee, nie gehört. Aber das heißt nichts. So Vereine gibt's wie Sand am Meer. Die kommen auf, verschwinden wieder oder verbünden sich mit anderen. Die rotten sich immer neu zusammen. Kannste kaum überblicken. Hast du einen Namen?«

»Werner Grüther.«

»Da klingelt nichts. Tut mir leid, Walter, hätte dir gerne geholfen.«

»Ist okay. Danke auf jeden Fall.«

»Du, Walter, was immer du da vorhast, pass auf dich auf. Mach nichts, ohne die Kollegen vorher zu informieren.«

»Ja, Michael, ist doch klar.«

Walter suchte in seiner Navigations-App die Adresse in Natendorf und fuhr los.

Es war inzwischen sieben Uhr und stockdunkel. Es regnete nicht, ein böiger Wind trieb das Laub über die Bundesstraße 4, auf der die Lüneburger Arbeitswelt zähfließend in ihre Wohndörfer rollte.

Natendorf war ein winziges Nest, wie es sie zuhauf hier in der Gegend gab. Walter folgte dem Navi durch den Ort. Eine rote Backsteinkirche, gepflegte rote Backsteinhäuser, ein paar Bauernhöfe. Am Ortsausgang ging eine schmale Straße rechts ab. Eine Sackgasse. Vor einem kleinen Backsteinhaus wehte eine Deutschlandflagge. Walter parkte den Wagen in einigem Abstand. Die Fenster waren erleuchtet. Vor der Tür standen zwei Autos. Ein alter Passat und ein neuerer Geländewagen von Mercedes. Walter ging näher, nun war er direkt an der Hauswand. Hier prangte ein Wappen der ›Heimatfreunde Nordheide‹. Er schob sich langsam zu einem der Fenster vor und sah hinein. Eine Wohnküche, bürgerlich eingerichtet. Bis auf die Wände. Dort hingen alte Fahnen, alte Bilder von irgendwelchen Wehrmachtsoffizieren, eine Reichskriegsflagge. Am Tisch in der Mitte der Küche saßen vier Männer. Sie rauchten und tranken Bier aus Flaschen. Die vier waren zwischen dreißig und vierzig Jahre alt. Alle gut trainiert. Glattrasiert, aber keine Glatzen. Sie sahen eher aus wie Leute, die in Büros arbeiten und sich hier zum Feierabendbier treffen. Sie sprachen nicht viel und sehr leise. Die plaudern, dachte Walter, die planen gerade nicht die Revolution. Walter vernahm leise Musik. Udo Lindenberg. Der völkische Widerstand hört Udo. Walter musste schmunzeln.

Walter schob sich zurück an die Ecke des Hauses. Ein großes Holztor stand offen und führte in eine Durchfahrt zum hinteren Garten. In der Durchfahrt sah er einen aufwendig restaurierten Traktor. Walter schlich durch die Durchfahrt hinter das Haus. Vom Garten konnte er im Dunkeln nicht viel sehen. Auch die Fenster nach hinten waren erleuchtet. Ein Badezimmer erkannte Walter und einen größeren Raum, in dem Stühle in Reihen standen. Einen Beamer konnte Walter auch erkennen. Ein Seminarraum. Was hier wohl unterrichtet wurde?

An der nächsten Hausecke stieß Walter mit dem Fuß gegen ein paar lose aufgeschichtete Klinkersteine. Klappernd fielen sie ins Gras. Er hielt den Atem an. Erst jetzt bemerkte er, wie sein Herz schlug und das Blut in seinen Ohren rauschte. Walter war nie der James-Bond-Typ gewesen und mit aufsteigender Angst stellt er sich zwei Fragen: Warum bin ich überhaupt hier und warum alleine?

Im Haus rührte sich etwas. Eine Tür wurde geöffnet und wieder geschlossen. Dann das unverwechselbare Pinkelgeräusch: Die Spülung wurde betätigt. Dann der Wasserhahn. Walter wollte wieder an die Vorderseite des Hauses, als er Schritte direkt neben sich hörte. Eine Bewegung, ein Windzug, ein heftiger Schmerz im Nacken. Stille. Dunkelheit.

***

»Wer ist der Komiker, was macht der hier?« Walter hörte eine unbekannte Stimme. Er saß auf einem Stuhl. Seine Arme waren hinter der Stuhllehne gefesselt. Fühlte sich an wie Kabelbinder, die unangenehm in die Haut schnitten.

»Wie so ein Antifa-Typ sieht der nicht aus.«

Walter öffnete die Augen. Er sah verschwommen, hatte Kopfschmerzen, am Hinterkopf brannte die Haut. Dort muss er einen Schlag bekommen haben.

Er saß in dem Raum mit den vielen Stühlen. Vor ihm standen vier Männer und starrten ihn an.

»Ey, Alter, wer bist du? Was schleichst du hier herum?«, fragte der Älteste von den vieren. Walter antwortete nicht.

Der Jüngste, der sich nervös herumzappelnd im Hintergrund gehalten hatte, trat hervor.

»Wer bist du, Wichser?«, brüllte er Walter an und schlug ihm mit der flachen Hand ins Gesicht. Das tat höllisch weh, aber Walter schwieg. Er hatte panische Angst. Was würde passieren, wenn sie seinen Polizeiausweis fanden?

Der Motor eines Autos dröhnte vor der Tür. Ein schwerer Wagen mit voluminösem Motor. Eine Autotür schlug. Die Eingangstür wurde geöffnet.

»Hey, Leute, wo seid ihr?«, rief eine Stimme, die Walter kannte.

Werner Grüther betrat den Raum. Er trug keinen Blaumann mehr, sondern schwarze Lederjeans, schwarze Cowboystiefel und eine schwarze Lederjacke mit Fransen. Er wirkte erheblich bedrohlicher als in der Werkstatt.

Grüther blieb stehen, glotzte Walter fassungslos an, dann seine Freunde. Langsam. Einen nach dem anderen.

»Wo habt ihr den denn her?«, fragte er.

»Den hab ich hinter dem Haus gefangen, der streunte im Garten rum, der hässliche Kater«, sagte der Kerl, der Walter ins Gesicht geschlagen hatte.

»Na, toll«, lachte Grüther. Sarkasmus schwang mit in Stimme und Miene. »Wisst ihr, wer das ist?«

Die vier sahen ihn fragend an.

»Seinen Namen hab ich vergessen, aber er ist ein Bulle. Von der Mordkommission in Lüneburg.«

»Walter Sobchak, Kriminalmeister. Würden Sie mich bitte losmachen.«

»Ein Bulle?«, grunzte einer.

»Dann ist die Schrottkarre da draußen von dir«, sagte Grüther. »Gut versteckt hast du die nicht.«

Einer der Männer verließ den Raum, kurz darauf hörte Walter die Haustür zuschlagen.

»Was für einen Mordfall untersucht ihr überhaupt«, fragte Grüther, während der junge Mann ruppig die Kabelbinder durchschnitt. Walter rieb sich die schmerzenden Handgelenke. Er überlegte kurz, wie er nun taktisch klug vorgehen konnte, aber ihm fiel nur der direkte Weg ein.

»Ein Obdachloser wurde Montagfrüh an der Ilmenau angezündet.«

Grüther verzog das Gesicht. »Ja, habe davon gelesen. Und was haben wir damit zu tun? Warum schnüffelst du hier rum und kommst in die Werkstatt?«

»Am Tatort wurde ein Pick-up mit Dachscheinwerfern gesehen.«

»Und dann denkt ihr Bullen, dass der erste Beste, der so ein Auto hat, euer Täter ist? Wieso?«

Walter wusste, dass er mit seiner Antwort wieder einen Schlag riskierte, aber er wollte mutig sein: »Na, das passt doch zu euch Herrenmenschen. Ein Obdachloser, unwertes Leben und so ...«

»Hä?«, Grüther lachte und es war ein echtes Lachen. Er fand das wirklich lustig. »Was bist du denn für ein Trottel? Der Penner war doch ein Deutscher, oder? Stand doch so in der Zeitung.«

»Ja.«

»Dann ist der kein unwertes Leben, du Blödmann. Er ist ein Volksgenosse. Eine arme Sau. Vermutlich hat er Job und Frau an irgendwelche Kanaken verloren und ist dann abgestützt. So läuft das doch meistens, oder, Leute?« Er sah seine Freunde an, die nickten zustimmend.

»Sucht bei den Asylanten da in diesem Scheißlager an der Bleckeder Straße. Die machen so was.«

»Und fahren die auch amerikanische Pick-ups?«, fragte Walter.

»Keine Ahnung. Kaufen können sie die jedenfalls nicht, und wenn sie bei uns klauen wollen, dann ist was los. Das steht fest.« Die anderen lachten.

»Was machen wir jetzt mit dem?«, fragte Grüther seine Freunde.

»Ich hätte nicht übel Lust, ihm so richtig die Fresse zu polieren. Was fällt dem Kerl ein?«

»Ganz ruhig, Bolle«, sagte Grüther. »Das gibt nur Ärger.« Und dann an Walter gewandt: »So, Superbulle. Du verpisst dich jetzt einfach, und wir vergessen, dass du hier warst. Wir werden deinem Chef nicht mitteilen, dass du ohne Erlaubnis bei unbescholtenen Bürgern ums Haus geschlichen bist. Und du vergisst, dass unserem Bolle die Hand ausgerutscht ist, dem Hitzkopf.«

Er packte Walter am Kragen, zog ihn vom Stuhl hoch und schubste den dicken Mann brutal Richtung Haustür. Während er aus der Tür stolperte, kam der vierte Mann wieder ins Haus rein.

»Verpiss dich, James Bond«, rief ihm einer der Männer nach, dann stolperte Walter zu seinem Auto.

Er fuhr ein Stück über den unebenen Weg. Irgendwie lief der Wagen komisch. Erst auf der Hauptstraße bemerkte Walter, was los war. Er stieg aus und sah sich das Drama an. Alle vier Reifen waren platt. Die Einstiche des Messers waren gut sichtbar.

Da stand er nun. Um neun Uhr, am Ende der Welt, mit zerstochenen Reifen und ohne Ermittlungsergebnisse. Marie würde sich totlachen. Aber es blieb ihm nichts anderes übrig, er musste sie anrufen. Wer sonst konnte ihm möglichst unauffällig aus der Klemme helfen.

13. Kapitel

Walter ist so ein Trottel, dachte Marie. Sie konnte sich überhaupt nicht darüber einkriegen, dass er auf eigene Faust hinter diesen Nazitypen hergeschnüffelt hatte. Was versprach er sich davon? Wollte er das ganz große Ding landen? Oder war das so eine Art Bewerbung beim Verfassungsschutz? Auf die alten Tage noch mal groß rauskommen? Es hatte sie viel Überredungskunst gekostet, Jakob Pieper von der KTU zu veranlassen, mitten in der Nacht einen Abschleppwagen nach Natendorf zu schicken, um ein Beweismittel sicherzustellen. Das Beweismittel war natürlich Walters alter Volvo. Nur was er beweisen sollte, das mussten sie sich noch ausdenken. Es war kein Problem, wenn im Zuge von Ermittlungen Maßnahmen veranlasst wurden, die sich im Nachhinein als überflüssig erwiesen. Aber irgendetwas Plausibles musste schon im Bericht stehen. Das Gute dabei: Der Einsatzbericht des Abschleppwagens würde nicht auf Weides Tisch landen. Sie mussten nur einen verwirrenden Zusammenhang zu dem Fall in das Feld *Grund des Einsatzes* schreiben. Niemand würde das hinterfragen. Unterschreiben musste Walter den Bericht allerdings selbst. So weit ging Maries Hilfsbereitschaft dann doch nicht.

Wie ein begossener Pudel hatte er vor ihr gestanden, als er gegen Mitternacht mit dem Abschleppwagen im Präsidium vorfuhr. Sie wollte es sich nicht nehmen lassen, ihn zu empfangen. Ein Häufchen Elend. Marie musste ihm gar keine Vorwürfe machen, das tat er schon selbst.

»Sag nichts«, knurrte er, als er ihr gegenübertrat.

»Ich sag doch gar nichts«, lachte Marie und drückte ihm ein kleines Fläschchen Jägermeister in die Hand. Sie selbst hatte auch eins, sie stießen an und kippten den Kräuterschnaps in einem Zug.

»Vergessen?«, fragte Walter.

»Ich hab's vergessen«, sagte Marie und führte grinsend an »und Weide sowieso.«

Das war fast vierundzwanzig Stunden her und nun stand Marie mit ihrer Mitbewohnerin Pauline in der ›Hausbar‹ und stieß mit dem dritten oder vierten Tequila an. Es war Samstagnacht und die Studentenkneipe rappelvoll. Die beiden ungleichen Frauen quetschten sich am Tresen zusammen. Eigentlich war Marie mit siebenunddreißig eine Art Großmutter in diesem Laden, aber das störte sie ebenso wenig wie die Tatsache, dass die zierliche Studentin Pauline ihre einhundertfünfundachtzig Zentimeter Matronengestalt noch mal mehr betonte. Marie hatte längst Frieden geschlossen mit ihrem Körper.

In der Schule war das schwieriger gewesen, da wurde sie noch gehänselt und litt darunter. Doch mit den Jahren hatte sie festgestellt, dass ihr außerordentlich hübsches Gesicht, ihre wilden Haare und ihre direkte, unkomplizierte Art, einen Reiz auf die Sorte Männer ausübte, die es wert war. *Fast neunzig Kilo pralles Leben* hatte Marie mal in ihr Profil einer Dating-Website geschrieben, das sie inzwischen gelöscht hatte. Sie datete, wenn überhaupt, lieber im richtigen Leben.

Marie und Pauline gingen nicht häufig zusammen aus, aber wenn, dann richtig. Es war schon die dritte Kneipe und neben den Tequilas waren auch schon ein paar Bier geflossen. Pauline lag als Veganerin und ziemlich radikale Feministin nicht total auf Maries Wellenlänge, aber beim Saufen waren sie sich einig. Pauline konnte ordentlich was vertragen und mit ein paar Promille verwandelte sich die sonst so ruhige junge Frau zu einem lauten Luder mit schriller Lache. Mit ihr konnte man Spaß haben.

Pauline flirtete mit einem arglosen Studenten. Ein netter Kerl, der sich bestimmt Hoffnungen machte. Aber Marie wusste, dass Pauline nie mit einer Kneipenbekanntschaft nach Hause ging.

Sie versuchte gerade, im Gewühl bei der Bedienung hinter dem Tresen zwei Bier zu bestellten, da drängte sich ein kleiner dunkelhäutiger Mann an ihre Seite und lächelte sie fröhlich an.

»Hallo!«

»Hallo!«, entgegnete Marie und erst nach kurzem Nachdenken fiel ihr ein, woher sie diesen gut aussehenden Mann kannte. Bei ihrer letzten und bisher einzigen Begegnung hatte er an einer verkohlten Leiche herumgedrückt. Sein Name war ...

»Mansour, Mohamed Mansour, du erinnerst dich?«

»Ja, klar, Dr. Mansour, entschuldigen Sie.«

Es war Marie etwas peinlich, mitten in der Nacht und ziemlich angetrunken den Pathologen der Lüneburger Gerichtsmedizin zu treffen.

»Och, bitte.« Er zeigte ein Perlweiß-Lächeln. »Hier bitte kein Doktor. Hier habe ich schon die Nächte durchgemacht, da war ich ein schüchterner kleiner Student. Mohamed heiße ich, wie der Prophet.«

»Marie«, sagte Marie, »wie die Mutter von Jesus. Willst du auch ein Bier?«

»Gerne.«

Marie gab ihm eine der Flaschen und sie stießen an. Für einen, der Mohamed heißt, hatte er einen guten Zug am Leib, dachte Marie. Sie war aber noch nicht so betrunken, dass sie ihn darauf ansprach.

Es war laut in der ›Hausbar‹ und Marie musste sich zu Mohamed hinunter beugen, um mit ihm zu sprechen. Er war mehr als einen halben Kopf kleiner als sie und vielleicht halb so breit.

»Auch mal abschalten von dem alltäglichen Irrsinn?«, sagte sie und ärgerte sich gleich über den bescheuerten Einstieg in den Small Talk. Das harmlose Geplänkel war nicht ihr Ding.

»Ja, klar. Ab und zu mische ich mich gern mal unter die Lebenden.«

»Ich habe dich noch nie hier in Lüneburg gesehen. Bei der Arbeit nicht und auch nicht in irgendeiner Kneipe. Bist du neu hier?«

»Nicht wirklich. Ich bin hier geboren und aufgewachsen, habe aber dann in Aachen studiert. Seit ein paar Wochen habe ich den Job hier. Meine Eltern leben noch in Lüneburg.«

»Und bist du froh, wieder in der Heimat zu sein?«

»Ja, schon. Mal gucken, wie es sich so entwickelt.«

Pauline stellte sich neben Marie und grüßte Mohamed mit einem freundlichen Lächeln.

»Pauline, meine Mitbewohnerin«, stellte sie die junge Frau vor, »Mohamed ein … nun ja … Kollege.«

Dieses ›nun ja‹ machte Pauline neugierig.

»Was ist ein Nunja-Kollege?«

»Ich bin nicht bei der Polizei«, antwortete Mohamed wieder mit Elfenbeinstrahlen, »ich bin Pathologe. Wir haben gemeinsame Kunden.«

»Ach, so nennt ihr das«, lachte Pauline und bewegte sich ein kleines, aber von Marie nicht unbemerktes Stück auf den Mann zu. War es Zufall oder Berechnung, auf jeden Fall trat Marie in diesem Moment leicht, aber sicher spürbar, auf Paulines rechte Fußspitze. Die Studentin war betrunken, aber nicht blöd und verstand.

»Du, Marie, ich mach mich dann auch mal vom Hof. Willst du noch bleiben?«

»Ja, einen Moment bleibe ich noch. Tschüs bis morgen.«

Pauline lächelte Dr. Mansour noch einmal an und war in der Menge Richtung Ausgang verschwunden.

Nun kam das Gespräch mit dem jungen Pathologen in Gang. Er erwies sich als ein witziger und charmanter Gesprächspartner. Außerdem war er sehr gebildet. Viel belesener als Marie und er verstand viel von Musik.

Als es in der ›Hausbar‹ etwas leerer wurde, setzten sie sich an einen Tisch und sprachen weiter. Maries Trinkgeschwindigkeit ging gegen null. Sie wollte sich jetzt nicht mehr abschießen. Auch Mohamed trank nur langsam sein Bier und fühlte sich in Maries Anwesenheit sichtlich wohl. Sie schafften es, überhaupt nicht über die

Arbeit zu sprechen, sondern nur über Vorlieben, Träume, Reisen und lustige Erlebnisse.

Irgendwann beugte sie sich etwas zu ihm herunter, sah ihm in seine dunkelbraunen Augen und sagte: »Du bist ein sehr interessanter Mann, Herr Doktor.«

»Und du bist eine beeindruckende Frau, Frau Kommissarin«, entgegnete Mansour und so dauerte es nicht mehr lange bis zu der Frage: Zu dir oder zu mir?

Sie entschieden sich für Mohameds Wohnung, der alleine lebte, nur eine kurze Taxifahrt entfernt. Als sie Hand in Hand aus der ›Hausbar‹ gingen, fühlte Marie sich von einigen der anderen Gäste beobachtet. Was denken die jetzt? Die Dicke schleppt einen Ausländer ab, weil sie keinen anderen bekommt? Und der ist froh, überhaupt bei einer deutschen Frau zu landen? Menschen dachten so, das wusste sie. Vielleicht nicht unbedingt in der ›Hausbar‹, das Studentenvolk war gemeinhin toleranter. Aber eigentlich war ihr auch total egal, was die alle dachten.

14. Kapitel

Marie war bester Laune. Die Samstagnacht mit dem Pathologen war ausgesprochen zufriedenstellend verlaufen. Mohamed hatte sich als guter Liebhaber erwiesen und als erfahren in der sozialen Technik des One-Night-Stands. Kein gemeinsames Frühstück, kein Austausch von Handynummern, nur ein Kuss zum Schluss und jeder ging wieder seiner Wege. Mohamed war ebenso wenig wie sie auf Bindung aus. Und wenn Marie die angenehme Erfahrung wiederholen wollte, dann wüsste sie ja sowieso, wie sie ihn erreichte. Mohamed hatte zum Abschied gescherzt: »Ich brauche deine Nummer nicht. Wenn ich dich wiedersehen will, bringe ich einfach einen um.«

Marie knatterte mit der XT schwungvoll auf das Gelände der Polizeidienststelle. Was sie dann auf dem Parkplatz sah, war der Hammer. Genauer ein Hummer. Eines dieser hässlichen Monstren von General Motors, die ihren Weg von den Schlachtfeldern der US Army in die Garagen wohlhabender Angeber auch in Deutschland gefunden hatten, stand dort breit und unverschämt auf dem Polizeiparkplatz. Marie hatte bei Zuhältern und Stripclub-Inhabern schon knallgelbe, pinke und goldene Humvees gesehen. Der Geschmacklosigkeit war an dieser Stelle keine Grenze gesetzt. Dieser hier präsentierte sich allerdings in authentisch-martialischem Camouflage-Grün.

Marie musste nicht lange forschen, wer die Unverschämtheit besaß, den als für Behördenfahrzeuge gekennzeichneten Parkraum zu verletzten, denn es stand in weißen Buchstaben auf der Seite des Militärjeeps: *US Special Cars Klaus Koslowski Lüneburg.*

Als sie in ihr Büro kam, saß der Besitzer des Fahrzeugs schon breitbeinig auf einem Stuhl vor Walters Schreibtisch und schlürfte aus einem Becher mit Hansa Rostock-Wappen Kaffee.

»Moin, Marie«, sagte Walter, »ich bin auch gerade erst reingekommen und dachte, dass du vielleicht ebenfalls mit Herrn Koslowski sprechen willst. Darum haben wir gewartet.«

»Richtig gedacht«, sagte sie und dann an Koslowski gewandt, »Marie Gläser, guten Tag Herr Koslowski. Mal vorweg: Mit unserem Kaffee sind wir großzügig, aber unsere Parkplätze gehören uns. Da hat Ihr Ungetüm nichts verloren.«

Koslowski stand auf und gab Marie höflich die Hand. Er war so groß wie Marie, vielleicht fünfzig Jahre alt und hatte lange graue Haare, zu einem Pferdeschwanz gebunden und einen grauen Vollbart. Ein kerniger Typ in Jeansjacke und Lederweste. So muss man aussehen, wenn man solche Karren verkauft, dachte Marie.

»Klaus Koslowski, freut mich.« Er setzte sich wieder und sprach weiter. »Mein Mitarbeiter hat mir Ihre Karte gegeben, hat gesagt, Sie suchen einen Mörder mit einem Pick-up oder so ähnlich.«

»So ähnlich.«

»Na, da helfe ich doch gerne, wenn ich kann.«

»Ihr deutschnationaler Mitarbeiter war da weniger hilfsbereit«, merkte Walter an, dem sein Erlebnis in Natendorf sicher noch in den Knochen steckte.

»Ach, der Werner«, Koslowski winkte ab, »ein harmloser Spinner. Für meinen Geschmack ein bisschen zu braun, aber ein erstklassiger Mechaniker. Findet man heute gar nicht mehr, die Typen.«

»Gut.« Marie führte das Gespräch auf das Wesentliche, »Walter, zeig Herrn Koslowski mal unsere hübschen Bilder.«

Walter drehte den Monitor seines Computers um und klickte durch die Bilder der Überwachungskamera.

Koslowski zog seinen Stuhl näher an den Tisch und quetschte fast die Nase an den Bildschirm. Er schüttelte den Kopf, zog eine schmale Lesebrille aus der Brusttasche und setzte sie auf. Dann fixierte er wieder die körnigen Aufnahmen. Das ging alles sehr langsam, gemächlich, Klaus Koslowski hatte keine Eile. Fast hätte man denken können, er grübele über die Hunderttausend-Euro-Frage bei einer Gameshow, bei der die falsche Antwort den Verlust des Jackpots bedeutete.

»Ein Dodge.« Er sah genauer hin. »RAM, Baujahr Anfang der Zweitausender.«

»Woran sehen Sie das?«, fragte Marie.

»Die Dachkante, der Außenspiegel hier. Ich seh das halt.«

Walter nickte beeindruckt.

»Geh noch mal zurück«, befahl Koslowski und Walter steuerte mit der Maus die gewünschten Bilder an.

»Noch eins, noch eins. Da!« Er deutete mit dem Finger auf die Motorhaube des Pick-ups.

»Das ist doch nur ein Fleck«, behauptete Marie, »schlechte Bildqualität.«

»Nee, mach mal größer.«

Walter zoomte die Stelle heran.

»Rubber Duck!«, rief Koslowski plötzlich aus.

»Rubber, was?« Marie war etwas genervt von dieser Show.

»Na, Rubber Duck, Kris Kristofferson. ›Convoy‹. Der Film aus den Siebzigern. Kennt ihr nicht?«

»Nö«, sagte Walter.

»Legendärer Trucker-Film. Kristofferson spielt einen Fahrer und auf seinem Truck hat er eine Gummi-Ente als Kühlerfigur. Deshalb nennen ihn seine Trucker-Kumpels Rubber Duck. Sieht man seitdem häufiger auf Lastwagen, son Ding.«

»Okay«, Marie wurde immer ungeduldiger, »danke für den Exkurs in die Trucker-Kultur. Aber was sagt uns das?«

»Ich kenne nur einen, der hier einen Dodge RAM mit Gummi-Ente fährt.«

»Und? Mann, lassen Sie sich nicht alles aus der Nase ziehen«, schimpfte Marie.

»Benny heißt der. Son junger Schnösel.«

»Benny wie?«

»Nachname fällt mir grad nicht ein. Hat den Wagen vor gut einem Jahr bei mir gekauft. Die Gummi-Ente musste ich ihm draufmachen. Fand er cool. Ich habe mich nur gewundert, dass der den Film überhaupt kannte.«

Marie sah auf die Liste mit den Pick-ups, die die Zulassungsstelle geschickt hatte und gab sie Koslowski. »Ich finde hier keinen Benny oder Benno oder Benjamin oder Bernhard oder wie immer der Kerl richtig heißt«, sagte sie.

Koslowski fuhr die Liste mit dem Finger runter.

»Da. Klein. Petra Klein.«

»Klingt aber nicht nach Benny«, sagte Walter.

»Ja. Ich erinnere mich. Wir haben den Wagen auf seine Mutter zugelassen, weil die günstiger in der Versicherung war. Seinen Vater brauchte er dafür nicht anhauen, der war stinksauer.«

»Wieso?« Marie hatte sich inzwischen die Jacke ausgezogen, einen Stuhl geholt und sich neben den Autohändler gesetzt.

»Na, der Bursche hatte von Daddy einen fast neuen Golf GTI geschenkt gekriegt. Mit allen Extras. Den hat er verkauft und sich den Dodge gekauft. Ich kann den Jungen ja verstehen. Es gibt halt Fortbewegungsmittel und es gibt richtige Autos. Mit Motor und so.«

»Die dreißig Liter Super auf hundert Kilometern fressen«, ätzte Marie.

»Die aber noch bei Feinstaubalarm in Hamburg in die Umweltzonen dürfen, wenn ihr mit euren alten Diesel-Volkswagen demnächst stehen bleiben müsst«, ätzte Koslowski zurück.

»Was wissen Sie noch über diesen Benny?«, wollte Walter wissen.

»Reicher Schnösel halt. Student. Aber ganz okay. Der war nur zwei, drei Mal bei mir. Dann hatte er sich für den 2002er RAM entschieden. Doppelkabine, sechs Zylinder, 250 PS, ein feines Auto. Seitdem habe ich ihn nicht gesehen. Scheint zu laufen das Ding, sonst käme er ja wieder.«

»Was hat er bezahlt?«, fragte Walter sicher nur aus Neugier.

»Ich glaube vierzehntausend. Muss ich nachsehen.«

In diesem Moment kam Weide zur Tür rein und betrachtete die Versammlung misstrauisch.

»Entschuldigung«, wandte er sich an Koslowski, »gehört dieser Kampfpanzer da unten ihnen?«

Koslowski stand auf, reichte Weide die Hand, verbeugte sich leicht und sagte: »Angenehm, Klaus Koslowski, US Special Cars, Lüneburg, und mit wem habe ich das Vergnügen?«

»Weide, Kriminalhauptkommissar. Das Auto muss da weg.«

»Ja, natürlich, aber ich mache hier gerade eine wichtige Aussage in einem Mordfall. Das duldet keinen Aufschub«, er sagte das betont wichtig. Marie musste grinsen. Irgendwie gefiel ihr dieser Windhund.

»Was sagen Sie denn aus?«, wollte Weide wissen.

»Dass dieser Pick-up auf den Überwachungsvideos unter Umständen einem reichen Schnösel namens Benny gehört, oder genauer seiner Mutter Frau Petra Klein, oder?« Er wandte sich fragend an Marie.

»Ja«, begann Marie, doch Weide unterbrach sie.

»Klein?«, fragte er fast entsetzt. »Petra Klein und Benjamin Klein? Dr. Klein & Partner? Hallo? Kollegen? Klingelt's?«

Scheiße, ertappt, dachte Marie. Hätte sie auch draufkommen können. Wieso denkt ausgerechnet Weide, der ärztlich bescheinigt über ein siebartiges Gedächtnis verfügt, als Erster an den Lüneburger Staranwalt.

»Ja, klar«, beeilte sie sich und fragte Koslowski: »Ist der Vater von diesem Benny eben jener Christoph Klein? Der Anwalt?«

»Kann sein, gut möglich. Ich kenn mich da nicht so aus. Unter meinen Kunden habe ich eher wenig Anwälte.«

»Dafür mehr deren Klienten«, kalauerte Walter und Weide konnte sich ein anerkennendes Mundwinkelzucken nicht verkneifen.

»Was ist denn mit Benjamin?« Weide war offensichtlich nervös. »Kann mich mal jemand aufklären?«

Marie übernahm das: »Der Wagen, der zur Tatzeit an zwei Überwachungskameras in der Nähe des Tatortes vorbeifuhr, war ein …« Sie sah Koslowski an.

»Dodge RAM, Baujahr 2002«, assistierte der brav.

»Genau«, fuhr Marie fort, »und ein solches Fahrzeug, mit dem Sonderzubehör Gummi-Ente, fährt dieser Benny Klein.«

»Sonderzubehör, was?« Weide fühlte sich offensichtlich verscheißert.

»Auf dem Kühler ist, in Anlehnung an einen berühmten Film, eine Gummi-Ente montiert!«, erklärte Walter.

»Ah, klar. Rubber Duck. ›Convoy‹. Verstehe. Kristofferson«, freute sich Weide und Walter und Marie sahen sich ungläubig an. Koslowski strahlte beglückt darüber, in Weide einen Seelenverwandten gefunden zu haben.

»Diese Kombination aus Wagentyp und Accessoire ist in Lüneburg sehr wahrscheinlich einzigartig«, fuhr Walter fort. »Ist halt 'ne kleine Stadt.«

»Und was ist nun mit Benjamin?« Weide schien immer noch nicht verstehen zu wollen.

»Dieser Benny«, formulierte Marie es langsam und vorsichtig, »ist mit dieser nächtlichen Fahrt über die Straße Auf der Hude fullspeed in den Kreis unserer Verdächtigen gerast.«

Stille. Stephan Weide glotzte in die Runde. Erst sah er Marie eine Weile an, dann Walter, Koslowski, dann wieder Marie.

»Seid ihr jetzt völlig bescheuert?«, fuhr es aus ihm heraus – sowohl die vertrauliche Anrede als auch die drastische Ausdrucksweise waren Weide-untypisch. Niemand traute sich, die Frage zu beantworten. Darum setzte Weide nach. »Benjamin Klein, Sohn des angesehenen Lüneburger Bürgers und Wirtschaftsanwalts Christoph Klein und einer allseits beliebten Kinderärztin, soll einen Obdachlosen angezündet haben?«

Koslowski machte sich auf seinem Stuhl ganz klein, soweit das bei seiner Körperfülle möglich war. Hier lief jetzt etwas ab, bei dem er als Zivilist gar nicht dabei sein durfte und offenbar hatten die Polizisten ihn einfach vergessen.

»Also, wenn das doch sein Wagen ist ...« Marie versuchte, sich zu rechtfertigen, dabei musste ihrem Chef doch klar sein, dass ihr Vorgehen völlig korrekt und der Polizeiroutine entsprechend war. Doch Weide unterbrach sie wieder.

»Das ist ein völlig absurder Gedanke. Ich bitte Sie, hier bei den Ermittlungen mit äußerster Vorsicht vorzugehen. Wenn Sie Benjamin unbedingt aufsuchen müssen, dann tun Sie das behutsam.«

»Wie meinen Sie das?«

»Routinefragen. Sagen Sie, dass Sie zig Halter dieser Fahrzeuge befragen, und überprüfen Sie sein Alibi. Ohne einen Tatverdacht zu äußern. Wer zu dieser Zeit an dieser Stelle war, kann ja auch als Zeuge infrage kommen.«

»Ja, klar«, sagte Marie kleinlaut. Weides Engagement überraschte sie. »Aber hinfahren zu diesem Benny muss ich schon. Das ist Ihnen klar.«

»Ja, leider.« Weide war genervt. »Machen Sie – und wirbeln sie keinen Staub auf.« Und an Koslowski gewandt zischte er ungewöhnlich aggressiv: »Und Sie halten bitte den Mund. Kein Wort zu niemandem. Benjamin Klein ist nicht verdächtig. Vergessen Sie alles andere, was Sie hier gehört haben. Wenn Sie unbegründete Verdächtigungen verbreiten, kriege ich Sie dran wegen ...«

Koslowski unterbrach Weides Tirade, und das war auch gut so, denn Weide war wahrscheinlich selbst nicht klar, weswegen er ihn überhaupt drankriegen wollte: »Klar, Herr Kommissar. Ich sag nix. Bin ja nicht verrückt. Leg mich doch nicht mit nem Staranwalt an.«

»Sie können dann gehen«, sagte Marie, »vielen Dank. Sie haben uns sehr geholfen.«

Koslowski nickte in die Runde und versuchte durch die Tür zu gehen, in der aber noch Weide stand. Der machte widerwillig Platz. Im Rausgehen raunte Koslowski Weide komplizenhaft zu: »Ali MacGraw.«

»Hä?«

»›Convoy‹. Die Perle von Rubber Duck. Ali MacGraw. Traumfrau. Oberste Kategorie.«

»Ja, klar«, sagte Weide abwesend, während er eine Nachricht auf dem Handy schrieb.

Nach dem Mittagessen döste Marie an ihrem Schreibtisch und spielte auf dem Handy ›Kniffel‹. Sie fühlte sich von Weide ausgebremst. Ihre Polizistenseele sagte ihr, dass sie nun unverzüglich Benny Klein aufzusuchen hatte. Doch ihr Chef schien das anders zu sehen. Die erste gescheite Spur und schon geriet der Ermittlungszug ins Stocken. Das wollte sie nicht zulassen.

Sie sprang mit Schwung aus ihrem Stuhl hoch, was Walter aus seinem Fünf-Minuten-Powerschlaf riss.

»Hey, Marie, geht's los?«

»Was?«

»Ach, weiß nicht, irgendwas.«

»Schlaf weiter, Walter, ich wollte dich nicht wecken«, sagte sie und versuchte sich vorzustellen, welchem Schwerverbrecher Walter im Traumland nachstellte.

Sie ging über den Gang zu Weides Büro, klopfte an und schob die nur angelehnte Tür auf, ohne eine Antwort abzuwarten.

Weide schreckte hinter seinem Schreibtisch auf. Auch er schien kurz eingenickt zu sein. Ist ja beruhigend, dachte Marie, bei der Mordkommission Lüneburg wird das Klischee vom faulen Beamten noch gelebt.

»Tschuldigung, wenn ich störe«, sagte Marie, »ich habe mir überlegt, dass es das Beste ist, wenn ich den Benjamin Klein hierher bestelle, damit er eine Zeugenaussage macht. Das ist noch am unverfänglichsten.«

»Ja.« Weide setzte sich in seinem Stuhl auf und streckte sich möglichst unauffällig. »Klingt gut.«

»Obwohl ...« Marie zögerte.

»Was obwohl?«

»Obwohl ich den Pick-up schon gerne mal beschlagnahmen würde – zur Durchsicht.«

»Das wäre dann genau der Wirbel, liebe Frau Gläser, den ich fürs Erste vermeiden wollte. Was erhoffen Sie sich denn zu finden an dem Fahrzeug? Das Opfer wurde sicher nicht mit einem Auto transportiert, und wenn es Brandbeschleuniger im Fahrzeug gegeben haben sollte, dann wäre der heute sicher längst beseitigt.« Er stand auf und baute sich vor Marie auf. Das gelang ihm, obwohl er nicht größer und auf keinen Fall breiter war als sie. »Tun Sie sich und mir einen Gefallen, liebe Frau Gläser, und sprechen Sie mit dem jungen Mann. Sie werden sehen, der ist unschuldig wie ein frisch gewaschenes Taufkleid.«

»Gestatten sie mir noch eine Frage«, sagte Marie in einer Art, wie man eine ziemlich entscheidende Frage anmoderiert.

»Ja, bitte?«

»Kennen Sie Dr. Klein persönlich?«

»Flüchtig.«

»Ach so.«

Weide bekam etwas Farbe im sonst so hellen Gesicht: »Wie auch immer Sie dieses ›ach so‹ meinen, die Bekanntschaft mit Dr. Klein trübt nicht mein Urteilsvermögen. Ich war einmal auf einer Jagd, bei der auch Dr. Klein dabei war.«

»Sie jagen?« Marie konnte ihre Verwunderung nicht verbergen.

»Naja, nicht häufig.« Weide grinste verlegen. »Ich habe meinem Schwiegervater zuliebe den Jagdschein gemacht. Seit der Jägerprüfung ist aber kein Tier mehr durch meine Hand gestorben.«

»Haben Sie nicht getroffen?« Marie konnte sich den Kalauer nicht verkneifen.

»Sehr witzig, wirklich. Die Jagd ist mehr so ein gesellschaftliches Ding für mich. Besser als Golf jedenfalls. Aber im Ernst: Es geht mir nicht so sehr um Dr. Klein und seinen Sohn, sondern um unseren Ruf. Wenn Ihre Ermittlungen viel Staub aufwirbeln und Sie auf der falschen Fährte sind, wovon ich ausgehe, dann geben wir wieder die Lachnummer ab. Und das würde Kruse gar nicht gefallen.«

»Ach, ist der Polizeipräsident auch mit Dr. Klein befreundet?«

»Ja, der schon. Ich nicht. Wir sind uns nur mal begegnet.«

»Dann ist die Familie Klein also vermintes Gebiet. Ich werde aufpassen.«

»Danke. Halten Sie mich auf dem Laufenden, denn ich bin sicher, Klein wird mich anrufen, wenn er von der Vernehmung seines Sohnes erfährt.«

»Zeugenbefragung.«

»Ja, genau.«

Marie ging wieder an ihren Schreibtisch, ermittelte Bennys Handynummer und rief ihn an.

15. Kapitel

»Papa?«

»Benjamin, mein Junge, hallo. Was gibt's?«

»Bist du zu Hause?«

»Ja, ich seh fern. Was ist denn los?« Christoph Klein war sehr überrascht über die zittrige, dünne Stimme seines Sohnes, der sonst so betont extrovertiert und selbstbewusst auftrat.

»Ist Mama da?«

»Nein, die ist auf irgendeiner Versammlung. Hab's vergessen. Kennst sie ja, immer in Action.«

»Dann komm ich jetzt mal vorbei. Dauert nicht lange. Bin schon in Lüneburg. Bis gleich.«

Christoph Klein legte das Telefon beiseite und schaltete den Fernseher aus. So hatte er Benjamin schon lange nicht mehr erlebt. Musste er sich Sorgen machen? Eigentlich hatte er in den letzten Jahren wenig Grund dazu. Benjamin lief in der Spur, machte seinen Weg. Klar, er feierte zu viel und bei den Mädchen gab es auch selten mal etwas von Dauer. Aber was sollte man von einem smarten, gut aussehenden Einundzwanzigjährigen anderes erwarten? Wenn Christophs Frau Petra sich Sorgen machte, beruhigte er sie immer, er sei genauso gewesen und aus ihm sei auch was geworden.

Genau genommen wusste er gar nicht viel über seinen Sohn. Er hatte ihm immer viel Freiraum gelassen. Zum einen, weil er das richtig fand, aber auch, weil es gar nicht anders ging. Als Benjamin zwölf war, kündigte

Petra im Krankenhaus, um eine eigene Praxis zu eröffnen. Er selbst bekam damals das Notariat noch dazu und war damit voll eingespannt. Benjamin verbrachte viel Zeit allein zu Hause oder mit wechselnden Au-pairs. Geschadet hat es ihm sicher nicht. Im Gegenteil. Er war selbstständig.

Aber wie dachte er? Wovon träumte Benjamin und wovor hatte er Angst? Das konnte Christoph Klein beim besten Willen nicht sagen. Doch welcher Vater eines jungen Mannes konnte das schon.

Vor dem Haus hörte er den protzigen Motor von Benjamins Dodge. Das war auch so eine Sache, die er nicht verstand. Wozu brauchte der Junge so eine Angeber-Karre. Der Golf GTI, den er ihm gekauft hatte, war tipptopp, schnell und eigentlich doch cool. Er hätte sich gefreut, wenn er als Student einen solchen Wagen gehabt hätte. Er fuhr eine Zeit lang einen uralten Benz, und als der dann auf den Schrott gewandert war, eine kleine Vespa. Sein Vater konnte es sich nicht leisten, seinem Sohn ein Auto zu kaufen. Als Grundschullehrer mit drei studierenden Kindern war das nicht drin.

Gut, er hätte nicht so ausrasten dürfen, als Benjamin den Golf viel zu billig verkauft hatte. Einen Vollidioten und undankbaren Egoisten hatte er ihn geschimpft. Und er hatte sich geweigert, den Chevy oder Dodge oder was das war, überhaupt anzugucken. Ja, er war gekränkt. Er war selbst durch die Autohäuser gefahren und hatte im Internet gesucht, bis er den Jahreswagen gefunden hatte. Petra reagierte da gelassener. Lass ihn, hatte sie gesagt, das ist nur ein kurzer Spaß, dann merkt er, wie lästig und peinlich so ein Auto ist. Ausgerechnet Petra nahm ihn in Schutz, die immer betonte, dass man aus Gründen des Umweltschutzes überhaupt kein Auto haben sollte und ihm bei jeder Gelegenheit seinen Porsche Cayenne madigmachte. Er hat das Auto nur gekauft, um dich zu provozieren, um sich gegen dich aufzulehnen. Ganz natürlich. Ja, die Ärztin hatte immer für alles eine Erklärung, die ihn als den Dümmeren dastehen ließ.

Christoph hörte den Schlüssel in der Haustür und das Klappern der Garderobe, an der Benjamin seine Jacke aufhängte. Dann kam er ins Wohnzimmer.

Er sah fürchterlich aus. Die mittellangen blonden Haare, die er sonst akribisch pflegte und manchmal zu einem dieser neumodischen Männerdutts band, hingen strähnig und ungepflegt wie nasses Stroh an seinem schmalen Kopf. Die Haut blass, fast grau, die Lippen trocken und etwas aufgeplatzt. Die geröteten Augen ließen nur den Schluss zu, dass er Drogen genommen oder geweint hatte. Drogen hielt Christoph für möglich, aber weinen?

»Hallo, Papa«, sagte Benjamin mit atemloser Stimme. »Ich muss dich dringend sprechen.«

Benjamin setzte sich aufs Sofa, sein Vater blieb vor ihm stehen.

»Junge, wie siehst du aus, bist du krank?«

»Nein, nein. Alles okay.«

»Ein Bier oder einen Whiskey? Das hilft dir, zu entspannen.«

»Nein. Nichts. Danke. Und setz dich bitte.«

»Du machst mich nervös, Benjamin«, sagte Klein und setzte sich in einen Sessel.

»Ich werde dir jetzt etwas erzählen. Aber du musst mir versprechen, dass du nicht ausrastest.« Benny sah seinen Vater an.

»Ja, okay.«

»Und du musst mir versprechen, dass du nichts unternimmst, was wir nicht abgesprochen haben. Nichts hinter meinem Rücken. Versprich mir das!«

»Ich verspreche es dir«, antwortete Christoph Klein fast im Flüsterton. Er war jetzt maximal alarmiert.

»Ich habe morgen einen Termin bei der Polizei. Hier in Lüneburg. Bei der Mordkommission.«

»Bei der Mordkommission?«

»Bitte, Papa, sei jetzt kein Echo. Lass mich ausreden und sprich erst, wenn ich fertig bin.«

Klein saß auf der äußersten Kante des Sessels, angespannt, fast verkrampft und nickte nur.

»Mein Auto wurde in der Nähe des Ortes gesehen, an dem vor einer Woche dieser Penner verbrannt ist. Wenige Minuten nach dem Feuer.«

Christoph nickte, um zu signalisieren, dass er von dem Fall gehört hatte.

Benjamin sprach weiter: »Ich werde nicht behaupten können, dass das ein anderes Auto war. Mein Dodge ist so auffällig, davon gibt es keine zwei in Lüneburg.«

Mit einem Golf wäre das nicht passiert, hätte Klein nun gerne gesagt, hielt das aber für unpassend.

»Du möchtest jetzt fragen, ob ich etwas mit dem Tod des Penners zu tun habe. Ich könnte dann antworten, nein, natürlich nicht, und du würdest mir glauben und kämst mit zu Polizei und alles ginge seinen Gang. Aber wahr ist: ich, also wir, haben was mit dem Tod des Penners zu tun."

Christoph Klein durchfuhr ein heftiger, heißer Schauder. Er wollte etwas sagen, doch sein Sohn sprach weiter: „Lars, Costa und ich sind nach der Sauftour in Hamburg an dieser Brücke gelandet und da war zufällig dieser Penner und wir hatten so einen verdammten Schnaps und plötzlich, ich weiß nicht wie, brannte der Kerl ....".

Benny konnte nicht weitersprechen, er brach in Schluchzen aus, zitterte am ganzen Körper. Sein Vater sprang auf, setzte sich neben ihn und legte ihm den Arm und die Schulter. So viel verstand auch der eiskalte Anwalt Dr. Christoph Klein von Psychologie, um zu wissen, dass es das Beste war, den Jungen erst mal heulen zu lassen. Das gab ihm auch Zeit, die nächsten Schritte zu planen.

Als Benjamin aufgehört hatte zu zittern, stand Dr. Klein auf, ging zum Bartisch und schenkte zwei Malt Whiskey ein. Ein Glas reichte er schweigend seinem Sohn. Der nippte kurz an dem scharfen Getränk und gab es dem Vater zurück.

»Wer hat dich vorgeladen?«

»Eine Frau Gläser. Und sie sagt, es sei keine Vorladung. Nur eine Zeugenbefragung. Man befrage alle Besitzer ähnlicher Autos.«

»Hast du schon gesagt, ob du da warst?«

»Nein. Nichts.«

»Hast du sonst etwas unternommen?«

»Ja, ich habe ein Bekennerschreiben verfasst und bei der ›Lüneburger Stimme‹ in den Briefkasten geworfen.

Die berichten bestimmt darüber oder bringen den Schrieb zur Polizei. Ich habe eine Nazigruppe erfunden, die sich zu dem Mord bekennt.«

»Wieso das?«

»Um abzulenken. Damit die Bullen woanders suchen.«

Christoph schüttelte den Kopf: »Ob das so schlau war?«

Dann hörte er sich selbst wie ferngesteuert die Worte sagen, die alle Väter sagen, wenn die Kinder verzweifelt sind: »Keine Angst, Großer, das kriegen wir schon hin.«

Ein Satz mit einer unglaublichen Magie. Schlagartig wurde Benjamin ruhiger, lehnte sich im Sofa zurück und entspannte. Papa übernimmt das Ruder, lass dich treiben, kleiner Junge.

»Gut, Benjamin, du weißt, was für uns auf dem Spiel steht.«

»Ja.«

»Was steht denn für uns auf dem Spiel?«

»Alles, Papa, oder?«

»Richtig. Alles. Deine Zukunft, dein Studium, meine Reputation als Anwalt, die Reputation deiner Mutter als Ärztin und Mutter Teresa von Lüneburg. Alles, unser ganzes schönes, sattes, leuchtendes Leben kann auf einen Schlag hinweggefegt werden, wenn wir jetzt einen Fehler machen. Deshalb hörst du jetzt mir zu. Okay?«

»Ja.«

»Und du versprichst mir, alles zu tun, was ich sage und nichts anderes.«

»Ja. Versprochen.«

Dann breitete Christoph Klein vor seinem Sohn einen einfachen, aber logischen und hoffentlich wirksamen Plan aus. Ein Plan, der sich anhörte, als hätte Klein länger darüber nachgedacht, die Fürs und Widers abgewogen. Dabei hatte er diesen Plan ja nur in wenigen Minuten entwickeln können.

Benjamin nickte zu jedem Punkt, zu jeder Anweisung, und als Christoph Klein fertig war, hatte er sich wieder vollständig unter Kontrolle. Er war nicht nur zuversichtlich, sondern wirkte auf seinen Vater so, als sei sein Problem vollständig gelöst.

In dem Moment betrat Petra Klein das Wohnzimmer. Gut gelaunt wie immer, voller Energie wie immer und bildschön wie immer. Sie trug Jeans, einen lässigen Wollpullover und Stiefeletten. Ihr krauses rötliches Haar stand wie Flammen ab vom Kopf. In solchen Momenten erschien sie Christoph Klein als das Glück seines Lebens, das sie vermutlich auch war.

»Meine Lieblingsmänner traulich vereint, wie schön«, sang sie, umarmte ihren Sohn, der aufgestanden war und nahm ihrem Mann das Whiskeyglas aus der Hand, um daran zu nippen.

»Wird die Uni in Hamburg bestreikt oder feiert ihr schon das erste Staatsexamen?«, fragte sie und ließ sich neben ihren Sohn aufs Sofa fallen. Dann zog sie die Stiefeletten aus und warf sie achtlos auf den Teppich.

»Nein ...« Christoph Klein wollte irgendetwas erfinden, wusste noch nicht so genau was, als sein Sohn ihm zuvorkam: »Ich treff mich noch mit ein paar Freunden. Wir basteln an einem Geburtstagsgeschenk für Lars. Ich fahre morgen früh wieder nach Hamburg.«

»Gut. Und ich gehe jetzt schlafen«, stöhnte Petra Klein, »ich bin fix und fertig.«

»Du, Mama, kann ich deinen Smart haben? Da wo ich hinmuss, kann man schlecht parken ...«

»Ja, mein Junge, nimm nur. So seid ihr Kerle. Fahrt die dicken Angeberschlitten, aber in der Not kommt euch der langweilige Kleinwagen dann doch ganz recht.«

»Danke, Mama. Schlaf gut.«

Als er im Auto saß, rief Benny Lars an.

»Ey, Psycho«, lachte er den Freund lässig durchs Telefon an, »kommst du langsam etwas runter von deiner Paranoia?«

»Ich bin nicht paranoid, Benny, ich versuche nur, das Richtige zu tun.«

»Das einzig Richtige ist, die Schnauze zu halten. Sonst nichts, Kerl.«

»Im Ernst, Benny. Ich hab mal gegoogelt. Ich bin ja erst zwanzig, da gilt in bestimmten Fällen noch Jugendstrafrecht und ...«

Benny unterbrach ihn: »Was redest du da für eine Scheiße, Alter, das fass ich nicht. Wo bist du?«

»Zu Hause.«

»Gut. Ich bin in zehn Minuten bei dir. Mach nichts Unüberlegtes. Ich habe einen Plan.«

Er startete den winzigen Motor und lenkte den Smart durch die Lüneburger Nacht zu Lars' Wohnung.

16. Kapitel

»Hier ist Besuch für dich, Marie!« Der Beamte führte einen jungen Mann in Maries und Walters Büro, der nur Benny Klein sein konnte. Er ließ sich regelrecht hineinschieben, wirkte unsicher. Aber er sah gut aus. Nicht besonders groß, schlank, mittellange blonde Haare und ein feines Gesicht. Ein Surfer-Typ, wie er eher nach Kalifornien oder Fuerteventura gehörte. Er trug eine dunkelblaue Chinohose, einen dunkelblauen Parka mit Fell-Imitat am Kragen, darunter ein weißes Hemd unter einem weinroten Kaschmir-Pullover. Alles lässig, aber nichts billig.

»Sie hatten mich vorgeladen?« Seine Stimme war dünn.

»Vorgeladen«, lachte Marie, »aber nicht doch. Vorladung geht anders. Ich habe Sie gebeten zu kommen und da sind Sie. Herzlich willkommen, Herr Klein. Oder darf ich Benny sagen?«

»Benny ist okay.«

»Dann setzen Sie sich mal da hin. Darf ich Ihnen etwas anbieten. Sie haben die Wahl zwischen Kaffee, Wasser, Kaffee und Wasser.«

Es war nicht so, dass Marie an diesem Dienstagmorgen über die Maßen gute Laune gehabt hätte. Ihr Gemütszustand pendelte eher zwischen normal und unausgeglichen. Auch deshalb, weil sie häufiger den Drang verspürt hatte, Mohamed anzurufen. Das nervte sie. Männer sollte man ab und zu im Bett haben, aber nie im Kopf. Das war ihre Devise seit dem Olaf-Desaster.

Nein, Albernheit und Frohsinn verbreitete sie, um dem jungen Zeugen – oder war er doch ein Verdächtiger? – die Angst zu nehmen. Er sollte sich sicher fühlen, unabhängig davon, welche Rolle er in diesem Fall denn nun spielte.

»Äh, ein Wasser wäre nett.«

Marie sah zu Walter und der machte sich auf den Weg in die Kaffeeküche um eine kleine Flasche vom Wasser für die Gäste zu holen.

»Gut. Dann zunächst mal die Formalien. Haben Sie einen Ausweis dabei?«

Benny zog eine dünne Brieftasche aus der Gesäßtasche und zückte zwischen EC- und Kreditkarten, Uniausweis und ADAC-Karte seinen Personalausweis hervor.

Marie betrachtete das Dokument.

»Geboren 12. Juni 1996. Dann sind sie jetzt einundzwanzig. Und Zwilling.«

»Glauben Sie etwa an Horoskope?« Benny lächelte. Er schien etwas aufzutauen.

»Nein. Damit kommen wir hier auch nicht weiter. Wir glauben nur, was wir sehen und das auch nur nach dem zweiten und dritten Blick.«

Sie drehte den Ausweis herum.

»Gemeldet in Lüneburg. Bei ihren Eltern. Aber Sie wohnen eigentlich in Hamburg.«

»Ja, meistens. In einer WG in der Hein-Hoyer-Straße.«

»Auf dem Kiez. Nicht schlecht.«

»Beruf?«

»Student.«

»Fachrichtung?«

»Jura.«

Walter brachte das Wasser und setzte sich wieder an seinen Schreibtisch. Er verschränkte die Hände über dem voluminösen Bauch. Benny saß mit dem Rücken zu ihm.

»Gut, Benny. Eine einfache Frage: Haben Sie am Montag, dem 16. Oktober, also heute vor einer Woche, mit Ihrem Dodge RAM, Kennzeichen LG-BK 96, gegen fünf Uhr dreißig die Straße Auf der Hude in Lüneburg in südwestlicher Richtung befahren?«

»Also das mit der Himmelsrichtung weiß ich jetzt nicht so genau. Hab keinen Kompass«, sagte Benny, nicht flapsig und ironisch, sondern offenbar bemüht, nichts Falsches zu sagen.

»Das ist in Richtung Innenstadt«, half Marie.

»Ja. Das kann um diese Zeit gewesen sein.«

»Und was macht ein Hamburger Student um diese Zeit in Lüneburg? Warum lagen Sie nicht friedlich in Ihrem WG-Zimmer, um dann frisch um neun in die Vorlesung zu gehen?«

»Ich war auf dem Weg zu meinen Eltern. Ich musste dringend noch Bücher in der Stabi abgeben, die waren schon ein paar Wochen drüber. Die lagen in meinem Zimmer in Lüneburg.«

»So etwas fällt Ihnen morgens um, warten Sie mal, na so um fünf Uhr morgens ein und dann düsen Sie sofort los?«

»Nein. So etwas fällt meinem Vater auf, der um diese Uhrzeit schlaflos am Schreibtisch sitzt und Post sortiert. Die Mahnungen gehen immer bei meinen Eltern ein.

Das war schon die vierte Mahnung – über hundert Euro Strafgebühr. Mein Vater machte echt Stress deswegen. Er klingelte mich aus dem Bett und merkte an, dass er mir einen Monat das Geld streiche. So was meint der dann ernst.«

»Nach allem, was ich über Ihren Vater weiß, muss er wegen einhundert Euro noch keine schlaflosen Nächte haben.«

Benny grinste: »Nein. Natürlich nicht. Aber er hasst Unzuverlässigkeit und wenn einer seinen Pflichten nicht nachkommt. Doppelt so sehr, wenn es sich dabei um mich handelt. Darum bezahlt er die Mahnungen auch nicht, sondern lässt das einfach mehr werden. Er will mich halt immer noch erziehen. Er hat mir die Bücher aber auch schon gebracht. Wenn er bei Jagdfreunden oder Mandanten in Hamburg ist, kommt er gerne vorbei. Hat sogar einen Schlüssel für meine WG.«

»Ist ungewöhnlich, oder?« Marie dachte an ihre Mitbewohner, die ihren Eltern nie einen Schlüssel geben würden.

»Ja. Vielleicht. Aber mein Vater ist ganz okay. Der hat auch einem meiner Mitbewohner schon mal bei einer Bafög-Sache geholfen. Umsonst.«

»Das mit den überfälligen Büchern lässt sich ja sicher nachprüfen«, sagte Marie und blickte Walter an, der sich gleich seinem PC zuwandte, um die Telefonnummer der Universitätsbibliothek in Hamburg herauszusuchen.

»Davon gehe ich aus. Das wird ja alles gespeichert.«

»Und weiter?«

»Ich bin also nach Hause, habe die Bücher geholt und bin umgehend wieder nach Hamburg gefahren, damit ich vor dem großen Stau dort bin.«

»Haben Sie Ihren Vater gesehen?«

»Ja. Der war ja im Arbeitszimmer.«

»Stinksauer.«

»Nee.« Benny zeigte mit einem jungenhaften Lächeln seine makellosen Zähne. »Der war eher amüsiert, weil ich wegen der Bücher so einen Stress hatte. Lernziel erreicht, verstehen Sie?«

»Ja, verstehe«, sagte Marie und musste auch lächeln. Der Junge war auf eine natürliche Art charmant. Sie hatte einen arroganten Kerl – von Beruf Sohn - erwartet, aber dieser Benny war ein netter Junge. Nur, das zählte hier gerade nicht.

Walter meldete sich hinter seinem Bildschirm kauernd zu Wort. »Sie wohnen doch im Roten Feld, richtig?«

»Ja.«

»Dann fahren Sie doch am schnellsten nach der Autobahn die B209 noch ein Stück und dann über die Bockelmannstraße Richtung Innenstadt. Oder? Da kommen Sie überhaupt nicht Auf der Hude vorbei.«

»Ja, aber ich hatte auf dem Hinweg Bock auf einen Burger und den gibt es um die Zeit nur bei McDonald's an der Ausfahrt Nord.«

»Nettes Frühstück.«

Benny lächelte verlegen, wie ertappt. Wurde bestimmt ständig von der besorgten Kinderärztin-Mama ermahnt, sich gesünder zu ernähren, dachte Marie.

Walter bearbeitete seine Tastatur. »Okay, aber wenn Sie dann die Hamburger Straße runterfahren, kommen Sie auch nicht über Auf der Hude.«

»Ich habe die Hamburger und Vor dem Bardowicker Tore auf kleineren Straßen umfahren.«

»Warum das?«, wollte jetzt Marie wissen.

»Auf den Hauptstraßen stehen oft Ihre Kollegen und kontrollieren. Ich hatte am Abend ein paar Drinks und war nicht sicher, ob ich schon wieder völlig auf null war«, druckste Benny herum, als ob er nun eine Strafe erwarten müsste.

»Interessant. Aber auf dem Weg, den Sie dann gefahren sind, kommen Sie direkt hier bei uns vorbei.«

»Aber da kontrolliert ja keiner, oder?« Er grinste.

»Und sind Sie auf dem Rückweg wieder über die Straße Auf der Hude gefahren?«

»Nein. Da bin ich über die Bockelmannstraße gefahren.«

»Als Sie da über die Auf der Hude fuhren an dem Morgen, ist Ihnen da irgendetwas aufgefallen? Leute? Feuer?«

»Nein. Darüber habe ich natürlich schon nachgedacht, aber ich erinnere mich an nichts Besonderes. Gehört habe ich sowieso nichts, weil ich mein Bose-Soundsystem ziemlich laut hatte.«

Doch ein Angeber, dachte Marie.

»Kein anderes Auto?«

»Es war nicht viel los. Möglich, dass da noch ein, zwei Autos gefahren sind. Aber das merkt man sich doch nicht.«

»Sie waren ja auch ziemlich schnell.«

»Wieso. Bin ich geblitzt worden?«

»Nein. Dafür haben wir andere Anzeichen.«

Benny wurde etwas nervös.

»Darf ich auch mal was fragen?«

»Klar. Aber ich entscheide dann, ob ich antworte.«

»Wie sind Sie eigentlich auf mich und mein Auto gekommen? Hat mich da jemand gesehen, der mich kennt?«

»Dienstgeheimnis, tut mir leid.« Eine Antwort, die Benny nicht zu beruhigen schien.

Walter gab Marie ein Zeichen. Er hatte murmelnd telefoniert und war nun fertig.

»Benny«, sagte er und der Junge drehte sich etwas erschrocken zu Walter um.

»Ja?«

»Die Stabi in Hamburg bestätigt, dass Sie mit einer ganzen Reihe ausgeliehener Bücher überfällig sind.«

»Ja, klar, habe ich ja nicht erfunden. Wieso auch.«

»Aber«, setzte Walter nach, »die Bücher sind immer noch nicht zurückgegeben.«

Stille. Benny dreht sich langsam wieder zu Marie um, die ihn ausdruckslos ansah. Keine Frage, keine kritische Miene, einfach ein leeres Gesicht. Das verunsicherte den jungen Mann sichtlich.

»Ja«, begann er, und es war schwer einzuschätzen, ob er sich etwas zurechtlegte, »ich habe die Bücher am Dienstag im Auto vergessen und dann war ich mit dem Bus in der Uni, weil man da ja keinen Parkplatz findet und so lagen sie da ein paar Tage rum und dann war schon wieder Wochenende.« Er grinste verlegen. »Irgendwie habe ich es nicht so mit diesem Ausleihen, befürchte ich.«

»Ja. Sieht so aus«, sagte Walter und Benny drehte sich wieder um. »Aber dann sind die Bücher ja jetzt immer noch in ihrem Auto, oder?«

»Ja. Auf dem Rücksitz.«

»Sind Sie mit dem Wagen da?«, bohrte Walter weiter.

»Ja, klar.«

»Dann können wir ja jetzt mal zusammen runtergehen und nachsehen, oder?«

»Klar«, und er drehte sich wieder zu Marie um, »wenn Sie keine Fragen mehr haben?«

»Gut«, sagte Marie, »aber kommen Sie dann wieder hoch. Ich schreibe schnell das Protokoll, das können Sie dann gleich unterschreiben.«

Als Walter mit Benny zurückkam, nickt er Marie nur kurz zu. Der Junge hatte die Wahrheit gesagt.

17. Kapitel

»Jürgen, ich bin's.«

»Mensch, Thomas, du sollst mich doch nicht anrufen.«

»Du wolltest dich melden. Ich warte jetzt schon eine Woche. Ab morgen muss ich auf der Straße schlafen.«

Jürgen stöhnte vernehmlich in den Hörer.

»Ist das meine Schuld? Warum bist du nicht in Indonesien geblieben?«

»Das weißt du genau. Los, du wolltest dir was einfallen lassen. Ich warte. Sonst ...«

»Sonst was?«, raunte Jürgen aggressiv.

»Sonst erzähle ich unsere ganze Geschichte. Wie du meine Lebensversicherung kassiert hast, wie du mich um meine Rechte an unserer Software beschissen hast. Dein ganzes verlogenes Leben.«

»Interessant«, sagte Jürgen und versuchte sicher zu klingen, aber das misslang.

Thomas fuhr fort: »Und dann wird man sich deine Insolvenz genauer ansehen und forschen, wo du denn noch Geld haben könntest. Ich bin sicher, man wird was finden.«

»Jetzt bleib mal locker, Bruderherz«, schlug Jürgen einen anderen Ton an. »Können wir uns treffen? Sofort? Wo bist du?«

»Am Bahnhof.«

»Okay. Ich komme da hin. Warte auf mich. Aber nicht direkt vor dem Hauptgebäude. Etwas abseits.«

Keine halbe Stunde später, um Punkt elf Uhr in der Nacht, kam Jürgens Mercedes die Bahnhofsstraße heruntergerollt. Thomas hatte im Schutz des großen Fahrradspeichers gewartet und trat nun hervor. Jürgen stieg aus dem Wagen. Thomas hatte über der linken Schulter einen kleinen Rucksack hängen.

Jürgen verschloss den Wagen mit einem Druck auf den Schlüssel.

»Hast du Hunger? Da im Bahnhof ist ein McDonald's, da können wir dir was holen«, fragte Jürgen.

»Nee. Habe gegessen. Und der Mac hat auch schon zu.«

Sie gingen über die Straße und bewegten sich vom Bahnhof weg, wo an einem Donnerstagabend kurz vor Mitternacht nicht mehr viel los war. Ein Bus fuhr ab, ein anderer kam an. Eine S-Bahn. Bald würde der Verkehr hier vollständig ruhen. Im riesigen, runtergekommenen Automatencasino gegenüber dem Bahnhof hingen bestimmt noch ein paar spielsüchtige Gestalten und warfen mit Euromünzen nach dem großen Glück. Aber diese Kaschemme würde auch um Mitternacht schließen.

Sie gingen über einen leeren Parkplatz auf ein verwildertes Gelände zu, etwas abseits vom Bahnhof. Es war stockfinster hier. Nur das entfernte Licht von den Bahnsteigen und dem Busbahnhof machte die Umgebung einigermaßen erkennbar. Rissige Betonplatten, zwischen denen Gras wuchs, bildeten den Boden. Verrostete Container waren aufeinandergestapelt. Irgendwann wurden hier mal Güter verladen, aber das war lange her.

Die Brüder gingen langsam über das unwirtliche Gelände. Beiden war es recht, nicht gesehen zu werden.

»Siehst besser aus, ohne Bart. Als du neulich bei mir warst, dachte ich erst, da kommt irgendein Penner und will mich anschnorren«, sagte Jürgen.

»Danke. Fast richtig. Ich lebe wie ein Penner und ich will dich auch anschnorren. Wobei das eigentlich nicht der richtige Ausdruck ist.«

»Wie lange hast du noch?«, fragte Jürgen.

»Wenn nichts passiert? Sechs Monate. Vielleicht ein Jahr. Wird dann aber ein Scheißjahr. Ist ja nicht so, dass das noch zwölf geile Monate wären. Das ist ein mieses Verrecken, vor dem ich höllische Angst habe.«

»Und was muss passieren?«

»Transplantation, wenn ich einen guten Spender finde, was ein Bruder sehr gut sein kann.«

»Und dann wird alles gut?«

Thomas zuckte mit den Schultern, was Jürgen in der Dunkelheit kaum sah und sagte: »Tsss. Wer kann das wissen. Es ist Krebs, Mann. Keine Grippe.«

»Und das ist mit fünfzigtausend Euro zu machen?«

»Glaub schon. Und wenn nicht, dann kann ich von dem Geld wenigstens komfortabel sterben. Denn ein Spenderorgan werde ich im deutschen Gesundheitssystem als nicht versicherter Ausländer kaum bekommen. Da bin ich auf dich angewiesen.«

Thomas zog aus dem Rucksack eine eckige Literflasche und reichte sie Jürgen.

»Hier. Gegen die Kälte.«

Jürgen betrachtete das Etikett. Ein ihm unbekannter und vermutlich extrem billiger Whiskey. Er nahm einen Schluck aus der Flasche und verzog das Gesicht.

Dann trank Thomas.

»Scheiße, Mann, ich habe nichts. Echt nicht«, jammerte Jürgen schließlich etwas zu theatralisch. »Und spenden werde ich auch nicht, das habe ich dir gesagt. Ich riskiere für dich nicht mein Leben.«

»Ist das dein Ernst? Du lässt deinen eigenen Bruder verrecken?« Thomas blieb stehen und sah Jürgen ins Gesicht. So im Halbdunkel merkte er wieder, wie unglaublich ähnlich sie sich sahen. Trotz zweier verschiedener Leben, trotz seiner Krankheit. Ein Fleisch und Blut, eine DNA, aber kein Mitleid.

»Ich glaube, du hast Angst, wenn du mir Geld gibst, kommt das raus und damit auch dein Insolvenzbetrug. So einfach ist das.«

Thomas trank noch einen Schluck Whiskey.

»Ich höre immer Betrug«, erregte sich Jürgen, »wie kommst du darauf. Ich bin pleite. Basta.«

»Ich kenne dich, Jürgen. Du bist viel zu gerissen. Du hast immer eine Hintertür, einen doppelten Boden, ein Ass im Ärmel. Du hast sicher schon seit Jahren regelmäßig Geld gebunkert, wo es sicher ist.«

Jürgen schüttelte den Kopf.

»Damals, als ich auf Bali gestorben bin, hast du zweihunderttausend Euro kassiert. Das war die Lebensversicherung, die ich für Nadja abgeschlossen hatte. Du hast die ja nur bekommen, weil angenommen wurde, dass Nadja vor mir gestorben ist bei dem Attentat.«

»Worauf willst du hinaus?«

»Damit warst du als mein nächster Erbe der Nutznie-ßer. Wenn ich zuerst gestorben wäre, hätte Nadjas Erbe, also ihre Mutter, das Geld bekommen.«

»Und?«

»Wie hast du das eigentlich hinbekommen? Wer hat die Totenscheine so ausgestellt, dass zwischen ihrem und meinem Tod, wie viele Minuten …?«

»Fünf, glaube ich«, sagte Jürgen.

»… fünf Minuten lagen? Wie wurde das ermittelt? Das ist doch absurd. Wie hast du das hinbekommen?«

»Ein Stempel und eine Unterschrift kosten nicht viel in Indonesien. Aber das muss ich dir ja nicht erzählen.«

»Wie viel?«

»Fünfhundert Dollar.«

»Wow.« Thomas lachte hämisch. »Fünfhundert Dollar Einsatz für zweihunderttausend Euro garantierten Ge-winn. Das lohnt sich. Hat Nadjas Mutter sich nicht darüber gewundert?«

»Die hat das gar nicht mitbekommen. Die war so fer-tig nach der Sache. Geld hat die nicht interessiert.«

»Da warst du cooler, klar.«

»Jetzt sei nicht so selbstgerecht« Jürgen wurde lauter. »Das war deine Idee mit der Lebensversicherung.«

»Ja, damit du die Firma hochziehst. Stattdessen hast du sie verkauft.«

Jürgen setzte sich auf einen Palettenstapel und streckte die Hand nach dem Whiskey aus.

»Nein. Das war anders. Wir hatten das System ja so weit entwickelt, dass wir recht flüssig dreidimensionale Objekte einscannen konnten. Der nächste Schritt wäre gewesen, diese Daten zu nutzen, um Fertigungsprozesse zu steuern, also eine Maschine, die das Objekt aus irgendeinem Material herstellt. Heute nennt man das 3D-Drucker. Dazu brauchte ich das Geld, klar, aber auch Marcels Know-how. Er war der genialste Programmierer der Welt.«

»Aber leider tot« Thomas sah betroffen auf den Boden.

»Ja. Und du auch.«

»Das war nicht wichtig, weil ich ja nicht so genial war wie Marcel. Hast du ja auch immer betont.«

»Komm, Thomas, jetzt fang nicht wieder damit an. Das ist doch alles ewig her.«

»Ja, stimmt. Also wie ging's weiter? Du hast dann unsere Idee, das Patent, das Marcel, mir und dir gehörte, und auf das Marcels Witwe einen Anspruch gehabt hätte, verkauft. An wen?«

»So ein chinesisches Start-up, das zu der Zeit alles aufkaufte, was mit 3D-Druck zu tun hatte.«

»Chinesen, toll, Jürgen. Was haben die denn bezahlt, die Schlitzaugen?« Bei Thomas entfaltete der Whiskey zunehmend Wirkung.

»Eine halbe Million, aber das konnte man doch überall nachlesen«, sagte Jürgen.

»Ja, aber ich wollte es von dir noch mal hören. Das ist nämlich auch eine Lüge. Unser Code war viel mehr wert und ich bin sicher, dass die Chinesen dir auf irgendwelchen Umwegen auch mehr gezahlt haben.«

»Wenn du meinst …« Jürgen stand auf und ging ein paar Schritte weiter. Thomas folgte ihm. Jürgen hatte die Arme um den Oberkörper geschlungen, er fror.

»Was hast du dann mit dem Geld gemacht? Einen Online-Versand für Erotik-Artikel, richtig?«

»Ja, das lief auch eine Zeit ganz gut, aber im Netz geht immer alles so schnell wieder kaputt.«

Jürgen nahm Thomas den Rucksack ab, zog die Flasche heraus und trank. Dann stopfte er sie wieder in den Rucksack.

»Ach, komm hör auf. Die ganzen Pornowebsites, für die in deinem Dildoversand geworben wird, gehören doch auch alle dir. Und die laufen sicher immer noch gut.«

»Das denkst du dir doch alles aus, Thomas. Wie kommst du jetzt darauf?«

»Ich habe mir die letzten Tage das mal genauer angesehen. Hat ziemlich gedauert, weil das Internet in meinem Hostel so langsam ist. Diese Pornoportale, sechs oder acht habe ich gefunden, gehören alle einer Firma namens Mudshark Ltd. in Zypern.«

»Und?«

»›The Mud Shark‹ ist ein Stück von Frank Zappa, dessen größter lebender Fan du warst. Bist du es immer noch?«

»Ach, Thomas. Das ist doch alles Quatsch.«

Jürgen griff wieder in den Rucksack und trank von dem Whiskey, der ihm aber deutlich weniger anhaben konnte als dem kranken Bruder.

»Das können ja dann Polizei und Steuerfahndung herausfinden, ob das alles Quatsch ist.«

»Jetzt mach keinen Scheiß, Thomas, das ist doch nicht dein Ernst. Ich habe ja auch ein paar Geschichten zu erzählen.«

»Ach ja, was denn?«

»Ich wollte die Sache für immer vergessen. Aber du zwingst mich dazu, sie wieder auszupacken.«

»Ich weiß nicht, was du meinst?«

Thomas ging auf ein baufälliges, einstöckiges Gebäude zu. Wie es aussah, war hier tagsüber mehr Leben. Handgemachte Schilder verwiesen auf Proberäume von Bands und ein Künstleratelier. In einem offenen Schuppen stand ein verrosteter Gabelstapler.

»Marcels Tod«, sagte Jürgen.

»Es war ein Unfall. Er ist von besoffenen Kids auf der Landstraße angefahren worden. Die haben sich dann ein paar hundert Meter weiter selbst an einem Baum zerlegt. Man kann also nicht mal von Fahrerflucht sprechen.«

»Ja, Thomas, das ist die offizielle Version. Aber es gibt noch die wahre Geschichte.« Jürgen machte es wirklich spannend.

»Und? Wie geht die?«

Jürgen zog sein iPhone aus der Hosentasche und wischte auf dem Display herum.

»Hör zu«, sagte er und hielt Thomas das Gerät hin.

Sie lauschten einer blechernen Stimme: »Der Teilnehmer ist zurzeit nicht erreichbar. Bitte hinterlassen Sie nach dem Signalton eine Nachricht.« Piep. »Hallo, Nadja, Liebes, ich bin's.«

Es war Thomas' Stimme. Eindeutig. Sie klang hohl, zitternd, offenbar schluchzte er und seine Zunge war schwer.

»Ich habe Mist gebaut. Ich weiß nicht weiter. Ich hab Marcel überfahren. Er wollte zur Konkurrenz. Mit unserem Code. Ich bin völlig ausgerastet und hab ihn aus dem Auto geworfen. Und dann hab ich ihn überfahren. Er wollte uns alles kaputtmachen, der egoistische Arsch. Aber ich wollte das nicht. Bitte glaub mir. Ich liebe dich.« Das Schluchzen wurde lauter. Dann endete das Gespräch.

»Du warst so zugekokst, du hast gar nicht gemerkt, dass du nicht Nadjas Nummer gewählt hattest, sondern meine.«

»Und warum hast du nichts gesagt?« Thomas war geschockt. Er zitterte. Vor Angst, vor Wut.

»Wir haben ja beide von Marcels Tod profitiert und so hatte ich kein Interesse daran, dich zu verpfeifen. Aber hat es dich nicht gewundert, dass Nadja dich nie auf diese Nachricht angesprochen hat?«

»Nein. Ich erinnere mich gar nicht an diese Ansage. Und ich bin auch noch nicht sicher, ob du das nicht irgendwie zusammengebastelt hast. Mit deiner eigenen Stimme ...«

»Mach dich nicht lächerlich, Thomas. Wenn ich das der Polizei zuspiele, muss ich nur noch das Alibi widerrufen, das ich dir damals gegeben habe, weil du mir vorgelogen hast, du wärst bei einer anderen Frau gewesen und Nadja sollte das nicht erfahren. Also wer hat hier jetzt wen in der Hand?«

»Du bist so ein Wichser ...« Thomas ging wütend auf den Bruder los, schubste ihn in den Geräteschuppen, sodass der gegen den Gabelstapler prallte. Jürgen rutschte der Rucksack von der Schulter. Die Flasche fiel heraus und zerschellte auf dem Boden.

Jürgen rappelte sich auf. Er hatte eine kleine Schramme an der Stirn. »Du hast doch angefangen mit Erpressung. Ich habe doch all die Jahre dein Spiel mitgespielt. Mir war gleich klar, warum du wirklich als Untoter in Indonesien geblieben bist, weit weg von der deutschen Polizei.«

Thomas nahm eine Eisenstange und ging auf Jürgen zu. Er schwankte und sprach undeutlich. »Lösch diese verdammte Datei. Los. Jetzt sofort.«

»Damit du mich anzeigen kannst, oder was?«

»Ich habe nichts zu verlieren, Jürgen. Lebenslänglich heißt für mich sechs Monate, höchstens ein Jahr. Aber für dich steht mehr auf dem Spiel.«

Jetzt nahm auch Jürgen eines der herumliegenden Werkzeuge in die Hand. Eine rostige Spitzhacke mit morschem Stil.

18. Kapitel

Vier Uhr morgens. Stephan Weide schlief schlecht. Immer. Früher hätte er sich mit zwei, drei Gin Tonic in den Schlaf gewogen, doch das war lange vorbei. Kein Tropfen mehr. Nie mehr. Die Medikamente, die er gegen seine Gedächtnisstörungen nahm, waren einem erholsamen Schlaf nicht zuträglich. Das empfand er jedenfalls so. Was ihm aber am meisten den Schlaf raubte, waren seine Gedanken an Miriam. Seine Frau blieb konsequent auf Abstand. Wenn er seine fünfjährige Tochter Hedwig sehen wollte, musste er nach Düsseldorf fahren. In seiner alten Wohnung, wo Miriam und Hedwig immer noch lebten, schlief er im Gästezimmer.

Eigentlich sollte die Familie längst in einem schönen Haus in oder um Lüneburg leben. Doch Miriam hatte ihre Zustimmung zu diesem Plan zurückgezogen. Sie wollte nicht mehr weg aus Düsseldorf, sie wollte nicht mehr mit einem Kriminalkommissar verheiratet sein. Ihr Ultimatum stand: Entweder Polizist und Single oder der Ehemann der klugen, wunderschönen und steinreichen Miriam. Weihnachten sollte er sich dazu endgültig äußern.

Ein Jobangebot hatte er schon lange. Er konnte als Sicherheitchef im Konzern seines Schwiegervaters anfangen. Geregelte Arbeitszeiten, gutes Gehalt und keine Lebensgefahr.

Er liebte seine Frau und seine Tochter liebte er noch viel mehr. Aber er hing auch an diesem Beruf. Er brauchte diesen Kitzel, und er war der Meinung, dass diese Arbeit von den Besten erledigt werden musste.

Und zu denen zählte er sich. Außerdem wollte er nicht abhängig sein. Nicht von Miriam und schon gar nicht von seinem gönnerhaften Schwiegervater.

Gerade war er wieder in ein tiefes, traumloses Schlafloch gefallen, da brummte sein Handy. Die Leitstelle. Sie hatten wieder eine Leiche.

Er ließ sich von einem Streifenwagen abholen und war um halb fünf am Tatort. Lüneburg Hauptbahnhof. Ein Obdachloser war verbrannt.

Der Tatort lag hinter dem ehemaligen Bahnhofsgebäude des Westbahnhofs, wo inzwischen ein Automatencasino untergebracht war. Direkt gegenüber lag der ehemalige Ostbahnhof, nun der Hauptbahnhof von Lüneburg. Dazwischen der Bahnhofsplatz. Der Tatort war von diesem Platz nicht einsehbar, da der Tote auf dem einzigen Bahnsteig lag, der hinter dem Casino verlief und Lüneburg Westseite hieß.

Feuerwehr, Polizeibeamte und Spurensicherung wuselten durcheinander. Als Weide den Bahnsteig betrat, kam ihm Marie Gläser entgegen.

»Marie, wer hat Sie denn gerufen?«

»Die Leitstelle, genau wie Sie. Hängt ja möglicherweise mit unserem aktuellen Fall zusammen.«

»Möglicherweise.« Weide hätte diesen Einsatz auch ohne sie hinbekommen, verkniff sich aber eine Bemerkung. War sie jetzt so eine Art Aufpasserin für ihn? Liefen da, nachdem seine Probleme durchgesickert waren, irgendwelche Heimlichkeiten?

Hinter einem weißen Paravent lag das Opfer an einer Tür, dem Hintereingang des Casinos. Verkrümmt, verkohlt, ein bizarres Bild. Stephan war wieder einmal überrascht, wie kalt ihn der Anblick eines Mordopfers ließ. Nur bei Kindern war das anders. War er abgestumpft? Empathielos? Er nannte es lieber professionell. Mitleid nützt dem Häufchen Kohle da nun auch nichts mehr. Weides Interesse musste dem Täter gelten. Zwei verbrannte Obdachlose in zehn Tagen, das ist ja kein Zufall. Und ein obskures Bekennerschreiben gab es auch.

»Was haben wir«, fragte Weide Marie, die offenbar schon etwas länger am Tatort war.

»Einen verbrannten Obdachlosen. Keine Tatzeugen. Einen Bahnhofsvorsteher, den ich gerade befragen wollte. Kommen Sie mit.«

Marie führte Stephan zu einem Mann in Bahnuniform, der etwas abseits stand und rauchte.

»Stephan Weide, Kriminalhauptkommissar. Sie sind hier der Bahnhofsvorsteher?«

Der Mann zog nervös an seiner Zigarette. Dann warf er sie auf den Boden und trat sie aus. Er war groß, dünn, vielleicht fünfzig Jahre alt. Er schaute die Polizisten unsicher an. »Bahnhofsvorsteher ist nicht ganz korrekt. Das heißt inzwischen Fahrdienstleiter. Schulze, mein Name.«

»Und Sie haben den Toten entdeckt?«, fragte Weide.

»Nein. Das war die Putzfrau vom Casino. Die ist zur Arbeit gekommen und hat den da liegen sehen. Da hat der noch gequalmt. Sie ist dann zu mir gekommen und ich habe die Polizei gerufen?«

»Wie lange hat das alles gedauert?«

»Also die Frau kam ja über den Platz zu mir. Dann bin ich mit ihr da hin.«

»Warum haben Sie uns nicht sofort gerufen, als die Frau bei Ihnen ankam?«

»Na, ich konnte das ja gar nicht glauben. Und ich habe die Frau auch kaum verstanden, die spricht schlecht Deutsch. Da wollte ich lieber noch mal sehen.«

»Mussten Sie dann noch mal wieder zurück, um zu telefonieren?« Weide addierte die Minuten im Kopf.

»Nein. Ich hab ja ein Handy.«

»Also, von der Entdeckung bis zum Anruf zehn Minuten? Oder mehr?«

»Kommt hin. Eher weniger.«

»Hat die Leiche da immer noch geraucht.«

»Nein. Ich glaube nicht. Ich bin auch nicht so nah herangegangen. Ist ja ein grauenhafter Anblick. Der arme Mann. Ist der angezündet worden? Wie neulich schon einer?«

»Genau das müssen wir herausfinden.« Weide machte sich Notizen in einen kleinen Block.

»Herr Schulze …« Marie übernahm wieder »… den schwarzen Spuren hier am Bahnsteig nach zu schließen, hat der Mann sich ja brennend noch ein kurzes Stück bewegt. Hier an der Wand entlang. Gut fünf Meter. Gekrochen, gerollt. Man weiß es nicht. Aber das muss doch jemand mitbekommen haben. Er hat gebrannt, in der Dunkelheit. Und er hat doch bestimmt geschrien.«

»Das habe ich mich auch gefragt. Aber hier auf dem Bahnsteig ist niemand um diese Zeit. Das Casino ist geschlossen, das öffnet erst um sechs Uhr. Und drüben vom Hauptgebäude aus bekommt man das nicht mit.«

»Wann begann Ihr Dienst?«

»Um drei. Da habe ich übernommen. Um drei Uhr neunundvierzig kommt der erste Zug. Aus Hamburg.«

»Hier auf diesem Gleis?«

»Ja. Der ist heute aber wegen technischer Störung ausgefallen. Der nächste Zug hier fährt um vier Uhr zweiunddreißig.«

Weide sah auf seine Patek Philippe, ein Geschenk seiner Frau zum Vierzigsten.

»Also vor fünfzehn Minuten? Dann hätten wir den doch sehen müssen.«

»Nein.« Schulze lächelte verlegen, »den haben wir natürlich auf Anweisung der Bahnpolizei auf ein anderes Gleis geleitet. Wir können jetzt hier doch keine Leute ein und aussteigen lassen.«

Von Marie erfuhr Weide, dass die Putzfrau, die die Leiche entdeckt hatte, nicht mehr am Tatort war. Völlig fertig hatte sie sich von ihrem Mann abholen lassen. Ein Beamter hatte aber die Personalien aufgenommen.

Inzwischen war auch die Frühschicht des Automatencasinos eingetroffen, vier Leute, die durch ein Fenster aus ihrem Casino auf den Tatort glotzten. Der Chef der Truppe konnte keine brauchbaren Angaben machen. Stattdessen maulte er rum, dass die Tür nun aber rasch frei werden müsse, weil die auch ein Notausgang sei und wenn der blockiert wäre, dürfe er nicht öffnen.

Weide hörte dem Mann kaum zu, nickte nur und ließ ihn dann stehen. Was wollte der Blödmann? Als ob es ein Drama wäre, wenn die Spielsüchtigen eine Stunde später ihrem erbärmlichen Hobby nachgingen. Als ehemaliger Säufer wusste er zwar, wie verzweifelt Süchtige nach dem nächsten Kick gierten, aber es war ihm egal.

Als trockener Süchtiger verachtete er die Noch-Abhängigen umso mehr.

Der Gerichtsmediziner traf ein. Dieser Araber vom letzten Mal. Ein junger Kerl, dessen Namen er vergessen hatte. Marie begrüßte ihn mit Mohamed, was offenbar sein Vorname war.

Weide fiel auf, dass die beiden sehr vertraut miteinander umgingen. Wie sie sich ansahen, wie Marie den jungen Pathologen anlächelte. Das war doch beim letzten Leichenfund noch nicht so. Hatten sie sich am letzten Tatort nicht überhaupt erst kennengelernt? Weide versuchte, wieder zu unterscheiden, was er sich zusammenreimte und was er erinnerte. Sein kriminalistischer Spürsinn spielte ihm manchmal Streiche. Er kombinierte und hielt das dann für Erinnerung. Das war gefährlich. Eine Hypothese nicht von einer Tatsache unterscheiden zu können, macht Polizeiarbeit schwierig. Er würde mit seinem Arzt darüber sprechen, ob er die Antidementiva, die er nahm, höher dosieren müsse.

Lief da was zwischen den beiden? Dieser schmale, gut aussehende Orientale und die friesische XXL-Frau Marie? Kaum vorstellbar. Aber irgendwie auch egal, dachte Weide. Was ging es ihn an?

»Es war ein kurzer, aber schmerzhafter Kampf«, sagte der Gerichtsmediziner, als Weide ihn ansah. »Aber er hat nicht lange gebrannt, soweit ich das im Moment beurteilen kann, ist nur an den Armen und im Gesicht Haut verbrannt. Ansonsten ist es die Jacke, die gebrannt hat und dieser Klumpen dort. War wohl mal ein kleiner Rucksack. Würde mich nicht wundern, wenn am Ende Ersticken die Todesursache ist.«

»Warum nicht verbrennen?«

»Wenn viel Haut verbrennt, stirbt das Opfer an einem hypovolämischen Schock. Das ist im Grunde ein Kreislaufzusammenbruch in Folge der gestörten Blutzirkulation. Wenn aber, wie ich hier vermute, eher Material gebrannt hat, mit entsprechender Rauchentwicklung, kann unser Freund hier einfach an einer Rauchvergiftung gestorben sein.«

»Brandbeschleuniger?«, wollte Marie wissen.

»Sicher. Sonst hätte er nicht gebrannt. Aber vermutlich nicht viel.«

»Kommt mir bekannt vor«, sagte Marie.

»Mir auch«, sagte der Pathologe und wandte sich wieder dem verkohlten Körper zu.

Weide ging noch mal auf den Bahnhofsvorsteher zu, der sich nicht mehr so nannte, aber wie … das hatte er vergessen.

»Wenn schon niemand mitbekommen hat, dass da hinter dem Casino ein Mensch brennt, dann haben Sie doch vielleicht auf dem Bahnhofsplatz etwas bemerkt. Da ist doch was los, da fahren Taxis, Busse. Waren da Menschen, die da nicht hingehören? Autos, die da nicht hinpassen um diese Zeit?«

»Nein.« Der Fahrdienstleiter war mit dem Bombardement an Fragen überfordert. »Ich habe nichts gesehen, war mit meinen Dienstplänen beschäftigt und mit ein paar Ausfällen und Änderungen. Außerdem beginnen heute Umbauarbeiten an einem Aufzug, da muss ich mich auch drum kümmern, dass das alles gut vorbereitet ist.«

Marie informierte Weide, dass auch die wenigen anderen Beschäftigten, die sich zur Tatzeit im Bahnhof befunden hatten, keine brauchbaren Angaben machen konnten. »Die waren alle nur mit ihrem Kram beschäftigt und haben nicht links und nicht rechts geguckt. Und bevor Sie fragen, eine Überwachungskamera gibt es hier auch nicht mehr. Das weiß ich genau, denn als ich das letzte Mal beruflich hier zu tun hatte, war dort hinten eine, die man aber danach aus mir unerklärlichen Gründen abmontiert hat.«

Weide musste sich nicht anstrengen, um sich zu erinnern, was Marie Gläser meinte. Vor ein paar Monaten wäre Marie fast von einem Serienmörder genau hier im Blickfeld dieser Kamera getötet worden. Doch es gelang ihr, den Täter mit einem aufgesetzten Schuss in die Stirn auszuschalten. Das hatte Weide beeindruckt. Was ihn noch viel mehr beeindruckte: Die Frau steckte ihre erste dienstliche Tötung erstaunlich gut weg. Eher pflichtschuldig war sie zum Polizeipsychologen gegangen. Als Weide sich kurz nach dem Vorfall nach ihrem Befinden erkundigte, antwortete sie nur lapidar: Wenn ich es nicht getan hätte, wäre ich nun tot. Also ist es in Ordnung.

***

Weide war noch mal in seine Wohnung gefahren, um ein, zwei Stunden Schlaf nachzuholen. Er wollte sorgfältiger mit sich und seiner Krankheit umgehen; übermäßiger Stress in Verbindung mit Schlafmangel war Gift für ihn. Doch er konnte nicht schlafen. Er lag eine Zeit herum. Dann duschen, frühstücken und als er gegen halb neun im Büro eintraf, lag ein Zettel auf seinem Schreibtisch. *Bei PP Mucha melden.*

Er hatte es sich schon lange zur Gewohnheit gemacht, mit einigem Verzug auf solche Einbestellungen von Vorgesetzten zu reagieren. Er war kein Lakai. Wer sofort antanzen kann, hat nichts Wichtiges zu tun.

Er blätterte noch die Tageszeitung durch, die natürlich noch nichts zum Toten am Bahnhof hatte. Auf der Website der ›Lüneburger Stimme‹ war der Fall aber schon der Aufmacher mit einem Foto der Leiche, das ganz offensichtlich hinter dem Paravent aufgenommen worden war. Da hatten die Beamten wohl mal kurz nicht aufgepasst. Doch der Körper war abgedeckt. Die Schlagzeile lautete erwartungsgemäß: *Serienmörder? Erneut Obdachloser angezündet.* Der dazugehörige Beitrag kam über Spekulationen nicht hinaus. Regina Feldmann hatte das Bekennerschreiben in ihrem Artikel nicht erwähnt. War ihr bestimmt schwergefallen.

Nun war es Zeit, dem Polizeipräsidenten die gewünschte Aufwartung zu machen. Weide nahm noch eine Tablette, spülte sie mit einem Schluck kalten Kaffees herunter und begab sich in den sechsten Stock.

Die Sekretärin des Präsidenten gab Stephan ein Zeichen, dass er gleich reingehen solle. Herbert Mucha saß in seinem geräumigen und geschmackvollen Büro hinter dem Schreibtisch und telefonierte. Eingerahmt von zwei riesigen Pflanzen beidseitig des Schreibtischs wirkte der schlanke, grauhaarige Mucha eher wie ein smarter Industrieboss als wie ein leitender Beamter. Er gab Weide ein Zeichen, dass er sich in den Besucherstuhl vor seinem Schreibtisch setzen solle. Das Telefonat bestand auf Muchas Seite fast nur aus Bestätigen, Ja-Sagen und Nicken. »Geht in Ordnung.« – »Ja, sehe ich genauso.« –

»Selbstverständlich. Verlass dich drauf.« Dann legte er auf.

»Herr Weide, danke, dass Sie es so schnell möglich machen konnten. Eigentlich wollte ich Sie gestern Abend noch sprechen, aber dann waren Sie schon weg. Suchen Sie eigentlich noch ein Haus?«

»Nein, im Moment nicht. Meine Frau ist, nun ja, etwas unentschlossen.« Weide hatte nicht die geringste Lust, mit seinem Chef über seine Eheprobleme zu sprechen und sicher war das auch nicht der Grund dieses Termins.

»Ja, verstehe. Warum ich Sie hergebeten habe ...«

»Der tote Obdachlose ...«

»Ja, indirekt schon, aber den gab es ja gestern noch gar nicht. Dass es ihn jetzt gibt, macht es einfacher.«

»Wie bitte? Wieso einfacher, verstehe ich nicht.«

»Ja, Entschuldigung. Ihren Fall macht es sicher nicht einfacher - oder Ihre Fälle. Aber mein Hinweis an Sie, wird dadurch etwas, nun ja, nachvollziehbarer.«

»Ich höre.«

»Benjamin Klein ...«

Weide grinste sarkastisch und war sich dessen bewusst.

»Ja, klar, ich weiß, was Sie jetzt denken, alte Jagdfreunde und so. Aber Sie müssen doch selbst zugeben, dass Frau Gläser da auf der falschen Spur ist, wenn sie den Burschen verdächtigt ...«

»Sie hat ihn nicht als Verdächtigen geladen. Er ist als Zeuge vernommen worden, weil sein Auto zum Tatzeitpunkt in der Nähe war.«

»Ja, Herr Weide, da geht es doch schon los. Und der Junge ist so naiv, das auch noch zuzugeben. Jeder abgeklärte Ganove hätte das mit dem Auto bestritten, das hätten wir ihm anhand der Videoaufnahmen nie nachweisen können. Ich habe die Protokolle gelesen, was dieser Autohändler, dieser Koslowski, da von sich gibt, ist von vorne bis hinten anfechtbar. Jedes Auto hätte das sein können. Auch meines oder Ihres.«

»Aber die Frage ist doch beantwortet. Es ist der Pickup des jungen Mannes.«

»Aber das meine ich ja. Das hätte er doch nie zugegeben, wenn er etwas mit der Tat zu tun hätte.«

»Kann sein. Aber, wie gesagt, für mich ist er kein Verdächtiger. Wie die Kollegin das einschätzt, kann ich Ihnen nicht sagen. Aber vielleicht haben wir seit heute Morgen sowieso eine neue Lage.«

»Genau«, rief Mucha aus und schien fast beglückt darüber. »Das sehe ich nämlich auch so. Wenn kurz hintereinander solche grauenhaften Verbrechen passieren, dann liegt die Vermutung nach ein und demselben Täter doch nahe. Und außerdem gibt es doch da so ein Bekennerschreiben.«

»Ja. Aber das ist ziemlicher Mumpitz. Eine merkwürdige Organisation, die noch nie in Erscheinung getreten ist. Wäre auch das erste Mal, dass Obdachlose aus politischen Motiven getötet werden. Da erlaubt sich einer einen Spaß mit uns.«

»Trotzdem. Für mich sieht es nach einer Serie aus.«

Weide hatte das Gefühl, dass der Polizeipräsident ihm hier beim Nachdenken helfen wollte. Was sollte das? War das jetzt nur überflüssig oder sogar anmaßend?

»Ja, Herr Mucha, das liegt nahe, schließt aber immer noch nicht aus – rein theoretisch – dass auch hier dieser junge ...«

»Benjamin Klein.«

»Ja. Dass auch der zum Kreis der Verdächtigen gehört. Da müssen wir erst mal nachfragen, ob er nicht auch in dieser Nacht wieder mit seinem Monstertruck in Lüneburg herumgefahren ist.«

»Müssen Sie nicht mehr, Herr Weide. Habe ich schon gemacht. Benjamin war in seiner WG in Hamburg. Die hatten eine kleine Party. Mindestens zwanzig Zeugen, darunter eine junge Dame, die bis zum Frühstück nicht von seiner Seite gewichen ist.« Mucha sagte das mit einem frivolen Unterton.

»Der Glückspilz.« Weide war etwas irritiert, dass der Lüneburger Oberpolizist niedere Recherchearbeiten verrichtete. Aber die Erklärung dafür war einfach und hieß Dr. Christoph mit Vornamen.

»Wir sollten uns also nicht mit dem kleinen Benjamin aufhalten, sondern nach Gemeinsamkeiten in beiden Fällen suchen.«

»Haben Sie das Benjamins Vater versprochen?«

Muchas bisher so entspannte Gesichtszüge verhärteten sich und er sagte, ohne laut zu werden, doch mit spürbarer Schärfe: »Ich habe Dr. Klein das Gleiche versprochen, was ich jeden Tag, den ich in diesem Amt bin, jedem Bürger im Landkreis Lüneburg verspreche, nämlich, dass wir gewissenhaft unsere Arbeit machen, die Bösen einfangen und die Guten nicht über die Maßen belästigen. Ist das auch Ihre Mission, Herr Weide?«

»Ja. Natürlich. Ich werde das mit Frau Gläser klären.«

»Wunderbar. Ich sehe, wir verstehen uns. Und jetzt los. Fangen Sie diesen Wahnsinnigen ein, bevor noch ein armer Teufel dran glauben muss.«

Weide stand auf, nickte Mucha kurz zu und machte sich auf den Weg zur Tür.

»Ach, Herr Weide. Wie geht es Ihnen eigentlich? Ich meine, Ihr kleines Problem.«

»Das habe ich im Griff. Gute Medikamente. Und der Arzt, den Sie mir empfohlen haben, versteht sein Handwerk. Also kein Grund zur Sorge.«

»Das ist gut. Wir brauchen Sie, Herr Weide.«

19. Kapitel

»Schön, dass du mich besuchen kommst, Marie. Aber hier sind wir nicht allein.«

»Sehr witzig, Mohamed. Der Typ zwischen uns kann uns aber nicht mehr stören.«

»Doch. Denn er fordert unsere ungeteilte Aufmerksamkeit.«

»Deine hatte er ja schon, wie ich sehe. Der sah ja sogar noch besser aus, als wir ihn gefunden haben.«

Marie stand mit Dr. Mansour in einem kleinen Raum im Institut für Pathologie des Klinikums Lüneburg. Grelles, kaltes Neonlicht, weiße Schränke mit Glastüren an den Wänden. Dieser kaum zu ertragende Dunst aus Blut, Exkrementen, Alkohol und Formalin schwebte im Raum. Zwischen Marie und Mohamed stand ein großer Tisch mit Edelstahlplatte. Darauf lag der Tote vom Bahnhof.

Der Forensiker hatte die Leiche des unbekannten Obdachlosen bereits mit dem Y-Schnitt geöffnet. Marie sah die freiliegenden Rippen, darunter müsste eigentlich die Lunge sein, doch die hatte Mansour bereits herausgenommen und nebenan ins Labor zur näheren Untersuchung gegeben. Ebenso das Herz und die Leber. Wie ein ausgeschlachtetes altes Auto lag er da. Schrottreif. Wertlos. Jämmerlich gelebt, jämmerlich gestorben.

»Und?« Marie sah Mohamed erwartungsvoll an und konnte sich ein vertrauliches Lächeln nicht verkneifen. Das wirkte: Mohamed lächelte höchst unprofessionell zurück.

»Ist das deine erste Obduktion, Marie? Ich vermute, nein. Deshalb müsstest du wissen, dass das dauert. Aber ich denke, dass sich meine Vermutung bestätigt: Der Mann ist nicht an den Verbrennungen gestorben, sondern an einer Rauchvergiftung.«

»War das besser für ihn oder schlimmer?«

»Eher besser. Er wurde bewusstlos, bevor die Flammen die Haut an Armen und Oberkörper und im Gesicht erreichten.«

»Und was für ein Brandbeschleuniger?«

»Diesmal kein Schnaps. Eher Spiritus oder Benzin. Etwas, was heißer brennt.«

Marie betrachtete das verkohlte Gesicht. Schwarze, rissige Haut, die Augen geschlossen, die Haare bis zum Hinterkopf weggebrannt. Die Ohren grotesk verschrumpelt. Diesen Mann würde die eigene Mutter nicht mehr erkennen.

»Wer ist er?«, fragte Marie eher sich selbst als den Pathologen.

»Ein Mann. Zwischen vierzig und fünfzig. Normales Gewicht. Einigermaßen sportlich.«

»Bei unserem letzten Opfer hast du am Zustand der Füße erkannt, dass es sich um einen Obdachlosen handelte. Und was ist mit ihm?«

»Aussichtslos. Er hatte Sneakers an mit viel Gummi. Die sind an den Füßen regelrecht festgebacken. Siehst du?«

Er hob das Tuch an, das den Körper von den Füßen bis zur Hüfte bedeckte. Die Leiche war nackt, bis auf die schwarzen unförmige Klumpen am Ende der Beine.

»Interessant ist etwas anderes.« Mansour hob vorsichtig den Kopf des Toten an und deutete auf den Hinterkopf.

»Hier, in diesem Bereich, hat er eine heftige Fraktur und ein kleines Loch im Schädel. Das kann nicht nur von einem Sturz sein, da hat jemand mit einem harten Gegenstand schwungvoll zugeschlagen.«

»Wo? Ich sehe da gar nichts. Nur schwarz und blutig und eklig.«

»Das kannst du auch nicht sehen. Das musst du fühlen. Hier. Nimm dir ein paar Handschuhe.«

»Ach, danke, lass mal. Ich glaube dir das auch so.«

»Unser Freund hat sich vor seinem persönlichen Barbecue heftig geprügelt oder wurde geschlagen.«

»Wie lange vorher?«

»Nicht sehr lange. Mit dem Dachschaden ist er nicht mehr weit gekommen.«

Marie taten die Beine weh. Zu lange war sie schon unterwegs und die Luft im fensterlosen Untersuchungszimmer war auch nicht gerade erfrischend. Sie setzte sich auf einen Hocker und atmete tief durch.

»Es kann also auch sein, dass er schon tot war, als er angezündet wurde?«

»Mmmh. Bevor ich Nein sage, will ich das Ergebnis der Lungenuntersuchung abwarten. Wenn dort Spuren von Rauch zu finden sind, hat er seine Erleuchtung noch erlebt ...«

»Herr Doktor, bitte«, sagte Marie mit gespielter Empörung. Das alles war auch für sie nur mit einer Portion schwarzem Humor zu ertragen.

»Aber auch dann kann ich nicht ausschließen, dass er am Rauch und am Schädel-Hirn-Trauma gestorben ist. Oder anders gesagt: Wenn er nicht an dem einen Problem verblichen wäre, dann hätte ihn das andere dahingerafft.«

Eine junge Frau in weißem Kittel kam hinein. Sie trug eine Art Wanne aus Edelstahl, einen halben Meter breit, und stellte sie auf einer Arbeitsplatte an der Seite ab. Sie war jung, vielleicht vierundzwanzig und etwas kleiner als Mohamed. Schlank, gut gebaut, soweit Marie das unter dem Kittel sehen konnte und hatte mittellange, leuchtend rote Haare und ein hübsches Gesicht mit Sommersprossen.

»Herr Doktor, ich habe die Sachen vorsichtig untersucht. Hier sind ein paar Dinge, die vielleicht interessant sind.«

Marie sah die junge Frau an, zu lange, und dann Mansour, der wiederum die Frau ansah. Auch zu lange?

»Danke, Harriet, ich schau's mir gleich an.«

Die junge Frau verließ den Raum. Marie war wieder mit Mohamed und dem Toten allein.

»Die ist aber niedlich.« Sie bemühte sich, möglichst unverfänglich zu klingen. Doch so wie Mohamed sie angrinste, war ihr das misslungen.

»Eine Studentin. Viertes Semester oder so. Aber viel interessanter als die junge Dame ist das Zeug, das sie uns mitgebracht hat.«

Dr. Mansour beugte sich über die Edelstahlwanne, Marie stellte sich neben ihn. Mit einer großen Pinzette zupfte er die Sachen in der Wanne auseinander.

Reste von Kleidung. Ein kaum verbranntes Stück von der Jacke, ein Stück vom Gürtel. Am Rand der Wanne lag der verschrumpelte Rest vom Rucksack, darauf ein Fetzen einer Banknote. Mohamed nahm es mit der Pinzette auf und betrachtete es aus der Nähe. Sie sahen sich fragend an.

»Euro ist das nicht«, sagte Marie.

»Da steht was: Seratus.«

Marie zog ihr iPhone aus der Tasche.

»Wen rufst du an?«

»Herrn Google, der weiß alles. - Seratus ist indonesisch und heißt hundert.«

Mohamed nickte anerkennend.

»Und hier sieh mal!« Marie hielt Mohamed das Handy unter die Nase. Google zeigte eine Abbildung eines roten Geldscheines. Das Stück in der Pinzette war eindeutig von dieser Banknote. Einhunderttausend indonesische Rupien.

»War wohl reich, unser Obdachloser«, sagte Mohamed.

»Eher nicht«, Marie schaute wieder auf ihr Handy. »Das sind sechs Euro sechsundachtzig. Kurs von heute. Morgen sicher schon weniger.«

Die junge Rothaarige betrat wieder den Raum.

»Ich habe hier noch etwas. Ist eben aus dem Rucksack gefallen.«

Auf ihrer mit einem OP-Handschuh überzogenen kleinen Hand lag ein tampongroßes Würstchen. Ein Stückchen davon weiß, mit irgendeinem blauen Aufdruck, der Rest verkohlt.

»Was genau erkennen Sie da?« Marie ließ keinen Zweifel daran, dass sie die Studentin für wenig kompetent hielt, um mitzureden, wenn die Profis ermitteln.

»Das ist eine Schlafbrille aus dem Flugzeug, wie man sie bei Langstreckenflügen bekommt. Das Blaue hier sieht aus wie das Logo von KLM.«

Mohamed und Marie glotzen erst die Studentin und dann sich gegenseitig an. Die junge Frau legte ihr Exponat auf den Haufen in der Wanne, drehte sich mit triumphierendem Lächeln um und zog davon.

»Hey, Harriet«, rief Mohamed ihr hinterher. »Super. Danke.«

»Echt süß«, sagte Marie bitter.

***

»Gute Arbeit, Marie«, sagte Weide in einem seltenen Anfall von Wertschätzung. Sie stand mit Walter in Weides Büro und berichtete von den ersten Ergebnissen der Obduktion. Weide saß und machte sich Notizen auf einem kleinen Block.

»Wir können also annehmen, dass unser Kandidat aus Indonesien stammt und mit KLM hergekommen ist. Ein Flüchtling ist er wohl kaum. Aus Indonesien kommen keine Flüchtlinge«, sagte er.

»Und er ist noch nicht lange hier«, stieg Walter ins Spekulieren mit ein. »Sonst würde er die Banknote und die Schlafmaske nicht mehr bei sich tragen.«

»Aber wer, meine Herren, kommt aus Indonesien hierher, um dann als Penner zu leben?«

Weide zuckte mit den Schultern und verteilte die Arbeit.

»Gut. Herr Sobchak, Sie schauen dann mal bitte nach den Indonesiern, die in den letzten Wochen mit KLM oder auf irgendeinem anderen Weg nach Deutschland gekommen sind. So viele können das ja nicht sein. Am besten heute noch. Auch, wenn das Wochenende gerade anfängt. Ach, lassen Sie auch über Radio und Zeitungen nach Zeugen suchen. Muss doch einer was mitbekommen haben. Und Sie, Marie, fragen bei Ihren Freunden von der Obdachlosenhilfe nach, ob da ein Fremder aufgetaucht ist. Und interviewen Sie noch mal ihren Freund, den Pathologen, wie heißt er noch ...«

»Dr. Mansour.«

»Ja, fragen Sie den mal nach weiteren Erkenntnissen. Und schaffen Sie die Habseligkeiten des Mannes her.«

»Die sind bereits unterwegs. Aber Herr Weide ...«

»Ja?«

»Wie kommen Sie darauf, dass Mansour mein Freund ist?«

Weide grinste: »Sehe ich doch, so was. Ich bin Kriminalist, müssen Sie wissen.«

Marie schüttelte den Kopf und ging in ihr Büro. Als letzte Amtshandlung des Tages rief sie vom Handy aus Mohamed an. Das hatte sie sich erlaubt, schließlich gab es einen dienstlichen Grund.

»Mansour«, meldete er sich. Alles klar. Er erkannte ihre Handynummer nicht und hatte sie auch nicht gespeichert. Ärgerlich.

»Marie hier. Bist du noch am Leichenfleddern?«

»Ja. Ich wollte aber gerade Feierabend machen. Gut gekühlt wartet der Mann aus Südostasien auch bis Montag auf mich.«

Trotz der sarkastischen Scherze klang er geschäftsmäßig, distanziert. Oder bildete sie sich das nur ein? Sie lag selten richtig bei der Einschätzung männlichen Verhaltens.

»Hast du noch was Interessantes gefunden?«

»Es hat sich bestätigt, dass er an Rauchvergiftung gestorben ist. Und auch, dass er eins mit einem dicken Knüppel auf den Kopf bekommen hat. Vermutlich rostiger Stahl, mit einer Schraube, einem Nagel oder einem Dorn dran.«

»Ein Morgenstern.«

Mohamed lachte. »Na, dann säh die Rübe anders aus. Aber wenn du ein paar Leute hast, die sich langweilen, dann lass sie in der Nähe des Fundorts der Leiche mal nach so einem Ding suchen. Bringt euch vielleicht weiter.«

»Ja. Mache ich. Danke. Dann einen schönen Feierabend.«

Er erwiderte ihren Gruß nicht direkt. Pause.

»Du, Marie?«

»Ja?«

»Es ist Freitag.« Na, also, dachte Marie, geht doch.

»Und?«

»Lust, was essen zu gehen? Sushi oder so?«

Sie ließ ein paar Sekunden verstreichen. Es kam auf das richtige Timing an. Zappeln lassen.

»Ja. Gut. Aber lieber oder so.«

»Ich hol dich um acht Uhr ab. Wo?«

»Ich schick dir meine Adresse.«

20. Kapitel

Das Jazz-Trio spielte großartig. Christoph Klein war begeistert. Eine Empfehlung seines Sozius' Manfred. Gerade begannen sie ein Stück von Frank Sinatra. Die Sängerin war verdammt sexy. Fünfundzwanzig vielleicht, Studentin. Der junge Schwarze, der den Steinway der Kleins bearbeitete, wusste auch, was er tat. Genauso wie der dicke Kerl am Kontrabass.

Der Sound passte zum Anlass. Es war Begleitmusik. Die knapp vierzig Gäste, die den weitläufigen Wohnbereich der Klein'schen Stadtvilla bevölkerten, konnten sich gut unterhalten. Viele swingten leicht zur Musik. Mit steigendem Alkoholpegel würden einige sicher tanzen.

Petra schritt langsam durch die plaudernden Grüppchen, grüßte hier, küsste dort und hatte immer ein Auge auf die Leute vom Catering Service. Sie gab wie immer die perfekte Gastgeberin. Und sie sah hinreißend aus. Petra trug ein elfenbeinfarbenes, schulterloses Kleid, das ihre Figur dezent betonte. Die Restbräune von der Madeira-Reise im August kam gut zur Geltung. Christoph bemerkte, wie andere Männer seine Frau ansahen. Das störte ihn nicht. Sollten sie gieren. Sie gehörte nur ihm.

Schon vor Wochen hatten sie zu dieser kleinen Abendgesellschaft eingeladen. Einen besonderen Anlass gab es nicht, außer dem, dass man sich ab und an den wichtigen Leuten ins Gedächtnis bringen musste.

Ungezwungen stand auf der Einladung und so waren erfrischend wenige Krawatten zu sehen. Der Bürgermeister war da, seine Frau Heidelinde, beide durstig wie immer. Der Dekan der Leuphana Universität stand dicht bei der Band und tuschelte grinsend mit seinem Lebensgefährten. Die wichtigen Mandanten fehlten auch nicht. Unternehmer aus der Umgebung, die bei Verträgen, Patenten oder Personalangelegenheiten auf Dr. Klein & Partner vertrauten.

Christoph ging zügig Richtung Eingang, wo die Empfangsdame gerade Polizeipräsident Mucha und seiner Gattin aus dem Mantel half.

»Herbert, wie immer zu spät. Hat Lüneburgs Unterwelt dich wieder nicht losgelassen?«, rief Christoph Klein.

Klein umarmte Carla Mucha und küsste sie auf beide Wangen.

»Carla, du siehst wieder umwerfend aus. Im Gegensatz zu deinem Mann, der offensichtlich viel zu viel arbeitet.«

»Ach, hör auf, Christoph. Du arbeitest doch noch viel mehr als Herbert.«

»Aber Christoph hat nettere Kunden als ich. Das macht einen nicht so fertig«, verteidigte sich der Polizeipräsident.

Klein nahm drei Champagnergläser von einem Tablett, das gerade an ihm vorbeigetragen wurde, reichte zwei an seine Gäste und stieß mit ihnen an.

»Im Ernst, Christoph«, flüsterte Mucha fast, »ich war echt nicht sicher, ob ich überhaupt kommen soll. Diese beiden verbrannten Penner – da quatscht mich doch heute jeder drauf an hier.«

»Da kennst du meine Gäste schlecht. Die haben das schon wieder vergessen. Die Kerle sind keine interessanten Opfer. Aber, wenn das jetzt so weitergeht – das wäre eine schlechte PR für unser nettes Städtchen.«

Der Bürgermeister kam auf sie zu, packte Mucha an den Schultern und dröhnte: »Mensch, Herr Mucha, schön, Sie zu sehen. Jetzt kommen Sie mal mit. Ich weiß, wo der Klein den teuren Malt versteckt hat und dann spülen wir den ganzen Scheiß einfach mal runter. Und heute kein Wort mehr davon.«

»Das machen wir, Herr Voigt, gute Idee.«

Christoph sah den beiden nach. Mit Mucha war er zur Schule gegangen. Bis zum Abitur. Christoph hatte mit einem Einserschnitt abgeschlossen, Mucha weit schlechter. Danach hatten sich ihre Wege getrennt. Christoph Klein hatte in München und Berlin studiert, in London den Master of Laws gemacht und weiter zielgerichtet an seiner Karriere gemeißelt. Große Unternehmensberatungen und Kanzleien in Zürich und Berlin, wo er Petra kennenlernte. 2004 ließ er sich dann mit eigener Kanzlei in seiner Heimatstadt Lüneburg nieder. Herbert Mucha arbeitete sich nach der Bundeswehr gemächlich die Karriereleiter des gehobenen Polizeidienstes in Hamburg, Cuxhaven und Osnabrück empor und durfte seit ein paar Jahren den Laden in Lüneburg führen.

Mucha hatte immer schon den Weg des geringeren Widerstandes gewählt. Er ging lieber langsam um ein Hindernis herum, anstatt es zügig zu überspringen. Das war auch bei der Jagd so. Mucha zögerte zu lange und feuerte dann einen unsicheren Schuss ab, der das Wild in die Flucht schlug. Mucha freute sich jetzt schon auf die nette Pension, die ihn in zehn, zwölf Jahren erwartete. Das reichte ihm. Christoph wollte immer mehr. Er war stolz darauf, vom Lehrersohn zu einem wichtigen und einflussreichen Player seiner Branche und seiner Region geworden zu sein. Es bedeutete ihm viel, dass diese Menschen hier alle zu ihm kamen. Nicht, weil er so ein netter Kerl war, sondern, weil sie sich von seiner Freundschaft etwas versprachen.

Das Jazz-Trio spielte nun flottere Rhythmen und hatte die Boxen etwas mehr aufgedreht. Petra tanzte mit Willkötter vom Jugendamt. Sie konnte den Schleimer nicht leiden, pflegte mit der Behörde aber eine innige Kooperation, bei der es um medizinische Hilfe für verwahrloste Kinder ging. Eines von Petras vielen sozialen Engagements. Christoph fragte sich manchmal, wie sie bei so viel Pro-bono-Arbeit überhaupt noch Geld verdienen konnte. Aber das tat sie und nicht zu knapp. Viele ihrer kleinen Patienten waren über ihre wohlhabenden Eltern privat versichert und das lohnte sich. Ja, die Familie Klein war auch wohlhabend. Nicht reich im engen Sinne, aber sehr wohlhabend.

Ein paar Gäste hatten sich schon verabschiedet, einige waren ziemlich blau, da ging die Haustür auf und Benjamin trat ein. Ihm war anzusehen, dass er nicht mit einem solchen Trubel im Elternhaus gerechnet hatte. Dabei war er auch eingeladen. Gerne mit der aktuellen Flamme. Christoph war es wichtig, dass sein Sohn von seinen gesellschaftlichen Kontakten profitierte. Gleichzeitig präsentierte er den wohl geratenen und gut aussehenden Jungen gerne.

Doch besonders präsentabel war Benjamin heute nicht. Er sah fertig aus. Wahrscheinlich hatte er getrunken und auch gekifft, obwohl er seinem Vater versprochen hatte, das nicht mehr zu tun. Aber es war nicht der

Zeitpunkt für Fragen und Auseinandersetzungen, also forderte Christoph seinen Sohn auf, die ihm bekannten Gäste zu begrüßen. Strahlend ging er mit Benjamin durch die Räume. Der Junge schüttelte Hände, beantwortete die immer selben Fragen: Was macht das Studium, hast du eine Freundin, immer noch HSV-Fan, wann sehen wir dich mal wieder auf der Jagd?

Aber Benjamin war nicht bei der Sache. Er spielte die Guter-Sohn-Show, in der er sonst perfekt war, nur halbherzig. Lieber ließ er sich von Bürgermeister Voigt, der wieder bei Christophs Malt-Sammlung stand, zum Trinken verleiten.

Christoph nahm seinen Sohn beiseite.

»Geht's dir gut? Kommst du klar?«

»Was willst du wissen, Papa? Ob der Penner von gestern auch auf unsere Kappe geht? Nein. Tut er nicht.«

»Das weiß ich doch, Benjamin. Das habe ich auch der Polizei gesagt.«

»Was hast du getan?« Das war zu laut. Ein paar Gäste drehten sich um.

»Komm, wir gehen in mein Arbeitszimmer.«

Christophs Arbeitszimmer war nicht besonders groß und funktional eingerichtet. Kein Vergleich zu dem repräsentativen Büro, das er in der Kanzlei sein eigen nannte.

Benjamin setzte sich, immer noch ein Whiskeyglas in der Hand, auf die kleine Couch, sein Vater in den Sessel daneben.

»Was hat du der Polizei erzählt, Papa?«

»Nichts, ganz beiläufig, als ich mit Herbert sprach. Hab ihm erzählt, dass du in Hamburg bist. Kann er sich also denken, dass du nichts mit dem toten Penner zu tun hast.«

»Danke. Sehr fürsorglich.«

»Was ist los, Benjamin? Hast du Angst?«

»Klar. Und wie. Lars dreht durch. Der will immer noch zur Polizei gehen.«

»Aber warum denn? Hast du ihm nicht gesagt, dass er gar nicht in den Ermittlungen auftaucht? Du hast doch der Polizei nichts von den anderen beiden erzählt.«

»Habe ich ihm ja erklärt. Aber das reicht ihm nicht. Er fühlt sich schuldig. Moralisch. Das will er klären.«

»Dieser Blödmann. Das musst du ihm ausreden.«

»Gar nicht so einfach. Costa hat ihn auch schon ordentlich bearbeitet.«

»Soll ich mal mit ihm reden? So als Anwalt. Ihm sachlich seine Optionen aufzeigen. Und überhaupt: Es konnte euch ja gar nichts Besseres passieren, als dass da noch einer verbrennt. Die suchen jetzt nach einem Serientäter oder nach irgendwelchen Nazis oder so. Ihr seid da raus. Ihr wart da eigentlich nie richtig drin.«

Um zwei Uhr gingen die letzten Gäste. Einer von ihnen war Bürgermeister Voigt, der von seinem Fahrer gestützt werden musste. Benjamin war längst im Bett.

Die Leute vom Partyservice hatten das größte Chaos schon beseitigt. Christoph lag ausgestreckt in einem Sessel und atmete tief durch. Ihm gegenüber saß Petra und lächelte gedankenverloren.

»Alles nach deiner Zufriedenheit, Schatz?«, fragte Christoph.

»Ja. War doch nett. Ich glaube, es haben sich alle gut amüsiert. Im Rahmen ihrer Möglichkeiten. So ganz werde ich mich an diese steifen Lüneburger nie gewöhnen.«

»Sagt eine Berlinerin. Dass ich nicht lache.«

Christoph sah seine Frau an, die ihre teuren Schuhe weit von sich geworfen hatte. Er sah die wertvolle Sammlung moderner Kunst an den Wänden, er sah den Steinway und die Möbelklassiker, die Petra geschmackssicher kombiniert hatte. Sein Leben gefiel ihm.

21. Kapitel

Marie hatte es sich an diesem Montagmorgen gestattet, erst um neun Uhr zum Dienst zu erscheinen. Es war ein netter Abend mit Mohamed, dem eine aufregende Nacht folgte. Diesmal hatten sie bei ihr übernachtet und Maries Mitbewohner Juan und Andy staunten nicht schlecht über den kleinen, dunkelhäutigen Mann, den Marie wichtig als Dr. Mansour vorstellte. Doch der hatte nur abgewunken: »Mohamed reicht.«

Am Sonntag hatte sie ihre Eltern in Harburg besucht. Ohne Mohamed. So weit waren sie noch nicht. War sie verliebt? Ein großes Wort. Ein bisschen verknallt vielleicht. Auf jeden Fall war sie froh über die nette Gesellschaft und den guten Sex. Mehr war im Moment nicht nötig.

Als sie das Büro betrat, sah Walter sie erwartungsvoll an. Auf ihrem Schreibtisch stand, eingepackt in einen transparenten Beutel, ein großer Plastikkanister. Drei Liter Volumen, schätzte Marie. Darin zwei Fingerbreit einer farblosen Flüssigkeit.

»Was ist das?«

»Ein Plastikkanister.«

»Danke, Walter. Das sehe ich. Und wo kommt der her?«

»Aus Bardowick. Den haben Kinder beim Spielen in der Ilmenau gefunden.«

»Schön. Und was macht der auf meinem Tisch? Mensch, Walter, die ganze Geschichte bitte.«

»Das war wohl schon am Sonnabend. Die Kinder haben den am Ufer gefunden und nach Hause geschleppt.

Die Eltern dachten, da sei irgendwas gefährliches Chemisches drin und sind damit zur Polizei in Bardowick.«

»Und wie kommt der zu uns? Wir können den nicht untersuchen.«

»Das Ding stand da in Bardowick erst mal auf der Wache und keiner hat sich darum gekümmert. Es war doch dieser harte Sturm, die hatten andere Sorgen. Aber heute Morgen hat ein Kollege Dienst, der unseren Fall verfolgt und der kombinierte ›brennbare Flüssigkeit‹ und ›Ilmenau‹ – da hat er uns direkt angerufen.«

»Guter Mann. Und dann?«

»Dann habe ich eine Streife hingeschickt, das Ding abholen. Die Kollegen in der KTU haben den Inhalt untersucht und nun ist er hier.«

Marie setzte sich auf ihren Stuhl und betrachtete den Kanister.

»Und was ist drin?«

»Überwiegend Ethanol, also Alkohol. Das ist Schnaps. Vierundsechzig Prozent Alkoholgehalt.«

»Und, Walter, wie schmeckt er?«

»Nie vor dem zweiten Frühstück, Marie.«

»Fingerabdrücke?«

»Jede Menge. Aber die sind bestimmt von den Kindern, die das Ding aus dem Fluss gefischt hatten. Wird noch überprüft. Ältere hat die Ilmenau abgewaschen.«

Marie nahm den Kanister aus der Tüte und betrachtete ihn von allen Seiten. Auf der Unterseite entdeckte sie Prägungen irgendwelcher Prüfsiegel und den Herstellernamen.

»Das steht was in kyrillischer Schrift.« Marie drehte den Schraubverschluss auf und schnupperte an der Öffnung.

»Puh. Da wirst du ja vom Riechen schon blau. Vierundsechzig Prozent, sagst du? Wer trinkt so was? Riecht nach Anis. Wie Ouzo. Also sind das griechische Schriftzeichen – lass uns heute Mittag mal bei Dimitri Gyros essen. Da waren wir lange nicht mehr.«

»Gerne. In der Kantine ist sowieso Fitnesswoche. Da wird man nicht satt.«

***

Zum Restaurant ›Zorbas‹ waren es vom Polizeigebäude nur drei Minuten zu Fuß. Früher ging Marie häufiger zu dem freundlichen Griechen, doch in letzter Zeit wollte sie sich nicht ganz so reichhaltig ernähren.

Wirt Dimitri stand in der Tür und wartet auf den Ansturm der Mittagsgäste. Er erkannte sie von Weitem. »Marie, was für eine Freude in meiner bescheidenen Hütte. Wie geht es dir?«

Dimitri umarmte Marie überschwänglich und nickte Walter freundlich zu.

»Ist dein Gyros immer noch so gut, Dimitri?«, fragte Walter und setzte sich an den angebotenen Tisch.

»Das wird sogar immer besser, Mann. Ehrlich.«

»Gut, dann zweimal bitte. Mit Pommes.«

»Für mich ohne Pommes. Und ohne Zaziki«, ergänzte Marie. »Und eine Cola für Walter und eine Cola Light für mich.«

Dimitri begab sich hinter seinen kleinen Tresen und zapfte die Getränke. Marie schaute kurz in die Küche und begrüßte Dimitris Frau Anna, die um diese Zeit alle Hände voll zu tun hatte. »Hallo, Anna, wie geht's? Und wo ist dein Sohn Costa? Musst du wieder alles alleine machen?«

»Ja«, lachte die Griechin, »der muss fleißig studieren. Der ist zu schlau für die Küche.«

Marie und Walter aßen. Der Imbiss füllte sich. Als sie fertig waren und Dimitri den Tisch abräumte, sagte Marie: »Dimitri, hast du mal eine Minute? Wir brauchen deinen Rat.«

»Die Polizei braucht meinen Rat?«

Er setzte sich auf einen freien Stuhl an Maries Tisch. Walter zog den Kanister unter seinem Stuhl hervor, schraubte ihn auf und reichte ihn Dimitri.

»Was ist das?«

Der Wirt roch kurz an der Öffnung, verzog das Gesicht und sagte: »Tsipouro.«

»Und was ist Tsipouro?«

»Ein griechischer Schnaps. Ein Tresterbrand. Oft aromatisiert mit Anis.«

»Also Ouzo«, sagte Walter.

»Nein. Die Basis von Ouzo ist ein beliebiger Alkohol, kein Trester. Tsipouro ist besser. Wird von vielen alten Griechen selbst gebrannt.«

»Und dann wird er in solchen Kanistern transportiert?«

»Ja. Oder in großen Flaschen. Egal.«

»Hast du hier auch diesen Tsipouro?«

Der Grieche lachte schelmisch: »Der ist ja unversteuert. Den darf ich gar nicht verkaufen, Marie.«

»Ja, geschenkt, Dimitri. Hast du oder hast du nicht?«

»Manchmal bringen mir Freunde aus Griechenland ein paar Flaschen mit. Die sind dann aber auch schnell wieder leer. Im Moment habe ich nur Ouzo. Wollt ihr einen?«

Die Polizisten winkten ab, zahlten und verließen den Imbiss. Sie sahen noch, wie Dimitri zum Handy griff und telefonierte.

Marie und Walter gingen langsam zurück zur Wache. »Müssen wir uns jetzt also ein paar Griechen vorstellen«, murmelte Marie, »die besoffen vom Tsipouro einen Obdachlosen mit ihrem Schnaps anzünden? Nur so, just for fun?«

»Ich kann mir das nicht vorstellen. Die Griechen, die ich kenne, tanzen nur Sirtaki, wenn sie besoffen sind. Aber es lohnt sich, die griechische Gastronomie in Lüneburg nach solchen Kanistern zu durchsuchen.«

Als sie im Büro ankamen, lag schon wieder ein Objekt in einem Plastikbeutel auf Maries Tisch. Eine Stahlstange, einen halben Meter lang. Sah aus wie ein Verbindungsstück in einem Baugerüst. Verrostet. An einem Ende stand ein spitzer Bolzen oder eine Schraube seitlich ab. Daneben ein Zettel in der ungelenken Handschrift des KTU-Kollegen Pieper: *Hallo, Marie, das Ding wurde Samstag auf einem Gelände neben dem Bahnhof gefunden. Blutspuren an der Schraube und auf dem Boden dort. Genauer Fundort mit Fotos kommt per E-Mail. Blutprobe ist auf dem Weg in die Pathologie. Gruß Jakob*

22. Kapitel

»Ey, Benny, ich bin's, Lars. Wo bist du?«

»In Hamburg, bei einem Kommilitonen.«

»Ist in Hamburg heute kein Feiertag? Reformationstag, oder wie das heißt?«

»Doch. Aber wir müssen eine Hausarbeit machen. Was gibt's, Alter?«

»Weißt du, was Costa mir gerade erzählt hat? Gestern waren die Bullen bei seinem Vater im ›Zorbas‹. Und weißt du, was die dabeihatten?«

»Einen Kanister mit griechischem Fusel?«

»Unseren Kanister mit griechischem Fusel.« Lars klang gehetzt, panisch, die Angst war durchs Telefon förmlich zu riechen.

»Irgendeinen Kanister. Und Dimitri war auch schlau genug, denen nicht zu erzählen, dass das seiner gewesen sein könnte, hat Costa mir erzählt.«

»Aber jetzt stellt Dimitri Fragen. Er will von Costa wissen, wieso die Bullen mit dem Kanister herumrennen und was wir damit angestellt haben.«

»Du, Lars, wir sollten das nicht am Telefon besprechen. Wo bist du?«

»Zu Hause.«

»Gut. Bleib dort. Ich bin in einer Stunde bei dir.«

Benny beendete das Gespräch und begann direkt ein weiteres: »Hey, Costa, Lars dreht völlig durch. Ich hol dich gleich ab. Dann schauen wir nach ihm.«

***

Lars wohnte zusammen mit seiner Mutter in einer schöne Altbauwohnung in der Altstadt. Cornelia Wimmer arbeitete als Investmentberaterin bei einer Fondsgesellschaft in Hamburg und konnte sich leisten. Praktisch für Lars: Sie war selten zu Hause. Entweder in Hamburg in ihrem Büro in der HafenCity oder auf Geschäftsreise. Vermutlich auch heute, am Feiertag.

Benny hatte einen Plan, den er Costa auf dem kurzen Weg zu Lars einbläute. Benny wollte um jeden Preis verhindern, dass Lars zur Polizei ging.

Als Costa und Benny eintrafen, stand Lars in der Küche und trank Kaffee. Für die Freunde fabrizierte er auf der traditionellen Espressomaschine ebenfalls zwei kleine Tässchen. Er zelebrierte diesen Vorgang nicht wie sonst mit viel Hingabe und Angeberei, sondern ging schweigend und etwas ungeschickt zu Werke. Als er die Tassen auf die Untertassen stellte und den beiden reichte, klapperten sie leise.

»Was sagt dein Vater?«, fragte Lars an Costa gerichtet.

»Der ist eigentlich noch ganz cool. Der weiß ja nicht, warum die Bullen bei ihm waren. Der denkt, wir hätten irgendwas besoffen mit dem Auto angestellt.«

»Was waren das für Bullen?«

»Dimitri kennt nur den Vornamen von der einen. Marie. So wie er die beschrieben hat, ist das die Dicke, die mich vernommen hat. Mordkommission.«

»Und da wird Dimitri nicht hellhörig?«

»Noch nicht. Mein Vater ist zu gutgläubig. Kann aber noch kommen.«

Alle schlürften den heißen Kaffee und schwiegen. Plötzlich hörten sie an der Wohnungstür das Kratzen eines Schlüssels, dann ging die Tür langsam auf. Die Freunde starrten erschrocken in den Flur.

Eine kleine Frau trat ein. Sie trug eine blaue Wollmütze und einen alten grauen Mantel. Sie summte leise. Die Frau schloss die Tür und begann, ihre Stiefel auszuziehen.

»Hallo, Frau Lucic«, sagte Lars plötzlich. Die Frau drehte sich wie vom Blitz getroffen um und glotzte in die Küche. Dann entspannte sie sich.

»Ach, Lars, hast du mich erschreckt, Junge. Bist du zu Hause?« Sie sprach mit starkem Balkan-Akzent. »Ja. Komme ich jetzt immer Dienstag. Ist mit Mama besprochen.«

»Leute«, zischte Benny, »lasst uns abhauen. Das können wir jetzt nicht gebrauchen.«

»Wir wollten sowieso gehen, Frau Lucic, dann haben Sie hier freie Bahn. Mein Zimmer müssen Sie nicht machen. Das ist wieder nicht aufgeräumt.«

Keine fünf Minuten später saßen die drei jungen Männer in Bennys Pick-up und fuhren ohne abgestimmtes Ziel los.

Benny lenkte den Wagen aus der Stadt heraus Richtung Südosten über die B216. Er fuhr langsam, überholte nicht, war nicht so ungeduldig wie sonst.

»Wo fahren wir eigentlich hin?«, wollte Lars wissen. Er saß auf der Rückbank.

»Egal«, sagte Benny. »Wir müssen reden. Das können wir überall.«

»Ja, ich weiß, worüber ihr reden wollt. Ihr wollt, dass ich die Schnauze halte. Mein Leben lang. Das schaffe ich nicht. Das frisst mich auf. Jetzt schon.«

»Du wirst dich daran gewöhnen«, sagte Costa. Er drehte einen Joint. »Irgendwann wirst du es vergessen.«

»Vergessen? Ich soll vergessen, dass wir einen Menschen auf dem Gewissen haben?« Lars schluchzte mehr, als dass er sprach.

»Wieso wir?«, sagte Benny, blinkte und überholte langsam einen Traktor mit Anhänger.

»Ach, geht das wieder los? Wollt ihr das alles mir anhängen? Aber gut, von mir aus. Wenn ich damit meinen Frieden finde. Ich nehme das auf mich. Wird schon nicht so schlimm werden. Ich bin erst zwanzig, war besoffen. Aber Leute, ich werde nicht verschweigen können, dass nur du, Costa, ein Feuerzeug hattest, mit dem du, Benny, dir noch einen Joint angezündet hast. Daran erinnere ich mich genau. Ein silbernes Zippo mit Marihuana-Blatt drauf. Überhaupt sehe ich die Nacht inzwischen immer klarer. Benny, stell dir einfach mal vor, dass du das Feuer gelegt hast. Was macht das mit dir? Kannst du dann noch ruhig schlafen?«

Benny fuhr noch langsamer und zog an dem Joint, den Costa entzündet hatte. Er wurde immer wütender über Lars' Sturheit, die sie alle Kopf und Kragen kosten konnte. Wieso waren Lars die Folgen so scheißegal?

»Das denkst du dir doch alles nur aus, Larry. Du hast einen Filmriss und weißt gar nichts. Keiner wird dir glauben. Und am Ende gehen wir alle in den Knast.« Benny wurde lauter.

»Was sagen wir vor Gericht? Wir haben aus Versehen einen Penner abgefackelt, oder was? So ... sorry, gebt uns zwei Jahre auf Bewährung. So läuft das nicht.«

Dannenberg 20km stand auf einem Schild. Sie fuhren durch die Göhrde. Hier im Wald hatten erst vor ein paar Monaten ein paar schreckliche Morde stattgefunden. Und irgendwann in den Achtzigern ebenfalls. Totenwald wurde diese Gegend seitdem genannt. Viele Leute mieden das an sich schöne Naherholungsgebiet.

Benny wurde langsamer, dann setzte er den Blinker rechts und fuhr in einen kleinen Waldweg. Er hielt an, ließ den Motor aber laufen. Er dreht sich zu Lars um.

»Geht es vielleicht in deinen paranoiden Schädel, dass wir da alle mit drinhängen? Sogar mein Vater, weil er die Story von den vergessenen Büchern und den ganzen Quatsch den Bullen gegenüber bestätigt hat. Es geht hier nicht nur um dich. Es geht um uns alle, um unsere Familien. Keiner wird das je rausbekommen, was da gelaufen ist, wenn wir einfach nur die Schnauze halten.«

»Und überhaupt«, sagte nun Costa, »die suchen nun nach einem, der vor ein paar Tagen den anderen Penner am Bahnhof abgefackelt hat. Wenn sie den Kerl haben, werden sie ihm auch das Ding unter der Brücke anhängen. Da kann der noch so zappeln. Wir sind echt raus aus der Nummer, Lars. Bring uns da nicht wieder rein.«

»Sonst? Wollt ihr mir drohen, oder was?«

Benny betätigte einen Schalter in seiner Tür, ein kurzes, schnarrendes, Geräusch. Nun waren die hinteren Türen verschlossen.

Lars versuchte hektisch, die Türen zu öffnen. »Seid ihr jetzt total bescheuert?«, brüllte er. »Mach sofort die Türen auf, du Vollidiot. Das glaube ich doch nicht.«

»Lars«, sagte Benny ruhig und setzte den Wagen wieder in Bewegung, »wir müssen ganz sicher sein, dass du uns nicht verpfeifst. Heute nicht und auch nicht in Zukunft.«

Benny steuerte den Wagen über einen holprigen Waldweg. Der Pick-up kam mit seinem Allradantrieb gut voran auf dem unwegsamen Gelände. Benny fuhr immer tiefer in den Wald. Costa behielt vom Beifahrersitz aus Lars im Auge. Der zappelte auf dem Rücksitz und versuchte nun, die Scheiben mit seinen Fäusten einzuschlagen. Vergeblich.

Schließlich kamen sie an einer kleinen Jagdhütte zum Stehen. Benny stieg aus, Costa auch, er öffnete die hintere Tür. Lars sprang heraus und wollte weglaufen, doch die beiden anderen packten ihn und hielten ihn fest. Benny zog dicke Kabelbinder aus der Jacke, mit denen er Lars Hände auf dem Rücken zusammenband.

Lars schrie, beschimpfte seine Peiniger, doch Benny hatte plötzlich eine Rolle breites Klebeband in der Hand und ließ ihn damit verstummen.

Sie zerrten den Gefesselten zur Hütte. Benny griff zwischen zwei Holzbalken neben der Tür und förderte den Schlüssel zutage. Die Hütte der Forstverwaltung benutzten sein Vater und dessen Jagdfreunde gelegentlich.

Benny schloss die Tür auf und sie betraten die Hütte.

Bis hierher hatten Benny und Costa alles genau geplant. Aber für das, was jetzt passieren sollte, gab es kein Drehbuch.

23. Kapitel

Walter hatte sich selbst übertroffen. Ein paar Stunden Internetrecherche und Telefoniererei und er konnte einen kürzlich über Holland nach Deutschland eingereisten Indonesier präsentieren, der sich möglicherweise in Lüneburg aufhielt.

Indonesier, die nach Deutschland reisen, hatte Walter Marie erklärt, brauchen ein Visum. Das bekommen sie nicht so einfach. Sie benötigen eine Einladung. Von einer Firma, die sie geschäftlich besuchen wollen, von einer Universität oder von einer Privatperson. Die Privatperson muss mit einem Einkommensnachweis darlegen, dass sie den Gast versorgen kann.

Der Indonesier selbst muss ebenfalls Einkommen oder Vermögen nachweisen. Bleiben darf er höchstens drei Monate. Ziemlich kompliziert und deshalb sind die meisten Indonesier, die in die EU einreisen, auch entweder auf kurzen Geschäftsbesuchen oder als Studenten unterwegs.

Auf der kurzen Liste der in den letzten Wochen über Amsterdam eingereisten indonesischen Staatsbürger, die Walter nach ein paar Telefonaten und einigen Stunden Wartens von der Bundespolizei erhielt, war ein Volltreffer.

Thomas Simbolon aus Samosir/Sumatra. Noch bevor Marie ihre Verwunderung über einen christlichen Vornamen aus einem Land mit überwiegend muslimischer Bevölkerung ausdrücken konnte, hatte Walter auch dafür eine Erklärung. Bei den Batak, der christlichen Minderheit auf Sumatra, sind biblische Vornamen geradezu Standard. Simbolon, siebenundvierzig Jahre alt, war Hotelier und gab touristische Gründe als Motiv seiner Reise an. Es war sein erster Besuch in der EU. In welchem Verhältnis er zu der Lüneburgerin Sybille Mair stand, die ihn eingeladen hatte, war nicht dokumentiert. Es war wohl kein verwandtschaftliches, mutmaßte Walter, sonst wäre das angegeben.

Wo Thomas Simbolon sich zurzeit aufhielt, war nicht bekannt. Sein Visum erlaubte es ihm, sich frei im Land zu bewegen. Also blieb nur, Frau Mair zu fragen.

Marie und Stephan Weide machten sich sofort auf den Weg. Es war nach sechs Uhr, aber wegen des Feiertags gab es keinen Berufsverkehr. Sybille Mair wohnte in der Bleckeder Landstraße in einer Siedlung aus viergeschossigen Backsteinhäusern. Gepflegte Gärten. Schmucke Balkone. Viele neuere Autos auf den Parkplätzen. Hier wohnen durchschnittliche, anständige Leute, dachte Marie. Auf den Fußwegen liefen aufgeregte Kinder in gruseligen Kostümen umher, klingelten an Türen und schrien ihre Drohungen in die Hausflure. Es war Halloween.

Marie klingelte und sofort wurde der Türdrücker betätigt. Keine Frage an der Sprechanlage. Im Treppenhaus noch mehr Kinder. Und im zweiten Stock, wo nach Maries vager Berechnung die Wohnung der Mair lag, standen drei kleine Monster an einer offenen Tür und sagten irgendwelche Verse auf. Zwei Vampire und einer mit einem Beil im Kopf. Die Frau im Türrahmen lächelte freundlich, griff in eine Plastiktüte und verteilte Süßigkeiten auf die Beutel der Kinder. Das tat sie nicht zum ersten Mal heute und ganz sicher nicht zum letzten Mal.

Sybille Mair war vielleicht Mitte vierzig und recht attraktiv. Blond gefärbt, schlank, ein hübsches, leicht gebräuntes Gesicht. Wenn sie sich zurechtmacht, ist sie bestimmt eine Schönheit, dachte Marie.

Als die Frau Marie und Weide sah, verschwand ihr Lächeln. Das waren keine Halloween-Monster, dachte sie sicher.

»Guten Abend. Weide von der Lüneburger Polizei. Meine Kollegin Frau Gläser. Sind Sie Frau Mair?«

Die Kinder quetschten sich an den Polizisten vorbei und stürmten die Treppe hinauf zu ihrem nächsten Opfer.

»Ja. Worum geht es?«

»Wir haben ein paar Fragen. Dürfen wir reinkommen?«

»Äh, ja, wenn es sein muss.«

Wenn Frau Mair mit dem Besuch der Polizei gerechnet hatte, dann sah man ihr das nicht an. Sie war arg- und ratlos. Sie führte die Polizisten in ihr ordentliches Wohnzimmer, bot ihnen Platz an und schaltete den Fernseher aus.

»Worum geht es denn?«

»Es geht um Ihren Gast, Frau Mair. Herrn Singolo.«

»Simbolon, heißt er. Thomas. Hat er was angestellt?«

»Woher kennen Sie den Herrn? Waren Sie in Indonesien?«

»Nein«, sie lachte unsicher und zögerte. »Übers Internet. Er brauchte Hilfe. Er tat mir leid.«

Weide rückte näher an die Frau heran. Bedrängte sie fast. Es klingelte. Frau Mair zuckte kurz zusammen und sagte dann leise: »Die Kinder.«

»Verstehe ich das richtig Frau Mair? Sie laden einen wildfremden Mann vom anderen Ende der Welt zu sich ein? Sie bürgen sogar für den. Wenn der hier etwas anstellt, haften Sie. Das ist Ihnen doch klar?«

Sybille Mair wirkte eingeschüchtert. »Ja, schon. Aber er ist krank und will sich behandeln lassen.«

Weide blieb dran: »Aber er ist hier doch gar nicht krankenversichert. Der kann ja nicht einfach zum Arzt spazieren ...«

»Aber was ist denn nun mit ihm? Was hat er angestellt?« Frau Mair rückte von Weide ab.

»Er ist tot. Er wurde Freitagmorgen am Bahnhof tot aufgefunden.« Die Mair erstarrte. Es klingelte wieder. Sie sah nur kurz zur Tür.

»Tot? Wieso tot?«, stammelte sie.

»Er ist verbrannt. Wir gehen von einem Verbrechen aus.«

Frau Mair wurde bleich, sah die Polizisten entsetzt an. »Dann ist der verbrannte Obdachlose, von dem ich im Radio gehört habe, also Thomas? Aber wie ist das möglich?«

»Das wissen wir auch noch nicht. Darum sind wir hier. Bitte, Frau Mair, erzählen Sie uns nun die ganze Geschichte«, sagte Weide. Die Frau hatte Tränen in den Augen, behielt aber die Fassung.

»Thomas tot? Das ist ja schrecklich.«

»Frau Mair, Sie verschweigen uns doch etwas. Bitte. Die Wahrheit. Das macht es auch für Sie leichter«, sagte

186

Marie mit sanfter Stimme. Frau Mair sah auf ihre Hände. Schwieg. Eine ganze Weile.

»Er ist mein Schwager.«

»Ihr Schwager? Wie das?« Weide war aufgestanden und sah sich im Raum um. Er betrachtete Bilder im Regal, sah aus dem Fenster.

Es klingelte schon wieder. Frau Mair reagierte nicht. Keine Zeit für Monster.

»Ist er der Mann Ihrer Schwester oder ...?«

»Nein. Er ist der Bruder meines Exmannes.«

»Ach, Sie waren mit einem Indonesier verheiratet?« Weide hatte sich wieder gesetzt.

»Nein. Mein Exmann ist Deutscher. Vielleicht sagt Ihnen der Name etwas: Jürgen Taubmann.«

Marie stutze, dachte nach: »Moment. Ja, das sagt mir was.« Weide sah die beiden Frauen interessiert an.

»Ist das nicht so ein Internet-Unternehmer ...«

»Ja, genau der.«

»Und Ihr Gast ist sein Bruder? Aber ist der nicht damals bei einem Terror-Anschlag ums Leben gekommen? Ich erinnere mich. Ich war damals Polizeischülerin. Ein großes Drama. Ging durch alle Medien. 2002?«

Jetzt stand die Mair auf und ging langsam zum Fenster. »Ja. Fast auf den Tag genau vor fünfzehn Jahren. Sie werden es ja doch rausbekommen, also kann ich es auch gleich erzählen. Thomas Simbolon ist Thomas Taubmann. Er ist damals nicht bei dem Anschlag auf Bali gestorben. Er lebt. Also hat gelebt. Bis jetzt.«

Und dann folgten Marie Gläser und Stephan Weide der unglaublichen Geschichte eines Terroropfers, das

sich am anderen Ende der Welt ein neues Leben auf-
baut. Frau Mair erzählte von ihrem Entsetzen vor fünfzehn Jahren, von der Reise ihres damaligen Ehemannes
Jürgen nach Indonesien, von der er nur mit einer Hand
voll Habseligkeiten wiederkehrte und unendlich viel
Trauer.

»Das hat er mir alles vorgespielt. Er wusste ja, dass sein
Bruder lebt. Unfassbar.«

Sie erzählte von ihrem Schreck, als Thomas vor ein
paar Monaten eine E-Mail schrieb und dann auch an-
rief. Er brauchte einige Zeit, um sie zu überreden, ihn
einzuladen, damit er ein Visum bekommt. Er wollte sich
in Deutschland einer Krebstherapie unterziehen. Sie hat
schließlich nachgegeben. Aus Mitleid.

Weide horchte auf: »Was für ein Krebs?«

»Leberkrebs. Er spekulierte darauf, dass sein Bruder
ihm ein Stück seiner Leber spenden würde.«

»Und wollte sein Bruder Jürgen ihm helfen?«

»Nein. Die Brüder hatten sich in den letzten Jahren
zerstritten. Jürgen konnte Thomas – angeblich – nicht
mehr unterstützen. Er soll ja insolvent sein.«

»Sie glauben das nicht?«

»Ach, mir ist das egal. Jürgen Taubmann ist mir egal.
Thomas' Tod, der macht mich traurig. Sehr traurig. So
erbärmlich zu sterben. Was sind das für Irre, die so etwas tun?«

Weide sah von seinem kleinen Notizblock auf: »War
Thomas mal bei Ihnen?«

»Einmal. Hat eine Nacht auf dem Sofa geschlafen.
Aber ich wollte ihn hier nicht haben. Schließlich ist das

alles illegal. Es sollte keiner rausbekommen, wer er wirklich war.«

»Und war er mal bei seinem Bruder?« »Soweit ich weiß, nicht. Er hat ihn ein paar Mal angerufen, aber Jürgen wollte ihn nicht treffen.«

»Ist das nicht etwas merkwürdig, im Angesicht des Todes? Er war immerhin sein Bruder«, fragte Marie.

»Ach, Jürgen war da immer schon sehr pragmatisch. Er hatte bestimmt Angst, dass das Auftauchen seines Bruders ihm schaden könnte. Geht man für diesen Versicherungsbetrug nach fünfzehn Jahren noch ins Gefängnis?« Die Polizisten zuckten gleichzeitig mit dem Schultern.

»Und ein Stück Leber wollte Jürgen seinem Bruder sicher auch nicht abgeben. Das wäre dem viel zu riskant. Der gibt nicht, der nimmt nur. Immer schon.«

Es klingelte wieder. Halloween war noch nicht vorbei.

»Und wie sollte es für Thomas weitergehen? Wollte er nun wieder zurückfliegen?«, fragte Marie.

»Das weiß ich nicht. Wir haben nach seinem Besuch nicht mehr gesprochen. Für einen Rückflug hatte er bestimmt kein Geld.«

24. Kapitel

Es war eine lange und recht kalte Nacht. Durch die Ritzen in den Fensterläden der Hütte sah Lars, dass es dämmerte. Geschätzt vierzehn Stunden saß er nun in dieser Hütte, gefesselt an einen unbequemen Stuhl, den Mund verklebt. Zwischendurch war er immer wieder eingenickt. Ein paar Minuten nur. Schlaf konnte man das nicht nennen. Anfangs hatte er immer noch bei jedem Geräusch aufgehorcht. Kamen sie zurück? Oder irgendein Tier? Aber was sollte das für ein Tier sein? Das war die Göhrde hier und nicht der Amazonas. Seine Gefühle durchliefen alle Phasen. Angst, Panik, Verzweiflung, Depression. Und sogar Euphorie, als es sich kurz so anfühlte, als könne er mit Geduld und gezieltem Krafteinsatz seine Fesseln sprengen oder wenigstens die Hände vom Stuhl lösen. Irrtum. Die Kabelbinder schnitten nur noch tiefer ins Fleisch seiner Handgelenke.

Sie hatten ihn alleine gelassen, damit er zur Besinnung kommt. Das hatte Benny gesagt, der noch mal zurückkam, kurz nachdem die beiden die Hütte verlassen hatten. Zwei, drei Tage Knasterfahrung würden ihm klar machen, dass es keine gute Idee sei, sich zu stellen und die Freunde zu verpfeifen, hatte er gesagt. Dabei sah er ihn so kalt und böse an, dass Lars den alten Freund kaum wiedererkannte.

Knasterfahrung. Drei Tage alleine, bewegungsunfähig und ohne Essen und Trinken in einer dunklen Hütte? Das war fast wie Guantanamo. Das würde in ihm höchstens Rachedurst auslösen. Sonst nichts.

Oder war es ihr Plan, ihn hier langsam verrecken zu lassen? Dann konnte er nicht mehr zur Polizei gehen. Ein dummer Plan. Man würde ihn irgendwann finden und auf Benny und Costa kommen. Die beiden wären dann eines weiteren Mordes verdächtig und Lars würde als Sündenbock für den Mord an dem Obdachlosen auch nicht mehr taugen.

Aber konnten Benny und Costa noch rational planen? Die beiden waren völlig von der Rolle. Costa nur noch bekifft, Benny täuschte Zuversicht und Gelassenheit vor, wo man doch merkte, wie die Angst in ihm kochte. Bestimmt warf er auch irgendetwas ein, um nicht durchzudrehen. Was Lars besonders schockierte: Benny hatte überhaupt kein schlechtes Gewissen. Dabei war er sich inzwischen fast sicher, dass Benny ein Feuerzeug in der Hand hatte, als sie unter dieser Brücke waren. Langsam kamen ein paar Bilder zurück aus dem Nebel des Rausches. Benny dreckig lachend, schüttet sich Schnaps über die Hand und zündet sie an. Lacht. Schlägt die Flammen aus und geht dann auf den Penner zu. Der guckt nur ängstlich und Benny gießt ihm Schnaps ins Gesicht.

Will er sich nicht daran erinnern? Ist der verbrannte Mann ihm völlig egal? Benny sagte immer wieder, dass der Obdachlose den Winter sowieso nicht überlebt hätte. Sie hätten ihm noch einen Gefallen getan. War Benny wirklich so eiskalt? Sie kannten sich seit der Grundschule, und ja, Benny war immer der Laute, der Starke, der Coole. Mit Benny wollte jeder befreundet sein, weil man in seinem Licht auch gut aussah. Aber Benny war auch berechnend. Er achtete immer darauf, sich nur mit Leuten zu umgeben, die ihn weiterbrachten. Seinen guten Abischnitt hatte er mit Lars' und Costas Hilfe hinbekommen.

Lars war anders. Nicht so berechnend, nicht so skrupellos. Er konnte die Sache mit dem Penner nicht vergessen. Er wollte alles wiedergutmachen. Und wenn er dafür in den Knast musste. Ob je geklärt würde, wer wirklich Feuer an den Mann gelegt hatte? Das spielt doch vor Gericht eine Rolle. So wie es im Moment aussah, würden Benny und Costa übereinstimmend aussagen, dass Lars gezündelt hätte. Sie hätten versucht, ihn davon abzuhalten. Das würden sie sich gegenseitig bestätigen. Dann wäre er der Hauptschuldige. Wo war Costas Feuerzeug? Wenn die Polizei das findet, ist es einfach, den Täter zu ermitteln. Der letzte der das Ding in der Hand hatte, war der Brandstifter.

Und wenn er selbst es war? Egal jetzt. Er hatte keine Angst mehr. Nicht vor dem Gefängnis oder vor den Folgen für sein Leben. Er sah die Konsequenzen als gerecht an und würde die Strafe als Läuterung empfinden. Angst hatte er davor, hier in dieser kalten Hütte zu verdursten oder an einer Thrombose zu sterben, bevor die Scheißkerle wiederkamen. Er hatte auch Angst vor Benny. Der würde alles, wirklich alles dafür tun, dass Lars den Mund hält.

Draußen kam Wind auf. Er zog durch die Ritzen der Hütte, pfiff leise um die Ecken. Über ihm Geräusche. Äste der umstehenden Bäume schlugen auf das Dach. Krähenrufe.

Er sah sich in der Hütte um. Ein Tisch, sechs Stühle. Auf einem davon war er gefesselt. Zwei einfache Stahlpritschen. Die Küche bestand aus einem Regal mit Töpfen und Geschirr, einem langen Tisch mit Spülbecken und einem Zweiflammen-Gaskocher, an den keine Flasche angeschlossen war. Es gab offensichtlich weder Strom noch Wasser.

Gerade stieg wieder Panik in ihm auf, ausgelöst von der beklemmenden Vorstellung nun den ganzen Tag und vielleicht noch eine Nacht hier völlig bewegungslos verharren zu müssen, da hörte er ein Motorengeräusch. Das Knirschen von Laub und Ästen unter Reifen. Eine Autotür schlug. Eine nur? Stimmen? Nein. Das waren wieder nur irgendwelche Vögel. Dann näherten sich Schritte und ein Schlüssel glitt ins Schloss.

25. Kapitel

Marie hatte nach der Befragung von Sybille Mair darauf gedrängt, direkt zu Jürgen Taubmann zu fahren. Sie wollte nicht riskieren, dass die Mair ihn informierte. Das Überraschungsmoment war nicht zu unterschätzen. Weide sperrte sich erst dagegen, ließ sich aber dann darauf ein.

Sie trafen Taubmann nicht an und nach einer Stunde im kalten Auto vor der schicken Villa des Unternehmers, brachen sie ab und machten Feierabend. Halloweenkinder waren schon lange nicht mehr unterwegs.

Sie hätten nach Taubmann fahnden lassen können. Aber er war nicht wirklich verdächtig, Flucht eher unwahrscheinlich.

Am nächsten Morgen standen Weide und Marie bereits um sieben Uhr vor dem Haus. Die Sprechanlage am Eingang war mit einer Kamera ausgestattet, von der sich Marie, nachdem sie geklingelt hatte, beobachtet fühlte. Sie versuchte, möglichst gleichgültig und harmlos auszusehen.

Es dauerte einige Zeit, bis endlich eine Stimme erklang: »Ja, bitte?«

»Weide und Gläser, Polizei Lüneburg, wir möchten zu Herrn Taubmann.«

»Worum geht es?«

»Das möchten wir gerne persönlich besprechen.«

»Einen Moment, bitte.«

Ein paar Minuten später ertönte der Summer und Weide drückte die weiße Stahltür auf. Über einen Plattenweg durch einen japanisch gestalteten Vorgarten gingen sie vorbei an der Garage, zu einer Freitreppe, die zwölf Stufen hoch ins obere Geschoss des Hauses zur Eingangstür führte. Das Haus war von gradliniger, kühler Eleganz. Drei asymmetrisch aufeinandergeschichtete Kuben. Viel Glas, viel Weiß, viel Platz.

In der Tür stand ein schlanker Mann in einem Kimono. Bartstoppeln, die dichten, grauen Haare ungekämmt. Er war barfuß.

»Es muss ja was Schreckliches passiert sein, wenn Sie so früh hier auftauchen«, sagte er und ließ die Polizisten eintreten. Er führte sie durch einen Flur mit Garderobe in einen weitläufigen, auf mehreren Ebenen angelegten Wohnbereich. Taubmann nahm auf einem riesigen weißen Sofa Platz und deutete auf zwei Sessel. »Bitte, setzen Sie sich – und dann erzählen Sie mal. Wenn es nicht zu schlimm ist, mache ich Ihnen gleich auch noch einen Kaffee.«

»Wir haben Ihren Bruder Thomas gefunden. Er ist tot«, sagte Marie nicht ohne Drama.

»Und bitte kein Theater jetzt, von wegen, mein Bruder ist schon seit fünfzehn Jahren tot und so weiter«, sagte Weide. »Wir sind im Bilde über seine sehr spezielle Biografie.«

Jürgen Taubmann schwieg. Er starrte vor sich hin, sah Marie an, dann Weide. Dann auf seine nackten Füße.

»Tot? Wieso tot?«

»Seine Leiche wurde am Bahnhof gefunden. Freitagfrüh.«

»Am Bahnhof. Wieso am Bahnhof?« Taubmann sah abwesend aus. Er schien die Informationen zu verarbeiten.

»Und wie ist er gestorben?«

»Er ist verbrannt«, sagte Marie. Jürgen Taubmann wurde noch blasser, als er sowieso schon war.

»Verbrannt? Wie?«

»Wahrscheinlich wurde er angezündet.«

Taubmann verlor völlig an Spannung. Er sackte regelrecht zusammen auf dem Sofa und starrte vor sich hin.

»Angezündet«, murmelte er wieder und wieder vor sich hin. »Dann war er dieser Obdachlose, von dem ich gelesen habe?«

Taubmann stand auf und verließ wortlos den Raum. Es dauerte eine Weile, bis er zurückkam. Er trug ein Tablett mit drei dampfenden Bechern.

»Ich habe gedacht, Sie können auch einen Kaffee vertragen.« Er sprach immer noch wie in Trance.

Marie war das alles zu zäh, sie wollte weiterkommen: »Herr Taubmann, wann haben Sie Ihren Bruder zum letzten Mal gesehen?«

»Vor fünfzehn Jahren. Auf Bali. Kurz nach dem Anschlag und kurz bevor er für tot erklärt wurde.«

»Und wann haben Sie ihn das letzte Mal gesprochen?«

»Vor ein paar Tagen. Er rief mich an.«

»Also wussten Sie, dass er in Deutschland war?«

»Er hatte es angekündigt. Aber ich konnte kaum glauben, dass er das riskierte.«

Weide war aufgestanden und ging langsam durch das Wohnzimmer. Er nippte an seinem Kaffee: »Er war krank.«

»Ja. Ich weiß.«

»Und Sie wollten ihm nicht helfen?«

»Ich kann nicht. Ich habe selbst genug Probleme. Er hat sich für dieses Leben am Arsch der Welt entschieden. Dazu gehört auch ein miserables Gesundheitssystem.«

Stephan Weide betrachtete die Gemälde an den Wänden. Marie hatte keine Ahnung, ob das wertvolle Stücke waren, aber Luxus-Kommissar Weide wusste da sicher mehr. Er drehte sich um: »Wo waren Sie in der Nacht von Freitag auf Samstag, Herr Taubmann?«

Taubmann dachte nicht lange nach.

»Erst zu Hause, dann im Klinikum, in der Notaufnahme.«

»Oh. Weswegen?«

»Schlimme Atembeschwerden. Ich hatte Panik, dass ich ersticke.«

»Wann sind Sie in der Notaufnahme angekommen und wie sind Sie dort hingelangt?« Weide hatte seinen kleinen Notizblock gezückt und notierte hektisch.

»Ich bin gegen Mitternacht dort angekommen, mit meinem eigenen Wagen.«

»Mit Atembeschwerden?« Marie war sehr überrascht. »Aber fahren konnten Sie noch?«

»Ja. Ich habe das manchmal. Verspannungen im Rücken. Gerne auch nach einem zu harten Tennis-Match.

Dann kann ich besser sitzen oder stehen als liegen. Und nur unter starken Schmerzen Luft holen.«

»Und dann?«

»Man hat mich untersucht, mir eine krampflösende Spritze gegeben und mich zur Beobachtung dort behalten. Bis Samstagmittag.«

»Wo hat Ihr Bruder in Lüneburg gewohnt?«

»Ich weiß es nicht.«

»Halten Sie es für möglich, dass er auf der Straße gelebt hat?«

»Ein schlimmer Gedanke. Aber möglich ist es.« Schließlich stand er auf und ging zu einem Regal, in dem Flaschen und Gläser standen. Er schenkte sich einen Drink ein und stürzte ihn hinunter. Dann goss er nach.

»Auch einen?«

Die Polizisten winkten ab.

Ihn schockiert die Art des Todes mehr als die eigentliche Todesnachricht, dachte Marie.

»Leben Sie alleine?« Weide malte Fantasiefiguren auf seinen Block.

»Ja, seit ein paar Monaten. Meine Freundin hat mich verlassen.«

»Und wie läuft es beruflich?«

»Schlecht. Ich musste mit meiner Firma gerade Insolvenz anmelden. Aber das wissen Sie ja sicher.« Er setzte sich wieder aufs Sofa und nippte langsam an seinem Glas.

»Was machen Sie eigentlich in Ihrer Firma«, wollte Weide wissen.

»Ich habe einen Online-Versand für Erotik-Artikel.«

»Haben Sie nicht mal irgendwas mit Software gemacht?«

»Das war früher. Noch mit meinem Bruder zusammen. Software für Produktdesigner, Architekten und so. 3D. Sehr spezielle Sachen. Habe ich 2003 verkauft.«

»Ziemlich gut verkauft, richtig?«

»Ja. Kann man so sagen.«

Marie hatte die Nacht genutzt, um ein wenig über Taubmann zu googeln. Und deshalb hatte sie noch ein paar Fragen.

»Und wer war da der geniale Programmierer? Sie oder Ihr Bruder?«

»Ich war eher der Verkäufer. Mein Bruder war der Programmierer.«

»Da fehlte Ihr Bruder sicher sehr.«

»Ja. Das tat er.«

»Konnten Sie ihn nicht überreden, am Leben zu bleiben und weiter mit Ihnen zu arbeiten?«

»Er wollte nicht. Er hatte seine Frau verloren. Er wollte ein anderes Leben. Ich hatte ihm angeboten, dass er heimlich von Indonesien aus weiterarbeiten kann. Aber keine Chance. Wir haben Weihnachten 2002 das letzte Mal miteinander telefoniert. Deshalb habe ich ja auch verkauft. Die Chinesen konnten unsere Idee weiterentwickeln. Ich nicht. Aber was hat das jetzt alles mit dem Tod meines Bruders zu tun?«

»Vermutlich nichts«, sagte Weide, der sich schon lange nichts mehr in seinen Block notiert hatte.

»Waren das Ihre Fragen?«, sagte Taubmann und stand wieder auf. »Ich wäre nämlich jetzt gerne allein.«

»Ja«, sagte Marie und stand auch auf. »Wir möchten Sie bitten, spätestens morgen ins Präsidium zu kommen. Sie müssen Ihre Aussage unterschreiben. Außerdem brauchen wir Sie in der Pathologie zur Identifizierung des Leichnams. Soweit das überhaupt möglich ist.«

»Und?«, fragte Weide, als er den Dienst-Golf startete. »Hat er was mit dem Tod seines Bruders zu tun?«

»Mir fehlt das Motiv. Außerdem hat er ein Alibi.«

»Er war auch ganz schön geschockt, oder hat er das nur gut gespielt.«

»Ja, geschockt war er. Mir ist aber nicht ganz klar, worüber.«

»Es ist immer noch am wahrscheinlichsten, dass wir es hier mit einer Serie zu tun haben. Und die darf sich auf gar keinen Fall fortsetzen.«

26. Kapitel

»Das Blut auf dieser Eisenstange, die da auf dem Gelände neben dem Bahnhof gefunden wurde, stammt eindeutig von unserem Opfer«, berichtete Walter, nachdem Marie und Weide in der Dienststelle eingetroffen waren. »Und noch was. Die Kollegen haben sich da in der Gegend mal umgehört. Unser Indonesier hat in diesem Hostel gewohnt. Da sind wohl auch noch Sachen von ihm.«

»Na dann, nichts wie los, Walter«, sagte Marie und ging sofort wieder raus.

Walter griff seine Jacke und stolperte hinterher.

Das Hostel ›Salzlager‹ lag direkt neben dem Bahnhof in einem gepflegten, dreigeschossigen Haus mit modernem Glas-Stahl-Anbau.

Die kleine Rezeption war hell und freundlich gestaltet. Eine junge Frau saß hinter einem Tresen und sah konzentriert auf einen Bildschirm.

»Kripo Lüneburg, Sobchak und Gläser«, sagte Marie. Beide zeigten ihre Ausweise.

»Wir haben ein paar Fragen.«

»Das habe ich mir schon gedacht, dass Sie kein Zimmer wollen«, sagte die Frau freundlich und stand auf.

»Marlene Gärtner. Ich bin hier die Leiterin.«

Sie war schlank, blond und recht groß. Ihr hübsches Mädchengesicht war ungeschminkt. Marie schätzte sie auf höchstens dreißig.

»Ihre Kollegen haben ja angekündigt, dass da noch Leute kommen werden. Schrecklich, was dem Thomas da passiert ist.«

»Kannten Sie den Mann?«

»Kennen? Das wäre zu viel. Er hat hier drei Tage gewohnt. Da spricht man miteinander.«

»Worüber?«

»Nichts Weltbewegendes. Warum er hier ist, warum er als Indonesier fließend Deutsch spricht und so.«

»Und was hat er gesagt?«

»Dass er eigentlich Deutscher sei und eine Indonesierin geheiratet hätte. Er wollte hier Leute besuchen.«

»Und warum hat er nicht bei denen gewohnt?«

»Keine Ahnung. Das habe ich ihn nicht gefragt.«

»Was hatten Sie für einen Eindruck von ihm?«

»Er war nett. Bestimmt ein gebildeter Mann. Aber er hatte viel Traurigkeit in sich. Ich spüre so was.«

»Können wir sein Zimmer sehen?«

Die junge Frau kam hinter dem Tresen hervor, griff ein großes Schlüsselbund von einem Haken und ging voraus. Sie führte Walter und Marie durch einen hübschen Aufenthaltsraum. Auf pastellfarbenen Sesseln saßen zwei junge Männer mit Laptops. Ein dritter bereitete sich gerade einen Kaffee zu.

Es ging zwei Treppen hoch in den dritten Stock. Sie betraten einen großen, hellen Raum unter dem Dach. Vier Stockbetten standen an den Seiten. Ein Tisch, ein paar Stühle. Zwischen den Betten standen Stahlspinde mit dicken Vorhängeschlössern.

»Sind alle Ihre Räume so groß?«

»Nein. Das ist der größte. Acht Schlafplätze. Wir haben auch Zweier-, Vierer- und Sechserzimmer.«

»Und warum war Thomas in diesem Raum?«

»Wir waren über das lange Wochenende ausgebucht, da hatte ich nur noch hier ein Bett für ihn. Außerdem wollte er es möglichst günstig.«

»Was kostet das dann?«

»Zwanzig Euro die Nacht.«

»Wie lange wollte er bleiben?«

»Das hatte er noch nicht entschieden. Ein, zwei Nächte wäre er sicher noch geblieben.«

»Wer wohnt noch in diesem Zimmer?«

»Seit gestern ist es wieder leer. Am Wochenende hat da eine Gruppe von Kampfsportlern gewohnt. Aikido oder so. Die haben ziemlich abgefeiert. Aber Thomas war das egal. Der hat sich nicht beschwert.«

»Haben Sie eine Adresse von denen?«

»Ja. Von dem, der gebucht hat.«

Walter ging im Zimmer herum. Sah aus dem Fenster.

»Hat jeder Gast hier so einen Spind?«

»Ja. Das gehört zum Service.«

»Welchen hatte Thomas?«

»Äh, den hier. Die fünf.«

»Haben Sie einen Schlüssel dafür?«

»Ja. Es gehen ja immer welche verloren oder werden mitgenommen. Trotz der zwanzig Euro Pfand, die wir verlangen.«

»Dann schließen Sie mal bitte auf.« Walter wurde ungeduldig.

Frau Gärtner zögerte etwas, dann schloss sie das Vorhängeschloss auf und öffnete die schmale Stahltür.

Der Geruch von Schweiß und Feuchtigkeit wehte aus dem Schrank. Sie fanden einen Rucksack, der wegen seiner Größe ziemlich hineingequetscht war, ein paar Leder-Flipflops, T-Shirts, einen Plastikbeutel mit Waschzeug, ein schmutziges Handtuch, eine Jeans. Viel besaß er nicht, der Thomas Simbolon. Aber einen Laptop nannte er offenbar sein eigen. Es lag im oberen Fach des Spindes zusammen mit einem Ladekabel.

Das Samsung-Gerät war einige Jahre alt. Als Walter es auf den Tisch stellte und einschaltete, fuhr es sofort hoch.

»Kein Passwortschutz«, sagte er erleichtert. Das schauen wir uns gleich mal genauer an.

Marie ging mit Marlene Gärtner noch alles durch, was von Interesse sein konnte. Das Haustelefon hatte Thomas nicht benutzt. Er besaß ein Handy. Mit anderen Gästen hat er kaum gesprochen und Besuch bekam er auch nicht.

»Die Rezeption ist immer nur bis halb neun besetzt. Die Gäste haben alle einen Schlüssel. Wir bekommen nicht mit, wann die kommen und gehen. Besuch auf den Zimmern ist eigentlich nicht erlaubt, aber das können wir auch nicht immer kontrollieren.«

Walter zog einen großen Plastikbeutel aus der Tasche und steckte alle Sachen aus dem Spind hinein. Den Laptop schob er in einen kleineren Beutel. Dann verließen sie das Hostel ›Salzlager‹.

»Der hat ja nicht mehr viel besessen«, sagte Walter, »nur das Zeug hier und die Klamotten, die er am Leib trug.«

»Ja. Aber etwas fehlt.«

»Was?«

»Das Handy und der Schlüssel zum Hostel.«

***

»Pornos hat er angeschaut, der einsame, kranke Mann aus Indonesien«, stöhnte Walter und klappte den abgegriffenen Laptop des Opfers zu. Er hatte nun über eine Stunde schweigend über dem Computer gebrütet und sich die Lippen zerbissen, während Marie den Bericht über die Ermittlungen im Hostel schrieb.

Walter tat sich schwer mit dem digitalisierten Teil der Welt, wollte es aber nicht zugeben. Er wusste, wie wichtig es für die moderne Polizeiarbeit war, sich mit Computern, Internet und Mobilfunk auszukennen. Allein, die Welt der Bits und Bytes drehte sich schneller, als Walter dazulernen konnte, und so blieb er nicht selten in seinen Ermittlungen stecken. Das Erforschen des Internets mittels Google hatte er allerdings gut im Griff, auch den Zentralcomputer der Polizei Lüneburg. Das war besser als nichts.

»Mailwechsel mit seinem Bruder und Sybille Mair. Wobei man im Falle von Jürgen Taubmann nicht von Wechsel sprechen kann. Da hat Thomas immer geschrieben und Jürgen nicht geantwortet. In den Mails steht nichts, was wir nicht schon wüssten. Keine Dateien auf dem Ding, die uns helfen können. Die ganze

Buchhaltung von seinem Hotel auf Sumatra ist drauf. Der war auch nicht auf Rosen gebettet da unten. Die Buchungsbestätigung für den Flug von Medan nach Amsterdam habe ich auch gefunden.«

Marie hatte nur halb zugehört. Solange er nicht begeistert aufschreit, lohnt es sich nicht, dachte sie.

»Und was ist mit den Pornos?«, fragte sie. In diesem Moment kam Weide zur Tür rein.

»Was soll mit Pornos sein?«, grinste er, vermutlich in der Hoffnung, in ein interessantes Privatgespräch hineingeplatzt zu sein.

»Na, das sehe ich im Browserverlauf. Jede Menge Seiten mit einschlägigen Namen. Wildteens, Bigboobies, Blastingblowers ...«

»Ja, Walter, danke, ich kenne diesen Kram.«

»Viele davon hat er sogar gebookmarkt. Schien bestimmte Vorlieben gehabt zu haben, der Verblichene.«

»Das war alles, was er im Internet getan hat?« Weide war interessiert.

»Nein. Zwischendurch viele Seiten über Leberkrebs, Seiten vom Universitätsklinikum Eppendorf in Hamburg. Da hatte er versucht einen Termin bei einem Professor zu bekommen. Gibt E-Mails dazu. Aber keine Antwort bisher.«

»Herr Sobchak!« Weide ging auf Walter zu und streckte die Hand aus, »was dagegen, wenn ich auch mal reinschaue?« Noch bevor Walter antworten konnte, war Weide mit dem dunkelgrauen Kasten auch schon wieder draußen.

»Neugierig auf Bigboobies?«, scherzte Walter, als der Chef außer Hörweite war. Aber Marie kannte ihn gut genug, um zu spüren, wie ihn Weides Eingreifen in seine Recherchen gekränkt hatte.

Als Walter und Marie nach dem Mittagessen aus der Kantine kamen, saß Weide an Walters Schreibtisch. Vor sich den Laptop von Thomas Taubmann, sah er seine beiden Untergebenen mit zufriedenem Lächeln an.

»Da sind Sie ja, Kollegen. Ich hab da noch was gefunden, Herr Sobchak.«

Walter und Marie stellten sich hinter ihn und schauten auf den Bildschirm. Die Seite *Bigboobies.com* war geöffnet. Grell bunt, nackte Brüste und jede Menge Vorschaubilder zu Videos und Bildergalerien. Eine Pornoseite, wie Tausende andere im Internet. Marie hatte lange aufgehört sich darüber zu wundern. Ein Drittel aller auf der Welt täglich aufgerufenen Webseiten sind pornografischen Inhalts. Ein Zwölfjähriger kennt heute schon mehr Sexvarianten als seine Eltern. Zumindest vom Anschauen.

Weide hatte noch mehr Seiten im Browser geöffnet. Er klickte durch und kommentierte:

»Große Brüste. Gay. Lesbian. BDSM. Dicke. Dünne. Alte. Ganz Junge.«

»Ja.« Marie war genervt. Sie empfand es als unangenehm, hier im Büro, in Gegenwart von zwei Männern, Pornoseiten zu betrachten. Auch wenn es aus dienstlichen Gründen geschah. »Was sagt uns das?«

»Das sagt uns: Kaum vorstellbar, dass ein Mann Gefallen an allen diesen sehr unterschiedlichen Kategorien der Pornografie hat. In der Regel haben die Leute eher eine Lieblingsrichtung.«

»Wenn Sie das sagen.« Marie konnte sich schon vorstellen, dass er recht hatte. Doch dieses Spiel zu spielen, war zu verlockend: Wer so viel Ahnung davon hat, scheint sich ja viel damit zu beschäftigen. Aber Weide biss nicht an. Er gab keine Erklärung ab, woher er das alles wusste. Sollte Marie doch denken, dass er nachts in seiner möblierten Bude Pornos guckt, es war ihm offenbar egal.

»Und deshalb habe ich nach anderen Übereinstimmungen gesucht. Und gefunden.«

»Wo?« Walter machte ein Verlierergesicht. Weide hatte ihn geschlagen, keine Frage.

Der Chef klickte einen weiteren Reiter an: »Hier. Das Impressum der Seiten. Meistens sind die Urheber solcher Seiten für normale Sterbliche nicht eindeutig zu erkennen. In den internationalen Domain-Verzeichnissen sind nur Identifikationsnummern irgendwelcher Geheim-Domain-Dienste angegeben. Damit sind die Inhaber der Internetadressen so lange geschützt, bis diese Dienste sie preisgeben. Was bei schweren Straftaten zum Beispiel der Fall sein kann. Bei den Seiten, die Thomas Taubmann gebookmarkt hatte, ist allerdings eine Firma angegeben. Mudshark Ltd. auf Zypern. Inhaber dieser Firma ist ein Jürgen Taubmann aus Lüneburg. Er hat sich nicht viel Mühe gegeben, seine Inhaberschaft zu verschleiern.«

»Warum nicht?«, fragte Marie, einigermaßen beeindruckt von Weides Entdeckung.

»Weil es keinen Grund gab, als er die Firma vor ein paar Jahren gegründet hat. Die dargestellten Inhalte sind nicht illegal, die Gewinne werden auf Zypern versteuert. Nur nach Deutschland kann er das Geld nicht so einfach transferieren. Erst recht nicht jetzt, wo er Insolvenz angemeldet hat.«

»Aber wie kam Thomas Taubmann auf das zypriotische Business seines Bruders?«

»Hat Frau Mair nicht erzählt, dass Taubmann seinen Bruder in Indonesien finanziell unterstützt hat?«

»Ja.« Marie freute sich über eine erfolgreiche Gedächtnisleistung ihres Chefs. Die Pillen schienen zu wirken.

»Dann hat er das Geld vermutlich aus Zypern geschickt. Per Post oder Überweisung. So kam Thomas schon mal auf Zypern. Und dann war es nicht mehr schwer, auch die Firma seines Bruders dort zu finden. Über Google. Außerdem hat Taubmann in seinem deutschen Online-Sexshop für diese Seiten geworben.«

»Ergibt sich daraus ein Motiv? Thomas erpresst seinen Bruder wegen der geheimen Einkünfte und der ...«, fragte Walter.

»Reicht mir nicht als Motiv«, erwiderte Weide. »Insolvenzbetrug ist keine Kleinigkeit, aber ein Mordmotiv? Ist Taubmann schon mal aufgefallen?«

»Nein, nie«, sagte Marie. »Haben wir überprüft.«

27. Kapitel

Keine vierundzwanzig Stunden, nachdem die Polizei ihm die Nachricht vom erneuten – und nun endgültigen – Ableben seines Bruders Thomas überbracht hatte, erschien Jürgen Taubmann in der Dienststelle.

Marie legte ihm ein kurzes Protokoll vor. Die wichtigsten Punkte waren die Angaben, die er zu seinem Aufenthalt in der Todesnacht gemacht hatte. Abends zu Hause. Ab Mitternacht in der Notaufnahme, dann im Krankenbett. Weide wollte das überprüfen. Marie stellte keine weiteren Fragen und hielt auch mit dem Wissen um Taubmanns Porno-Websites auf Zypern hinter dem Berg. Diesen Vorsprung wollte sie noch nicht aufgeben.

Taubmann las das Protokoll kurz durch und unterschrieb. »War's das?«

»Noch nicht ganz. Wir fahren jetzt noch zusammen in die Pathologie zur Identifizierung der Leiche.«

»Muss das sein? Kann man ihn überhaupt noch erkennen?«

»Eher schlecht. Aber es gehört zur Routine.«

Weide kam rein. »Lassen Sie mich mit Herrn Taubmann ins Klinikum fahren. Ich habe da sowieso etwas zu erledigen.«

Im Rausgehen stießen Weide und Taubmann mit Regina Feldmann zusammen. Die Reporterin der ›Lüneburger Stimme‹ war wie immer äußerst hektisch unterwegs: »Herr Weide, warten Sie. Nur ein paar Fragen.«

Doch Weide schob zügig mit Taubmann davon. Also stürzte die Feldmann sich auf Marie. »Frau Gläser, trifft es zu, dass es sich bei dem Obdachlosen vom Bahnhof um einen Indonesier handelt?«

Marie legte das unterschriebene Protokoll ab, sah die Feldmann aber gar nicht an. »Ungewiss und ja.«

»Wie soll ich das verstehen?«

»Es ist ungewiss, ob der Tote überhaupt ein Obdachloser war, und ja, allem Anschein nach war er Indonesier. Zweifelsfrei ist auch das noch nicht.«

»Ich habe mich gefragt, was ein Indonesier nachts am Bahnhof von Lüneburg verloren hat. Eher ungewöhnlich, oder?«

Marie zuckte nur die Schultern.

»Aber als mir da gerade Jürgen Taubmann im Gang entgegenkam, da hatte ich, wie soll ich es nennen, so eine Art Geistesblitz ...«

»Das ist doch toll, Frau Feldmann. Dann blitzen Sie doch schnell weiter, ich habe jetzt nämlich gar keine Zeit für Sie.«

»War es nicht so, dass der Taubmann in Indonesien seinen Bruder verloren hat? Auf Bali? Vor zehn, fünfzehn Jahren, oder so?«

»Weiß ich nicht. Da war ich noch zu klein.« Marie grinste die Reporterin provozierend an.

»Kommen Sie, Frau Gläser. Was macht der Jürgen Taubmann bei der Mordkommission? Geben Sie mir einen klitzekleinen Hinweis. Hat es was mit dem Toten vom Bahnhof zu tun?«

»Kein Kommentar, Frau Feldmann. Und wenn ich morgen dazu irgendwelche Spekulationen lese, verbunden mit Namen unbescholtener Lüneburger Bürger, dann kündige ich Ihnen die Freundschaft.«

»Ich spekuliere nie, meine Liebe. Und schön, dass wir befreundet sind. Wusste ich noch gar nicht.«

Walter hatte den Telefonhörer abgenommen, kurz zugehört und sah nun Marie an mit einem Blick, der sagte: Es ist dringend. Marie schob die Feldmann aus der Tür raus und schloss sie.

»Wir haben einen Toten«, sagte Walter.

***

Die Mittagssonne gab sich einige Mühe, dem tristen Ort etwas Glanz zu verleihen. Doch sie scheiterte kläglich. Das matte Grau der fast laublosen Bäume, das schmutzige Braun des Waldbodens und vor allem der Anblick einer im leichten Wind baumelnden Leiche, waren stärker.

Ein junger Mann, um die zwanzig. Schlank, dunkelhaarig. Seine Füße in schmutzigen Sneakers baumelten einen halben Meter über dem Boden. Ein orangerotes Kunststoffseil, dessen eines Ende um den dicken Ast einer niedrigen Buche gebunden war, schnürte seinen Hals ab. Das Gesicht war aufgedunsen, graublau, der Kopf hing unnatürlich schief. Die Augen waren geschlossen.

Das bei Funden dieser Art übliche Großaufgebot hatte seine Arbeit bereits aufgenommen. Die Landstraße war nur hundert Meter weit entfernt und immer wieder hielten Autofahrer an. Einer kam sogar näher, die Handykamera im Griff. Ein Beamter schickte ihn entschlossen wieder zurück.

Marie und Walter hatten ungefähr zwanzig Minuten gebraucht. Kurz nach ihnen traf Dr. Mohamed Mansour ein. Er wurde von einem Streifenwagen gebracht und hatte die attraktive Studentin Harriet dabei. Marie spürte einen leichten Stich in ihrem Gefühlszentrum.

Mohamed begrüßte die Polizisten beiläufig und sah zu der Leiche, ging aber zunächst nicht näher.

»Sind da schon Leute herumgetrampelt?«, fragte er die umstehenden Beamten. Die zuckten nur mit den Schultern.

»Wir jedenfalls nicht«, sagte Marie.

Mansour ging im großen Kreis um den Fundort herum und betrachtete den Boden unter der Leiche.

»Was suchst du?«, fragte Marie.

»Es besteht ja immerhin die Hoffnung, dass man erkennt, ob unter dem Toten viel zertrampelt ist. Schließlich wollen wir doch wissen, ob er dort aufgehängt wurde oder ob er das selbst getan hat, oder?«

»Klar. Und?«

»Schwer zu sagen. Der Boden ist trocken und fest. Wenig Chance auf Spuren. Laub ist nicht beiseitegedrückt, keine Spuren zum Körper hin. Und wenn ich mir den Baum ansehe: Ein junger Kerl wie der kann mühelos den Stamm hochklettern auf den dicken Ast und das Seil festbinden. Der ist hoch genug, um ihm sicher das Genick zu brechen.«

»Und das ist dann auch die Todesursache? Genickbruch?«, fragte Walter. »Für mich sieht das nach Ersticken aus.«

»Fragen Sie mich das, wenn ich mit ihm fertig bin«, sagte Mansour herablassend zu Walter. Was war denn mit dem los, dachte Marie. Wollte er sich vor der süßen Harriet wichtigmachen? Fast war sie versucht, ihn vertraulich anzufassen, um ihr Revier zu markieren. Aber es war keine Zeit für Spielchen. Hier hing ein Toter und der wollte Beachtung.

Nun ging auch Marie näher zu dem Körper. Der junge Mann trug eine dicke Jacke und Jeans.

»Sie können die Leiche jetzt runterholen«, sagte Mohamed zu zwei Beamten, die neben ihm standen. Der jüngere der Uniformierten kletterte auf den Baum und zog ein Taschenmesser.

»Halt«, rief Marie. »Nicht abschneiden. Versuchen Sie, den Knoten zu lösen, und machen Sie vorher ein Foto davon. Das wollen wir uns noch genauer ansehen.« Wichtigmachen konnte sie sich auch.

Es dauerte einige Zeit, bis der Beamte den Knoten gelöst hatte. Erst trug er noch Latexhandschuhe. Doch damit ging es gar nicht. Er zog sie aus und fluchte, als er sich beim Herumfingern am Knoten einen Fingernagel einriss. Sein Kollege hatte die Leiche mit beiden Armen umfasst und hob sie immer wieder an, um Spannung vom Knoten zu nehmen. Endlich hatten sie es geschafft. Stöhnend vor Anstrengung ließ der Polizist den Leichnam auf den Boden sinken.

Ein Ärmel der Jacke war hochgerutscht und Marie sah Wunden am Handgelenk des Toten.

Dr. Mansour beugte sich hinunter und begutachtete die Male. »Kabelbinder. Nicht besonders dicke. Das sind ganz typische Verletzungen. Er hat lange versucht, die Dinger aufzuziehen, würde ich vermuten. Die Wunden sind tief und gehen ein Stück das Handgelenk hoch. Das heißt, dass er das Plastik etwas dehnen konnte.«

»Kollegen«, rief Marie laut in die Runde. »Wir suchen Kabelbinder. Vermutlich aufgeschnitten. Könnten hier irgendwo herumliegen. Weiße erkennt ihr schnell, für schwarze müsst ihr genauer hinsehen. Also bitte sucht das Gelände ab.«

Der Mann war gefesselt, dann wurde er hierher gebracht und aufgehängt. Das war eine Möglichkeit. Oder er war gefesselt und konnte sich befreien und wurde wieder eingefangen und dann erhängt. Oder er hat sich selbst erhängt. Aber warum?

»Mohamed, kannst du feststellen, ob die Kabelbinder vor oder nach seinem Tod entfernt wurden?«

»Puh. Sehr schwer. Wenn viel Zeit zwischen Eintreten des Todes und Entfernen der Kabelbinder liegt – also unabhängig von der Reihenfolge ein paar Stunden, dann ist das vielleicht möglich. Aber, wenn das dicht beieinanderliegt – nein. Worauf willst du hinaus?«

»Ganz einfach: Nach seinem Tod kann das nur sein Mörder gemacht haben. Vor seinem Tod kann er das selbst getan haben ...«

»Um sich dann aufzuhängen? Komisch, oder?«

»Vielleicht war er ja gefesselt, um sich nicht umzubringen. Ist doch auch eine Möglichkeit.«

»Stimmt«, sagte Mohamed und schenkte Marie ein anerkennendes Lächeln, das in ihrem Gefühlszentrum für etwas Ausgleich sorgte.

»Bleibt die Frage, wie er hierher gekommen ist«, fragte Walter in die Runde. »Irgendetwas gefunden? Ein Auto, ein Fahrrad?«

»Nicht weit von hier ist eine Bushaltestelle. ›Göhrde, Gasthaus‹. Da hält der Bus aus Lüneburg. Und ungefähr zwei Kilometer in den Wald rein, ist eine Jagdhütte. Die hat sich ein Kollege angesehen. Ist verschlossen. Nichts Verdächtiges.«

»Wem gehört die?«

»Der Forstverwaltung. Leute, die hier Jagdrecht haben, bekommen einen Schlüssel.«

***

Die Identität des Erhängten im Wald war schnell geklärt. Er hatte eine Brieftasche in der Jacke mit Ausweis, Führerschein und ungefähr einhundert Euro Bargeld. Raubmord war also auszuschließen. Allerdings trug er kein Handy bei sich.

Der Tote hieß Lars Wimmer, zwanzig Jahre alt, Student aus Lüneburg. Walter schob vor, sich weiter mit den toten Obdachlosen beschäftigen zu wollen, damit da nichts liegen bleibe, und überließ es Marie, mit der Mutter des jungen Mannes zu sprechen.

Cornelia Wimmer war an ihrem Arbeitsplatz bei einer Hamburger Fondsgesellschaft und wurde von Hamburger Beamten über das tragische Ereignis informiert. Ein

Arbeitskollege fuhr die völlig erschütterte Frau dann nach Hause.

Als Marie eintraf, saß Frau Wimmer zusammengesunken auf dem Sofa im Wohnzimmer ihrer geschmackvoll eingerichteten Altbauwohnung. Vor sich eine Tasse Tee. Eine gut gekleidete und attraktive Frau um die fünfzig, die jetzt jede Farbe aus dem Gesicht verloren hatte. Neben ihr saß eine ältere Frau, die ihre Hand hielt. Sie stellte sich als Nachbarin vor. Marie bat sie, für die Zeit des Gesprächs den Raum zu verlassen. Sie war überrascht, gehorchte aber.

»Sind Sie sicher, dass es Lars ist«, fragte Frau Wimmer, noch bevor Marie ihr Mitgefühl ausdrücken konnte.

»Er hatte Papiere dabei. Es besteht kein Zweifel. Sie werden ihn aber noch identifizieren müssen.«

»Er hat sich umgebracht, haben Ihre Kollegen in Hamburg gesagt. Das kann doch nicht sein. Warum sollte er sich umbringen?«

»Wir halten auch ein Verbrechen für möglich. Das untersuchen wir gerade. Wie ging es Ihrem Sohn denn in der letzten Zeit?«

Frau Wimmer erzählte ruhig, mit monotoner Stimme von ihrem Sohn, der so froh war einen der begehrten Studienplätze in Lüneburg bekommen zu haben und dem es gut ging. Sie sah ihn nicht täglich, da sie viel unterwegs war, besonders in den letzten Wochen. Eine Veränderung an ihrem Sohn wäre ihr aber aufgefallen.

Marie fragte nach einer Freundin.

»Zurzeit lief da nichts. Das hätte er mir gesagt. Seine letzte Beziehung war auch recht anstrengend.«

»Und warum wohnte er noch bei Ihnen? Zog es ihn nicht in eine eigene Wohnung oder in eine WG? Ist doch nicht ungewöhnlich in dem Alter.«

»Nein. Er wollte das so. Das war bequem. Wir haben uns gut verstanden und sind uns nicht auf den Wecker gefallen.«

Frau Wimmer wurde von einem kurzen Weinkrampf geschüttelt. Als sie sich wieder etwas beruhigt hatte, fragte Marie weiter.

»Was hat er getan, wenn er nicht in der Uni war?«

»Gelernt. Freunde getroffen. Auf Parties gegangen. Ins Kino. Was man so macht, mit zwanzig. Er war ein ganz normaler junger Mann.«

»Freunde?«

»Ja, klar. Einige kennt er schon seit der Grundschule. Den Benny, den Costa.«

»Benny weiter?«

»Benny Klein. Der Sohn von dem bekannten Anwalt. Ein netter Junge.«

Marie hatte Mühe, ihr Erstaunen zu verbergen. Lüneburg ist eine kleine Stadt, aber auch kein Dorf, wo jeder jeden kennt. Wie kommt nun ihr spezieller Freund Benjamin Klein in diesen Todesfall hier?

»Wann haben Sie Ihren Sohn zum letzten Mal gesehen?«

»Vorgestern. Am Dienstag. Da waren wir beide am Abend zu Hause. Ich bin dann am Mittwoch nach Zürich geflogen und erst heute früh wiedergekommen und direkt ins Büro gegangen.«

»Das heißt: Ihnen wäre nicht aufgefallen, wenn Ihr Sohn in der vergangenen Nacht nicht zu Hause gewesen wäre?«

»Nein. Es hätte mich aber auch nicht überrascht. Es kam vor, dass er bei Benny in dessen Hamburger WG geschlafen hat, wenn sie lange unterwegs waren. Lars ist erwachsen, er muss sich nicht bei mir abmelden.«

»Haben Sie denn mit ihm telefoniert?«

»Ja. Am Dienstag irgendwann. Da war er in der Uni.«

»Er besaß also ein Handy?«

»Ja, natürlich. Ein iPhone. Hatte ich ihm zum Geburtstag geschenkt. Worauf wollen Sie hinaus?«

»Er hatte kein Handy bei sich. Alle Papiere, aber kein Handy. Bitte geben Sie mir mal die Nummer.«

Cornelia Wimmer zeigte die Nummer Ihres Sohnes auf ihrem eigenen Handy und Marie veranlasste umgehend eine Ortung, die aber zunächst erfolglos war.

»Und wann haben Sie die letzte Nachricht von Ihrem Sohn bekommen?«

Sie nahm ihr Handy und rief WhatsApp auf.

»Heute Morgen. Um halb acht. Da hat er auf meine Nachricht von gestern Abend geantwortet. Ich hatte ihm geschrieben, dass ich noch in Zürich bleiben muss und wir uns erst heute ...« Sie schluckte, hatte sich aber schnell wieder gefasst, »Abend sehen werden. Er hat geantwortet: *Bin mit Benjamin unterwegs. Weiß noch nicht, wann ich wiederkomme, warte nicht auf mich.*« Sie hielt Marie das Handy mit der Nachricht unter die Nase.

»Sie sagten, da wäre auch noch ein Costa in seinem Freundeskreis.«

»Ja. Der Vater hat einen griechischen Imbiss. Auch ein netter Junge. Er studiert mit Lars.«

Noch ein Bekannter, dachte Marie und hielt Lüneburg nun doch für ein winziges Dorf.

28. Kapitel

Als Marie am nächsten Morgen in der Dienststelle eintraf, stand Stephan Weide bereits ungeduldig in ihrem Büro. Er hatte schon mehrmals versucht, sie auf dem Handy zu erreichen. Marie bemerkte, dass ihr Telefon seit dem Gespräch mit Frau Wimmer auf ›Nicht stören!‹ eingestellt war, sagte aber nichts.

Weide hatte eine Überraschung parat: »Wir fahren jetzt los, Jürgen Taubmann verhaften und sein Haus durchsuchen.«

Marie und Walter glotzen ihn ungläubig an.

»Wir warten nur noch auf den Schrieb vom Richter, der kommt aber jeden Moment.«

Weide berichtete den irritierten Kollegen, wie er am Vortag mit Taubmann in der Pathologie war. Der konnte seinen Bruder nicht identifizieren. Das Gesicht war unkenntlich. Tattoos oder Narben hatte er keine. Man nahm Taubmann etwas Blut ab, um über die DNA die Verwandtschaft und damit die zweifelsfreie Identität des Toten ermitteln zu können. Dann ließ Weide Taubmann gehen.

In der Notaufnahme fand Weide einen jungen Arzt, der in der Mordnacht Dienst hatte und sich an den Mann mit Atemnot erinnerte. Der kam alleine ins Untersuchungszimmer. Der Arzt hatte ihn aber zufällig kurz vorher am Eingang gesehen, als er zum Rauchen rausging. Da sei er in einem Kleinwagen vorgefahren, eine Frau am Steuer, die der Arzt aber nicht beschreiben konnte. Später sei die Frau nicht mehr aufgetauchte.

Der Untersuchungsbericht förderte zutage, dass Taubmann nach eigenen Angaben an Atemnot litt, eine eindeutige Diagnose aber nicht gestellt werden konnte. Man verabreichte dem Patienten eine krampflösende Spritze und brachte ihn in einem Zweibettzimmer unter. Das war den Polizisten alles nicht neu. Neu war hingegen, dass im Arztbericht von Hämatomen und Schrammen am Oberkörper und an den Oberarmen die Rede war. Der Patient machte zur Herkunft dieser Verletzungen nur vage Angaben. Er sei gestürzt.

Diese Ungereimtheiten waren für Weide genug, um den Haftbefehl und die Durchsuchung zu veranlassen.

Ein Beamter kam herein und reichte Weide den Umschlag mit den richterlichen Dokumenten. Vor dem Polizeigebäude wartete das Team für die Hausdurchsuchung und so setzten sich drei Fahrzeuge ohne weitere Verzögerung in Bewegung.

Taubmann war völlig überrascht von dem frühmorgendlichen Aufgebot und versuchte gar nicht, die Durchsuchung zu verhindern oder sich der Festnahme zu widersetzen. Er wiederholte nur gebetsmühlenartig, dass es ein Missverständnis sei und er unbedingt seinen Anwalt sprechen wolle. Er wurde von zwei Beamten ins Präsidium gebracht, während Weide und Marie an der Hausdurchsuchung teilnahmen.

Es dauerte lange. Wie immer. Eine Durchsuchung ist immer dann besonders aufreibend, wenn man nicht weiß, wonach man suchen soll. Zwei Wunschfundstücke konnten Weide und Marie benennen: ein Handy und der Schlüssel zum Hostel ›Salzlager‹. Und siehe da: Keine drei Stunden später kam ein Beamter mit drei Handys. Der Schlüssel tauchte nicht auf.

Ein neues iPhone gehörte unbestreitbar Jürgen Taubmann, ein älteres Samsung seinem Bruder Thomas. Das dritte, ebenfalls ein neues iPhone, war seit Monaten nicht benutzt worden und hatte wohl mal der Freundin von Jürgen gehört.

So wurde schnell klar, dass Jürgen Taubmann seinen Bruder Thomas, entgegen seiner Aussage, sehr wohl getroffen hatte. Der letzte Anruf erfolgte am Abend des 26. Oktober, also nur wenige Stunden vor Thomas Taubmanns Tod.

Wie ein geprügelter Hund saß Jürgen Taubmann im Vernehmungszimmer und Marie und Weide brauchten nicht lange, um ihn zum Reden zu bringen. Einen Anwalt hatte er noch nicht angerufen. Er verlangte auch nicht mehr danach. Taubmann gab zu, sich mit seinem Bruder getroffen zu haben und dass es zum Streit gekommen sei.

»Warum?«, fragte Marie.

»Er griff mich an, drohte mir, mich bei den Finanzbehörden anzuschwärzen.«

»Hatte er dazu einen Grund?«

»Nein. Aber er hatte sich da irgendetwas zusammengereimt.«

»Und deshalb schlugen Sie ihm eine Eisenstange über den Kopf?«

»So war das nicht. Er ging auf mich los, würgte mich, trat mich. Er war betrunken und völlig von der Rolle. Er schrie immer, dass er nicht sterben wolle und ich ihm helfen müsse. Er drohte, mich umzubringen. Da habe ich einfach etwas gegriffen, was da herumlag und habe zugeschlagen. Gar nicht so fest.«

»War Ihr Bruder bewusstlos?«

»Nein. Er saß einfach nur da und hat rumgeheult. Ich bin dann gegangen.«

»Und ins Krankenhaus gefahren?«

»Nein. Erst nach Hause. Etwas später hatte ich dann die Atemnot.«

»Mit welchem Auto sind Sie gefahren?«

»Mit meinem Mercedes. Womit sonst?«

Weide stand auf und ging im Raum hin und her: »Im Krankenhaus hat man uns erzählt, Sie seien von einer Frau gebracht worden. In einem Kleinwagen.«

»Nein. Das stimmt nicht. Ich war allein. Die müssen sich irren.«

»Wie erklären Sie sich, dass Ihr Bruder zweihundert Meter vom Ort Ihrer Schlägerei verbrannt ist?«, wollte Marie wissen.

»Gar nicht. Das kann ich nicht erklären. Vermutlich waren das die Typen, die neulich einen Obdachlosen angezündet haben. Psychopathen. Ein blöder Zufall.«

»Wie sind Sie an das Handy Ihres Bruders gekommen?«

»Es lag auf dem Boden. Ich habe das Handy mitgenommen, damit man mich darüber nicht entdecken kann. Hat ja prima geklappt.«

Weide setzte sich wieder: »Herr Taubmann, wir werden Sie noch hierbehalten. Der Verdacht, dass Sie Ihren Bruder Thomas getötet haben, ist noch nicht vollständig aus der Welt. Schwer verletzt haben Sie ihn auf jeden Fall.«

***

Marie ging im Kopf den Zeitplan noch mal durch. Wenn Jürgen Taubmann gegen Mitternacht in der Notaufnahme erschien und der verbrannte Thomas Taubmann gegen vier Uhr noch qualmte, dann kann ihn Jürgen unmöglich angezündet haben. Und wenn sich die Brüder auf dem Gerümpelgelände zweihundert Meter vom Fundort der Leiche entfernt geprügelt haben, wie kommt Thomas dann auf den Bahnsteig hinter dem Automatencasino?

Er hat sich dort hingeschleppt und ist zusammengebrochen. Dann kamen die Brandstifter und haben ihn angezündet. Aber warum hat er sich zum Bahnsteig geschleppt und nicht in sein Hotel? Wollte er den Zug nehmen? Sie sah sich den Fahrplan an, den Walter ihr ausgedruckt hatte. Um 4:37 Uhr wäre dort ein Zug nach Hamburg abgefahren. Wollte er nach Hamburg? Wozu? Marie rief Google Maps auf und sah sich das Bahnhofsgelände noch mal an. Wenn Thomas Taubmann von der Stelle, an der er sich mit seinem Bruder geprügelt hatte, zum Hostel wollte, musste er am Casinogebäude vorbei. Aber dann würde er vor dem Gebäude vorbeigehen und nicht dahinter über den Bahnsteig. Hatte er die Orientierung verloren durch den Schlag auf den Kopf? Wusste er gar nicht mehr, wo er hinwollte?

Mit diesem verbrannten Mann kam Marie erst mal nicht weiter. Aber sie hatte ja noch einen Feuertoten. Ihr war eine Idee gekommen, die sie unbedingt verfolgen musste. Sie ärgerte sich maßlos, dass sie nicht schon früher darauf gekommen war.

29. Kapitel

Der Parkplatz von McDonald's an der Autobahnauffahrt Lüneburg-Nord war an diesem Freitagmittag gut gefüllt. Auch beim DriveIn stauten sich die Fahrzeuge. Marie hatte sich telefonisch beim Restaurantleiter angemeldet. Er bat sie sofort in sein Büro und ließ ihr einen Kaffee bringen.

Marie hatte Burger und Pommes schon lange von ihrem Ernährungsplan gestrichen. Aber dieser spezielle Geruch rund um das gelbe M sprang sie immer noch an. Es war kein appetitanregender Duft, keiner, der Genuss und Befriedigung versprach. Es war eher eine Mischung aus Fett und Spülmittel, die sich hinter den leckeren Ausdünstungen frischer Pommes zu verstecken versuchte.

Der Restaurantleiter Erkan Seferis hatte den Dienstplan vom 16. Oktober ausgedruckt vor sich liegen. In den frühen Morgenstunden hatte eine Frau Can Dienst, die er noch nicht erreichen konnte. Aber er hatte noch etwas vorbereitet. Das Material der Überwachungskamera über dem DriveIn-Schalter. Das Video lief in einem Fenster auf dem PC-Bildschirm vor ihm.

»Das ist ja ganz wunderbar, Herr Seferis. Mit Ihnen kann man arbeiten. Wollen Sie nicht bei uns anfangen?«, sagte Marie und der junge Mann im makellosen weißen Hemd mit McDonald's-Krawatte lächelte stolz.

»Danke für das Angebot. Aber euer Job ist mir zu gefährlich. Über welche Zeit sprechen wir?«

»Zwischen halb fünf und halb sechs, vermute ich. Vielleicht etwas früher oder etwas später.«

»Da ist bei uns schon wieder etwas mehr los. Was für ein Auto suchen Sie?«

»Einen dunklen Pick-up. Doppelkabine. Mit vier Scheinwerfern auf dem Dach.«

Seferis steuerte geschickt mit der Maus das Video an die Zeitmarke 4:30 Uhr.

»Hat es wegen eurer Überwachungskameras nicht mal Ärger gegeben?«, fragte Marie, während er das Video langsam laufen ließ.

»Ja. Ein paar Läden haben das etwas übertrieben. Die hatten in jeder Ecke eine Cam. Sogar auf dem Klo. Das hat für ziemlichen Wirbel gesorgt.«

»Was wollten die da überwachen?«

»Keine Ahnung. Vielleicht Junkies oder so. Wir haben schon immer nur eine Kamera am Außenschalter. Da sind auch schon Leute einfach abgehauen, ohne zu bezahlen. Das dürfen wir überwachen. Und für Sie ist es ja auch von Nutzen heute.«

»Das werden wir noch sehen.« Marie starrte konzentriert auf den Bildschirm. Die Bilder waren unscharf und ließen nur schwach Farben erkennen. Es war schon erstaunlich, wie viele Leute sich frühmorgens schon bei McDonald's verpflegten.

Auto für Auto tauchte am Schalter auf, Arme langten aus Fenstern und tauschten Tüten und Geld aus. Seferis ließ das Video schnell laufen, da bekam der Begriff Fast Food eine ganze neue Bedeutung. Ein Motorroller war dabei, ein offenes Cabrio. Im Oktober. Dann …

»Stopp«, rief Marie. »Zurück!«

Da war er. Der Pick-up von Benny Klein. Scheinwerfer auf dem Dach und hinter dem Steuer unverkennbar der blonde junge Mann. Und neben ihm ein weiterer Mann. Dunkelhaarig, nicht gut zu erkennen, da er sich gerade umdrehte. Vermutlich zum Rücksitz hin. Aber ob da noch jemand saß, konnte man nur erahnen. Marie gab dem Restaurantleiter einen USB-Stick und ließ sich die Datei kopieren.

Dann klingelte ihr Telefon. Walter war dran.

30. Kapitel

»Benny? Costa hier. Wo bist du?«

»Zu Hause in Lüneburg. Wieso?«

»Lars ist tot.«

»Ich weiß.«

»Hey, Mann. Benny. Lars ist tot!« Jetzt brüllte Costa ins Telefon. »Seine Mutter hat mich eben angerufen. Sie hat jede Menge Fragen gestellt. Sie hat der Polizei gesagt, dass wir uns kennen. Dich ruft sie bestimmt auch noch an.«

»Hat sie schon.«

»Und die Bullen stehen sicher gleich vor der Tür. Benny, warst du das?«, Costa brüllte immer noch, aber seine Stimme wurde schwächer. Er stand kurz vor einem Heulkrampf.

Benny spürte, dass er nun der Letzte war, der die Dinge halbwegs im Griff behalten konnte. Er musste nun für sich, für seinen Freund, für ihre Familien die Verantwortung übernehmen. Er musste den Zug, der mit Höchstgeschwindigkeit auf sie zu raste, aufhalten oder wenigstens umleiten.

»Ob ich was …?«

»Hast du Lars umgebracht, Benny?«

»Sag mal, spinnst du? Wie kommst du darauf? Du warst doch dabei, als wir ihn in der Hütte zurückgelassen haben. Da war er noch quicklebendig. Keine Ahnung, was dann passiert ist. Vielleicht konnte er sich befreien. Und dann hat er sich selbst aufgehängt. Der war doch völlig am Ende wegen dem verbrannten Penner.«

»Das glaubst du doch selbst nicht. Ich geh zur Polizei. Ich erzähle alles.«

»Drehst du jetzt auch durch?«

»Das ist das Beste, Benny. Echt. Sonst hängen die uns das mit Lars an und den toten Penner vom Bahnhof auch noch.«

»Was haben wir denn mit dem zu tun?«

»Nichts. Aber bevor sich die Bullen was zusammenreimen, erzählen wir ihnen lieber die Wahrheit.«

Benny schwieg eine Weile. Aber die Verbindung stand noch. Costa hörte Benny am anderen Ende atmen.

»Benny?«

»Ja. Bin da. Du hast wahrscheinlich Recht, Costa. Wir treten die Flucht nach vorn an. Aber, das müssen wir gut planen. Ich habe eine ziemlich coole Idee. Vertraust du mir?«

»Benny, ich ...«

»Costa, vertraust du mir?«

»Ja, Benny. Klar.«

»Also ich muss noch kurz was vorbereiten, dann hol ich dich ab. Wo?«

»Im Lokal. Aber beeil dich. Mein Vater nervt auch schon ziemlich. Ist misstrauisch.«

»Maximal ’ne Stunde. Dann bin ich da.«

**

Als Benny vor dem ›Zorbas‹ vorfuhr, stand Costa auf dem Vorplatz und stritt sich mit seinem Vater. Benny schaltete den Motor ab und fuhr die Scheibe herunter. Das Gespräch klang heftig, aber da die beiden auf Griechisch stritten, verstand Benny nichts.

»Los, Costa, komm! Mein Vater wartet in der Jagdhütte auf uns. Wir müssen uns beeilen.«

Costa stieg in Bennys Wagen. Dimitri blieb kopfschüttelnd, die Hände in die Hüften gestemmt, stehen.

»Was hat er?«, fragte Benny.

»Ach, er ist stinkig, weil ich genau am Mittag abhaue. Meine Mutter ist krank. Jetzt muss er alles alleine machen.«

»Verstehe.«

Benny startete den Wagen und fuhr zügig durch den dichten Innenstadtverkehr über die Ilmenau Richtung Süden.

Costa starrte vor sich hin, rutsche unruhig auf dem Sitz herum und pulte an seinen Fingernägeln. Benny sah immer wieder zu ihm herüber.

»Alles klar, Costa? Bist du okay?«

»Benny, wer hat Lars umgebracht?« Costa starrte weiter vor sich hin.

»Ich weiß es nicht. Vermutlich er selber. Hat sich befreit. Ist heulend durch den Wald gestapft, hat ein Seil gefunden und das hat ihn auf die Idee gebracht.«

»Diese bekloppte Story glaubst du doch selbst nicht.«

»Ich war es jedenfalls nicht.«

Costa schwieg.

Benny schlug plötzlich mit dem Handballen auf das Lenkrad und brüllte Costa an: »Glaubst du mir das? Costa, glaubst du mir, dass ich nichts mit Lars Tod zu tun habe, verdammt?«

»Ja, klar. Wo fahren wir hin? Am Polizeipräsidium bist du längst vorbei. Und zu der Jagdhütte, wo angeblich dein Vater wartet, geht es hier auch nicht.«

»Korrekt. Wir fahren zu den Leuten, die den armen Pennern das angetan haben. Wir fahren zu den Tätern. Und erst dann informieren wir die Bullen.«

»Zu den Tätern? Zu welchen Tätern? Die Bullen haben jetzt uns im Visier«, jammerte Costa.

»Sicher nicht. Die gehen davon aus, dass ich alleine im Auto war. Ihr steht gar nicht in deren Akten, Mann. Und dann haben die ja noch ein Bekennerschreiben bekommen.«

Jetzt sah Costa den Freund zum ersten Mal an.

»Was für ein Bekennerschreiben?«

»Ein paar verstrahlte Nazis ziehen da offenbar eine Art Säuberungsaktion durch und bringen Obdachlose um.«

Sie hatten Lüneburg verlassen und fuhren in recht dichtem Verkehr über die B4 durch die graugrüne Herbstlandschaft der Nordheide.

»Aha. Verstrahlte Nazis. So ein Zufall!« Costa schüttelte den Kopf. Dann schwieg er eine ganze Weile und sah aus dem Seitenfenster auf die Felder. Der Verkehr stockte. Ein Traktor mit Anhänger war von einem Feld auf die Landstraße eingebogen und bremste den Verkehr noch weiter runter. Erst mussten noch drei andere Wagen den Traktor bei regem Gegenverkehr überholen, bis Benny die ganze Power seines Sechs-Liter-Motors für den Überholvorgang abrufen konnte.

»Ich habe Angst, Benny«, sagte Costa, als Benny wieder auf der rechten Spur fuhr.

»Ich auch, Costa. Ich auch.«

In Bienenbüttel verließen sie die B4 und fuhren auf einer kleineren Straße weiter bis in einen Ort, der Natendorf hieß.

»Wir müssen den Wagen so parken, dass er nicht sofort gesehen wird«, sagte Benny wohl eher zu sich selbst.

»Wo wollen wir eigentlich hin? Zu deinen verstrahlten Nazis?«

»Genau. Ich hoffe aber, dass sie nicht zu Hause sind.«

Benny lenkte den Pick-up zu einer etwas abgelegenen, halbverfallenen Scheune und parkte ihn dicht an der Wand.

»So, kann losgehen«, sagte er offenbar voller Tatendrang und Zuversicht und Costa hätte nur gerne gewusst, was losgehen sollte.

31. Kapitel

Walter bewegte sich im Laufschritt, das war ungewöhnlich. Und er war im Freien, das konnte Marie durchs Handy deutlich hören.

»Marie, wo bist du?«

»Bei McDonald's.«

»Schön für dich. Guten Appetit. Wir müssen Benny Klein festnehmen.«

»Ja, das müssen wir, Walter.«

Jetzt hielt er offenbar an, um nicht völlig aus der Puste zu kommen.

»Wieso? Was hast du denn?«

»Zuerst du, Walter.«

»Gut. Die Kollegen haben in der Nähe der Fundstelle des Gehenkten im Wald Reifenspuren gefunden, die zu einem großen Allradfahrzeug passen. Und die gleichen Spuren an der Jagdhütte, die da in der Nähe ist.«

»Bennys Dodge«, sagte Marie ohne Fragezeichen.

»Und in der Jagdhütte einen umgekippten Stuhl und Kabelbinder. Da wurde jemand gefangen gehalten.«

»Lars Wimmer.« Wieder kein Fragezeichen.

»Vermutlich. Ich bin schon mit ein paar Leuten auf dem Weg zu Bennys Elternhaus. Die Kollegen in Hamburg suchen in seiner WG nach ihm. Und was hast du?«

Marie hörte durchs Telefon eine Autotür schlagen, dann wurden die Außengeräusche dumpfer. Walter saß nun in einem Auto. Und schon hörte sie auch eine Sirene.

»Benny war in der Nacht, als der Obdachlose angezündet wurde, nicht alleine in seinem Pick-up. Mindestens einer war noch dabei. Vermutlich zwei.«

»Seine Freunde Lars und Costa.«

Marie setzte das Blaulicht auf das Dach des Dienst-Golfs und steuerte die Stadtvilla der Familie Klein an.

Sie traf kurz nach den Kollegen ein. Vier Fahrzeuge mit Blaulicht standen nun vor dem repräsentativen Haus. Das kam nicht häufig vor in dieser vornehmen Straße im Roten Feld und so hingen viele Nachbarn in den Fenstern. Einige waren sogar auf die Straße getreten und verfolgten das Geschehen aus sicherer Entfernung.

Walter stand an der Tür, als Marie zu ihm aufschloss. Petra Klein öffnete. Sie sah die Polizisten verwundert an, musterte die Fahrzeuge und die uniformierten Beamten auf der Straße. Dann fixierte sie Marie und Walter. »Was ist los?«, fragte sie und es klang nach echter, unverfälschter Verwunderung.

»Frau Dr. Klein?«, fragte Walter der Form halber.

»Ja.«

»Ist Ihr Sohn Benny zu Hause?«

»Nein. Der ist eben weggefahren. Aber was wollen Sie denn von ihm? Hat er etwas angestellt?« Die Miene von Frau Klein wechselte von Verwunderung zu Angst.

»Wissen Sie, wo er hingefahren ist?«

»Hat er nicht gesagt. Aber ich habe zufällig gehört, dass er mit seinem Freund Costa telefoniert hat.«

»Danke«, Marie winkte zwei Beamte zum Eingang. »Diese beiden Kollegen werden jetzt bei Ihnen bleiben. Sie werden auf keinen Fall telefonieren, Frau Klein. Die

Kollegen werden sich auch in Bennys Zimmer umschauen. Ist Ihr Mann zu Hause?«

»Nein. Er ist im Büro.«

»Gut. Wir lassen ihn abholen und zu Ihnen bringen.«

Petra Klein zitterte am ganzen Körper. Marie wusste,
dass die Frau Kinderärztin war und sich für alles Mögliche ehrenamtlich engagierte. Frau Klein war bestimmt
nicht schüchtern. Doch in diesem Moment hatte sie
nicht den Mut, die vielen Fragen zu stellen, die ihr
durch den Kopf gingen. Sie ließ die Beamten ins Haus
und fragte nur fast flehend: »Können Sie mir nicht sagen, was passiert ist?«

Marie und Walter drehten sich kopfschüttelnd um,
gingen die Treppe hinunter zur Straße und stiegen in
den Golf. Gefolgt von einem der beiden Streifenwagen
steuerten sie das Restaurant ›Zorbas‹ an.

***

Dimitri Lazaridis brachte gerade Müll heraus, als die
Polizeifahrzeuge auf den Hof seines Restaurants fuhren.
Er blieb stehen, ließ die beiden Mülltüten auf den Boden sinken.

»Marie? Was ist?«, stammelt er und es klang fast wie
ein Hilferuf.

»Dimitri, ist dein Sohn da?«

»Nein. Der ist eben weggefahren. Mit Benny.«

»Wohin?«

»Das weiß ich nicht. Benny hat gesagt, sein Vater warte in irgendeiner Jagdhütte. Keine Ahnung wieso. Was ist denn los? Was haben die Jungs gemacht? Ich habe die ganze Zeit schon so ein komisches Gefühl.«

»Kann ich dir gerade nicht erklären, Dimitri.«

Maries Handy brummte. Ein Beamter berichtete, dass Christoph Klein nicht mehr in seiner Kanzlei angetroffen wurde. Er habe das Büro vor zwanzig Minuten mit unbekanntem Ziel verlassen. Zu Hause war er nicht eingetroffen. Von dort kam aber eine neue, beunruhigende Nachricht. Eines der Jagdgewehre von Christoph Klein fehlte. Das sei Frau Klein aufgefallen.

Ein Grund mehr für Marie, die Verfolgung sofort aufzunehmen. Sie orderte über Funk Verstärkung zur Jagdhütte. Dann rief sie Weide an und brachte ihn auf den aktuellen Stand. Er war im Büro. Sie bot ihm an, ebenfalls zur Jagdhütte zu kommen. Aber sie würde ihn dort nicht brauchen.

Als sie den Wagen vom Parkplatz des Restaurants lenkte, kamen vom nahegelegenen Polizeipräsidium zwei Streifenwagen mit Alarm um die Kurve. Einer fuhr voraus, der andere bremste kurz, um Marie einscheren zu lassen. So fuhr sie eingerahmt von den beiden Fahrzeugen über die Dahlenburger Landstraße aus der Stadt.

Sie rasten mit weit über hundert Stundenkilometern Richtung Osten. Es herrschte recht viel Verkehr an diesem Freitagnachmittag. Schwerfällig machten die anderen Autofahrer der heranstürmenden Polizeigewalt Platz.

Abrupt bog der Streifenwagen in einen Waldweg ein. Marie ging voll auf die Bremse und riss den Wagen herum. Viel zu schnell folgte sie dem Passat vor ihr. Die Fahrzeuge waren für den schlechter werdenden Weg nicht gemacht. Da kam der dicke Dodge besser durch, dachte Marie. Plötzlich stoppte der Streifenwagen vor ihr.

Zwischen den Bäumen, in einhundert Meter Entfernung, sah man die Jagdhütte. Ein Fahrzeug war nicht zu sehen. Sie parkten die Autos und näherten sich langsam zu Fuß der Hütte. Nichts rührte sich.

»Hey, Benny«, rief Marie, »Costa. Sind Sie da drin?«

Keine Antwort. Aber Geräusche. In der Hütte bewegte sich etwas.

Man konnte nicht in die Hütte sehen, die Fensterläden waren alle geschlossen. Zwei Beamte gingen um die Hütte herum. An der Rückseite befanden sich keine Fenster.

Von Ferne drang Motorenlärm durch den Wald. Ein dunkelgrüner Mercedes-Bus fuhr schwankend über den Waldweg.

»Da kommt die Kavallerie«, knurrte Walter.

Der Wagen hielt und acht Polizisten in voller Kampfmontur stiegen aus. Stiefel, Körperschutz, Maschinenpistolen. Die Helme setzten sie gerade auf. Der Leiter der Truppe, noch ohne Helm, ging auf Marie und Walter zu. Dann sprach er Walter an.

»Polizeikommissar Rother, moin. Was liegt an?«

Walter schüttelte nur den Kopf und nickte in Richtung Marie. Rother verstand erst nicht. Der Arsch, dachte Marie, geht natürlich ungeprüft davon aus, dass der Mann der Leitende Beamte hier ist. Sie hätte Walter für seine coole Reaktion knutschen können.

»Kriminalkommissarin Marie Gläser, mein Kollege Kriminalmeister Walter Sobchak. Schön, dass Sie und Ihre Leute uns helfen wollen.«

Rother schluckte kurz und ließ sich dann von Marie die Lage schildern. Als sie fertig war, nahm sie den Chef des MEK beiseite. »Herr Rother, da drin sind vermutlich zwei eigentlich harmlose Jungs. Die haben Mist gebaut und sind jetzt ziemlich überfordert. Die werden da bald rauskommen. Ohne Stress. Ganz sicher. Wenn Sie da mit Ihren Jungs zu schnell reinstürmen ...«

Rother unterbrach sie grinsend. Zeit für eine Retourkutsche: »Sind nicht nur Jungs, auch zwei Mädels.«

Nun musste auch Marie grinsen.

»Sie verstehen, was ich meine. Hier muss heute kein Blut fließen. Echt nicht. Geduld. Ein bisschen reden und dann kommen der kleine Benny und der kleine Costa ganz friedlich mit uns.«

»Na, wenn Sie das sagen. Es liegen viele Kollegen auf dem Friedhof, die so gedacht haben.«

Marie sah ihn ernst an: »Herr Rother, sind wir uns einig, dass ich hier den Einsatz leite?«

Rother nickte.

»Benny«, rief Marie. »Sind Sie da drin?«

Nun rumorte es lauter in der Jagdhütte. Marie war so, als hörte sie Stimmen. Flüstern.

Sie ging näher auf die Hütte zu. Ihre Waffe steckte noch im Holster, aber ihre Hand lag auf dem Griff.

Rother schob sich an ihr vorbei, ging langsam vor ihr her. Dann rannte er in seiner Schutzkleidung urplötzlich los, sprang auf die kleine Veranda der Jagdhütte und trat mit Schwung gegen die Holztür, die mit lautem Krachen aufflog. Es folgte ein steinerweichender Schrei.

32. Kapitel

Stephan Weide hatte sich entschlossen, nicht zur Jagdhütte zu fahren, er folgte einem anderen Gedanken. Er betrat die Einsatzzentrale und nahm den Leitenden Beamten dort beiseite. Der Mann hieß Semrau, was glücklicherweise auf seiner Uniform stand, denn Weide kannte ihn nicht. Und selbst wenn er ihm schon vorgestellt worden wäre, hätte er seinen Namen längst wieder vergessen. Semrau war ein Mann in den Fünfzigern. Jahrzehnte im Polizeidienst hatten ihm einen stattlichen Bauch verliehen. Die roten Äderchen des Bluthochdrucks marmorierten sein Gesicht. Aber was man ihm auch ansah, seiner geraden Haltung, seinen wachen und klaren Augen: Er war korrekt. Kannte alle Vorschriften und befolgte sie. Bis zum letzten Atemzug, den er vermutlich noch vor der Pensionierung machen würde.

»Herr Semrau, ich brauche mal Ihre schnelle und nicht ganz so bürokratische Hilfe.«

»Ja, Herr Weide. Gerne. Worum geht es?«

»Eine Handyortung. Jetzt sofort. Und sehr genau.«

»Das ist doch kein Problem.« Semrau fingerte einen kleinen Notizblock und einen Kuli aus der Brusttasche. »Wie lautet die Nummer?«

»Das Problem ist, Herr Semrau, dass mein Flüchtiger die Stadt längst verlassen hat und nun vermutlich mit hoher Geschwindigkeit durch die unendlichen Weiten der nordniedersächsischen Tundra jagt. Da draußen sind die Mobilfunkzellen so groß, dass ich nur raten kann, wo der Kerl herumfährt. Es dauert mir zu lange, die Stecknadel im Heuhaufen zu suchen.«

»Und was schwebt Ihnen da vor, Herr Weide?« Semrau war neugierig.

»Na, Sie haben da doch so ein neues System in der Erprobung von den bayerischen Kollegen. Da soll die Ortung, wie ich gelesen habe, viel genauer sein.«

»Ach, das meinen Sie.« Semrau grinste verschwörerisch. »Ja, das ist eine tolle Sache. Das läuft nicht über die Mobilfunkbetreiber, sondern direkt über eine unsichtbare SMS, die an das gesuchte Handy geschickt und unbemerkt automatisch beantwortet wird. Da bekommen wir dann exakte Koordinaten. Vorausgesetzt, wir haben es mit einem GPS-fähigen Gerät zu tun.«

»Und das kann man mehrmals hintereinander machen? So, dass man auch ein Handy in einem fahrenden Auto verfolgen kann?«

»Klar. So oft Sie wollen. Das Handy muss allerdings eingeschaltet und im Netz sein. Im Funkloch ist Sense.«

Semrau war sichtlich stolz auf sein Wissen. Dann sah er Weide ernst an.

»Sie wissen aber auch, dass das noch gar nicht genehmigt ist? Wir testen nur die technische Seite. Über die Zulassung brüten in Hannover noch die Datenschützer. Und das kann bekanntlich dauern.«

»Ja, ich weiß.« Weide wurde ungeduldig. Ihm lief die Zeit davon. Er brauchte den beflissenen Semrau als Verbündeten, sonst würde nichts aus der schnellen Ortung.

»Aber es zu testen, heißt ja auch, es einzusetzen. Im Ernstfall. Und das hier ist ein Ernstfall. Ein mehrfacher Mörder. Ich würde Sie ja nicht wegen eines Hühnerdiebes belästigen.«

Semrau senkte den Kopf. Er dachte nach. Das Pflichtgefühl des Beamten gegen die Leidenschaft des Verbrechensaufklärers. Letzterer siegte.

»Gut, Herr Weide. Wir machen das und Sie reden nicht groß darüber.«

Weide nickte Semrau kumpelhaft zu, rief Marie an und ließ sich die Handynummern von Costa und Benny geben. Als sie wissen wollte, wozu, bedankte er sich nur und legte auf.

Keine fünf Minuten später saß Stephan Weide mit einem Streifenpolizisten – hieß er Schröder oder Schlosser?, Weide überlegte kurz – in einem Streifenwagen und verließ die Stadt in südlicher Richtung. Semrau leitete die beiden über Funk hinter dem georteten Handy von Costa her. Alle paar Minuten gab er die Position durch.

33. Kapitel

Benny griff in den Fußraum der Rückbank und holte eine längliche, dunkelgrüne Hülle hervor. Unschwer zu erkennen, was das war.

»Ein Gewehr? Bist du irre?«

»Nur zur Sicherheit. Und zum Drohen. Ist gar nicht geladen, die Büchse. Keine Angst.«

Benny schob das Gewehr so gut es ging unter seine Jacke. Er hatte extra das kurze Marlin mitgenommen. Ein Unterrepetiergewehr, mit dem sein Vater auf Schwarzwild ging. Das ließ sich einigermaßen verstecken.

»Ein Gewehr. Mensch, Benny, ich fasse es nicht.«

»Hey, krieg dich wieder ein. Das sind Nazis, üble Typen, keine Studenten.«

Benny ging langsam über eine schmale Kopfsteinpflasterstraße in diesem Kaff Natendorf. Er wusste offenbar genau, wo er hinwollte. Costa folgte ihm. Benny sah sich immer wieder um. Die Straßen waren wie ausgestorben. Während der Mittagszeit an einem Freitag hielten die Bewohner der schmucken Backsteinhäuschen sicher Mittagsschlaf oder gingen in Lüneburg oder Uelzen ihrer Arbeit nach.

Costa schloss zu Benny auf.

»Kannst du mich mal kurz aufklären, was wir hier machen?«

»Ja. Wir gehen zum Clubhaus der ›Heimatfreunde Nordheide‹.«

»Ach, sind das deine verstrahlten Nazis, die Penner anzünden?«

»Nein, eigentlich nicht. Aber wir machen sie dazu.« Benny zog einen USB-Stick aus der Hosentasche und hielt ihn Costa vors Gesicht.

»Ich verstehe überhaupt nichts.«

»Gleich, mein hellenischer Freund, wirst auch du erkennen«, sagte Benny mit gespieltem Pathos. Ihm schien die Sache richtig Spaß zu machen. Hatte er vergessen, was alles geschehen war? Sie hatten einen Menschen auf dem Gewissen. Und ihren Freund Lars irgendwie auch. Sie mussten damit rechnen, entdeckt zu werden, ins Gefängnis zu gehen. Und Benny spielte hier Gangster. Costa bemerkte, wie wenig er den Freund, mit dem er fast sein ganzes Leben verbracht hatte, kannte.

Sie näherten sich einem kleinen Häuschen, abseits in einer Sackgasse. Vor dem Haus stand ein schneeweißer Fahnenmast mit einer Deutschlandflagge.

Benny ging durch eine Toreinfahrt und hinter das Haus. Ein großer, ungepflegter Garten grenzte an die endlose Landschaft der Felder. Mit einem Taschenmesser öffnete Benny die Hintertür des Hauses.

»Schön, die Heimatfreunde sind nicht in der Heimat«, sagte er und trat ein.

Ein großer, niedriger Raum, Stuhlreihen, ein Beamer. Hier hielten die Heimatfreunde wohl ihre Seminare ab. Auf einem Tisch stand ein Computer. Ein recht neues Gerät. Benny lehnte das Gewehr an einen Stuhl, setzte sich an den Tisch und bewegte die Maus. Der PC war im Standby-Modus und zeigte sofort den Bildschirmhintergrund: eine Reichskriegsflagge.

»Woher kennst du diese Typen eigentlich? Warst du schon mal hier?«, fragte Costa, der unruhig hinter Benny stand und abwechselnd auf den Bildschirm und durch das Fenster zur Straße blickte. Er hatte Angst.

»Einer dieser Fascho-Typen arbeitet in dem Laden, wo ich meinen Dodge gekauft habe. Der hat den damals angemeldet. Den Fahrzeugschein hat er mir gegeben, aber den Brief hatte er in seiner Jacke stecken, der Blödmann. Ich habe das erst später bemerkt. Und da hat er mich hierher beordert, das Ding holen.«

»Und das war dem nicht unangenehm, dass du hier in seine Nazi-Höhle kommst?«

»Nö. Ich glaub, der war richtig stolz darauf. Vielleicht dachte er, dass ich auch darauf abfahre.«

Auf dem Bildschirm prangte unübersehbar das Eingabefeld für ein Passwort.

»Das war's ja dann wohl«, stöhnte Costa. »Lass uns abhauen.«

»Quatsch.« Benny hob die Tastatur an und sah darunter, dann unter die Maus, unter das Mousepad. Er schaute hinter den Bildschirm, schließlich unter den auf dem Boden stehenden Computer selbst.

»Na, also«, triumphierte er und gab das Passwort ein. Es stimmte.

»Wie kommst du ...?«

»Ganz einfach. An der Kiste arbeiten eine Menge Leute. Auch doofe Leute, Leute die oft besoffen sind. Die können sich doch kein Passwort merken. Also wird es hier irgendwo versteckt. Sind halt Blödmänner.«

»Und wie lautet es?«

»Fuehrerbunker2017, mit ue.«

»Wie originell.«

Nun steckte Benny den USB-Stick in den Rechner.

»Und jetzt?« Costa war so fasziniert von der Professionalität, mit der Benny hier vorging, dass er fast seine Angst und seine Beklemmung vergaß.

»Hier habe ich die Datei mit dem Bekennerschreiben. Die ziehe ich jetzt in einen Ordner, den ich ...« Er dachte kurz nach, »›Saubermachen‹ nenne. Außerdem ein paar Scans mit Zeitungsbeiträgen zu den toten Pennern. Besonders stolz bin ich auf diese Datei. Habe ich heute Morgen noch schnell gemacht. Natürlich in den Dokumenteneigenschaften zurückdatiert.«

»Was ist das?«

Benny öffnete das Word-Dokument. Man sah Fotos von Menschen. Unverkennbar Obdachlose. Alte und junge. Männer und Frauen. Menschen, die im Dreck lagen, Betrunkene, zahnlos Lachende, ein Panoptikum des gesellschaftlichen Bodensatzes. Fünfzehn oder zwanzig Bilder. Daneben kurze Texte. Ortsangaben. Straßennamen aus Lüneburg.

»Eine Todesliste«, stieß Costa hervor und Benny grinste.

»Hast du etwa die Leute alle fotografiert?«

»Ach Quatsch, du bist ja lustig. Die habe ich alle aus dem Netz. Keine Ahnung, wer die wo fotografiert hat. Ich habe darauf geachtet, dass man nicht sieht, wo die aufgenommen sind. Kann überall sein.«

»Mann, du bist ja völlig irre. Und darauf sollen die Bullen reinfallen?«

»Die werden das gar nicht genauer überprüfen. Die haben ihre Beweise und fertig. Fall gelöst. Und Nazis verhaften kommt immer gut.«

Benny schloss die Datei.

»Um es nicht zu einfach zu machen, verstecke ich den Ordner jetzt. Das wirkt konspirativ. Aber ich bin sicher, dass die Bullen, wenn sie einen PC untersuchen, als Erstes nach versteckten Dateien gucken.«

Benny versetzte den Rechner gerade wieder in den Ruhezustand, da hörten sie ein Geräusch. Ein Wagen fuhr vor.

34. Kapitel

Natendorf stand auf dem gelben Ortsschild, das sie nun passierten. Das Auto der Gesuchten war offenbar zum Stehen gekommen. Semrau gab keine neue Position mehr durch. Er hatte die letzten Koordinaten an Weide geschickt, der nun über das Handy den Beamten am Steuer lotste.

Sie fanden den Dodge an der Wand einer baufälligen Scheune. Er war leer. Durch das Fenster sahen sie in der Mittelkonsole ein Handy liegen.

»Mh, was jetzt?«, fragte Schlosser oder Schröder, offenbar unwillig, sich selbst über die Antwort auf diese Frage Gedanken zu machen.

»Sie werden ja irgendwo hier im Dorf sein. Wenn sie nicht das Auto gewechselt haben. Aber wir können ja schlecht von Haus zu Haus gehen.«

Weide ging um das Gebäude herum. An der Kopfseite war ein halbverfallenes Tor. Er zwängte sich durch einen Spalt und betrat die Scheune. Sie war zu einem Viertel mit Strohballen gefüllt, die dunkel und verfault aussahen. Ein verrostetes Gerät, das man hinter einen Traktor spannt, um irgendetwas auf dem Feld zu machen, lag herum. Sicher unbrauchbar. Diese Scheune hatte ihr Besitzer längst vergessen.

Er schob das Scheunentor auf, wobei ein paar Bretter herunterfielen. Nun war es völlig hinüber.

Der Polizeibeamte – Weide kam immer noch nicht auf den Namen – stand immer noch an derselben Stelle wie zuvor und glotzte auf den Dodge. Wartete er auf einen Marschbefehl?

»Das Einzige, was wir jetzt tun können, ist abwarten. Sie fahren mal unser kunterbuntes Auto in die Scheune. Sonst wird das ganze Dorf nervös. Und dann warten Sie in der Scheune, ob die Jungs zum Auto zurückkommen. Ich gehe mal ein bisschen im Dorf spazieren.«

Der Beamte, Schlosser hieß er, jetzt schaute Weide auf die Uniform mit dem Namen, setzte sich in Bewegung.

Stephan Weide machte sich auf den Weg durch das Dorf. Wie hieß es noch gleich? Ein schmuckes Dorf. Alte Bausubstanz, top restauriert. Man sah Fotovoltaik-Anlagen auf den Dächern, moderne Fenster, gepflegte Gärten. Schöne, komfortable Häuser. Vor ein paar Monaten, als er für seine Frau Miriam, seine kleine Tochter Hedwig und sich noch ein Haus suchte, hätte er sicher auch hier fündig werden können.

Das Dorf lag verschlafen da. Keine Menschen auf den Straßen. Manchmal meinte er, ein Gesicht hinter einer Gardine zu bemerken. Fremden gegenüber war man hier bestimmt misstrauisch. Er ging um die schöne kleine Backsteinkirche und trat dann den Rückweg zur Scheune an. Sein Spaziergang hatte ihn nicht schlauer gemacht.

In der Scheune stand der Streifenwagen, daran lehnte der Uniformierte und rauchte. Weide wollte ihn gerade wegen der Brandgefahr rüffeln, da klingelte sein Telefon.

»Herr Weide, wir haben die Jagdhütte gestürmt«, sagte Marie.

»Und?«

»Eine Wildsau mit ihren Frischlingen war drin. Ein totaler Reinfall. Die Jungs haben uns verarscht. Wo sind Sie?«

»Ganz in der Nähe der Jungs, aber ich finde sie nicht.«

»Was? Wie?«

»Ja. Ich habe den Wagen über Handyortung in einem Dorf südlich von Lüneburg gefunden. Aber die beiden sind verschwunden. Das Dorf heißt ...«, er wandte sich an den Kollegen, der die Zigarette wegschnippte, »wie heißt das Kaff noch?«

»Natendorf«, sagte der und sah Weide neugierig an.

»Natendorf heißt das Kaff.«

»Das ist ja interessant, einen Moment bitte.«

Weide hörte, dass Marie mit jemandem sprach, konnte aber nichts verstehen. Dann sprach plötzlich Walter Sobchak zu ihm:

»Herr Weide, ich weiß, wo die Jungs sind. Es gibt da ein Haus in dem Dorf, das einem ominösen Heimatverein als Hauptquartier dient.«

»Woher wissen Sie das?«

»Entschuldigung, Chef, aber das ist jetzt nicht wichtig.«

»Und was wollen die da?«

»Das kann ich Ihnen auch nicht sagen. Ich weiß nur, dass sie ein Jagdgewehr bei sich haben. Seien Sie also vorsichtig. Wir sind in höchstens zwanzig Minuten da.«

Sobchak erklärte Weide die Lage des Hauses. Weide machte sich mit dem Polizisten auf die Suche. Den Streifenwagen ließen sie in der Scheune. Zu viel Aufmerksamkeit war jetzt schädlich.

Sie mussten nicht weit gehen, um das von Sobchak beschriebene Haus zu finden. Vor dem kleinen Backsteingebäude wehte eine Deutschlandflagge.

Er versteckte sich mit dem Beamten in einem Gebüsch in gut hundert Meter Entfernung vom Haus und rief Marie an.

»Wir haben das Haus im Blick. Ob Benny und sein Freund drin sind, können wir nicht sehen. Wir warten ab.«

»Gut«, sagte Marie. Im Hintergrund hörte man Fahrgeräusche und Polizeisirenen. »Wir sind unterwegs.«

In diesem Moment fuhr ein amerikanischer Pick-up mit der Werbeaufschrift von ›US Special Cars‹ vor dem Haus vor. Weide brauchte einen Moment, um die Rolle dieser Firma in seinem Fall zu memorieren, aber dann hatte er es. In diesem Laden hatte Benny seinen Angeberschlitten gekauft. Die Pillen ließen Weide fast nie im Stich.

Der Fahrer stieg aus. Weide kannte ihn nicht. Es war nicht der Chef, den er auf der Dienststelle getroffen hatte. Der Mann ging zur Eingangstür und schloss sie auf.

Der Beifahrer stieg ebenfalls aus, nahm eine mittelgroße Kiste von der Ladefläche, rief dem anderen etwas zu und ging mit der Kiste durch eine Toreinfahrt hinter das Haus. Dann verschwand der Erste im Haus.

35. Kapitel

Es war der Pick-up von diesem Mechaniker, diesem Werner Grüther. Scheiße. Was machte der hier an einem Werktag? Musste der nicht in seiner Werkstatt schrauben?

Costa starrte Benny an. Gelähmt, auf irgendein Zeichen wartend.

»Los«, zischte Benny, »dahinten ist ein Badezimmer.«

Während sie im hinteren Teil des Hauses in das enge Bad verschwanden, öffnete sich die Vordertür und Werner Grüther trat ein. Er pfiff leise vor sich hin und murmelte Selbstgespräche. Er war allein.

Im Badezimmer hielten Costa und Benny die Luft an. Der schmale Raum bot Platz für eine Badewanne, ein Klo und ein Waschbecken. Alles war alt und ungepflegt. Gebadet hatte hier schon ewig niemand mehr, die Wanne grau von klebrigem Staub. An der Toilette war die Klobrille hochgeklappt, bei den Nazis wurde noch im Stehen gepinkelt. Am Waschbecken stand ein Seifenspender. An einem Haken daneben hing ein fleckiges, hellgraues Handtuch.

»Das Gewehr«, platze Costa heraus. »Das lehnt da noch am Stuhl.«

»Mist. Wenn er das findet, ist er eindeutig im Vorteil.«

»Wieso? Ich denke, das ist nicht geladen?«

Benny schwieg.

»Du bist so ein Vollidiot, Benny. Was ist nur los mit dir? Wann bist du so ein bescheuerter Gangster geworden? Willst du hier ernsthaft jemanden abknallen?«

»Sei leise, verdammt. Und, nein, ich will niemanden abknallen. Ich will aber auch nicht abgeknallt werden.«

Benny schlich sich an die Tür.

»Ich sprinte zu dem Gewehr und schnapp mir das. Du rennst zur Hintertür und hältst sie auf. Dann hauen wir beide ab. Wenn wir leise sind, merkt der das gar nicht.«

Costa nickte.

Benny drückte die Türklinke herunter. Sie quietschte leise. Die Tür quietschte beim Öffnen und auch die Dielen unter seinen Füßen quietschten. Das Haus machte einen Lärm, wie eine bremsende Straßenbahn. Wieso war ihm das vorher nicht aufgefallen?

Mit großen Schritten ging Benny durch den Seminarraum. Je weniger Schritte, umso weniger Quietschen. Er streckte den Arm, um das Gewehr zu greifen, erreichte es aber nur mit den Fingerspitzen, das Ding fiel um, krachte gegen den Schreibtischstuhl, der ein Stück rollte, gegen den Tisch. Alles begleitet von heftigem Geschepper.

Die Tür flog auf und Werner Grüther stürmte herein.

»Was ist denn hier los?«, fragte er, und als er Benny erblickte, wurde er wütend.

»Was machst du denn hier?«

Benny nutzte den Moment, griff das am Boden liegende Gewehr und streifte mit einer schnellen Bewegung das Futteral ab. Er hielt die Waffe in Hüfthöhe, auf Grüther gerichtet und drückte den Repetierhebel nach unten. Das Geräusch gut geölter mechanischer Abläufe signalisierte die Einsatzbereitschaft der Waffe.

»Keinen Schritt weiter. Ich meine es ernst.«

Grüther sah Benny fassungslos an. Aber er hatte keine Angst. Kein bisschen. Und das machte wiederum Benny Angst.

»Oh, Scheiße«, sagte Costa, der plötzlich hinter Benny stand.

Benny konzentrierte sich darauf, das Gewehr ruhig zu halten. Das leiseste Zittern würde seine Position erheblich schwächen.

»Könnt ihr beiden Clowns mir mal verraten, was ihr hier macht?« Grüther stand völlig entspannt da und ließ den Blick zwischen Benny und Costa hin und her wandern. Das Gewehr beachtete er gar nicht.

Benny fiel auf die einfache Frage keine Antwort ein. Er konnte ja schlecht sagen, dass sie den Heimatfreunden einen Doppelmord anhängen wollten.

»Setz dich da hin«, sagte Benny und deutete mit dem Gewehr auf den Stuhl, der neben Grüther stand. Der setzte sich. Langsam. Dabei sah er Benny herausfordernd an.

»Ich warte. Was soll das hier werden?«

Costa stand nun dicht neben Benny und schwieg. Er zitterte. Auf eine solche Situation war er nicht vorbereitet. Benny sicher auch nicht, aber der kam irgendwie damit klar.

Plötzlich eine Stimme von hinten: »Was geht denn hier ab?«

Benny und Costa fuhren zu dem Neuankömmling herum. Ein junger Kerl, groß muskulös, auf seinem schwarzen Kapuzenshirt stand in weißer Frakturschrift *Treue, Ehre, Heimat.*

Die kurze Zeit, die Benny seine Aufmerksamkeit von im abwandte, reichte Werner Grüther aus. Mit einem Satz sprang er hoch, auf Benny zu, entriss ihm die Waffe und richtete sie auf ihn und Costa.

»So, ihr Spinner, jetzt setzt ihr euch mal hin. Da in die Ecke.«

Er trat gegen zwei Stühle, die in eine Ecke rutschten. Benny und Costa nahmen darauf Platz.

»Ey, Werner, was sind das für Typen? Was wollen die hier?«, fragte der junge Muskelmann.

»Das weiß ich nicht. Ich hoffe, dass wir das jetzt erfahren, Bolle.«

Der mit Bolle Angesprochene sah zum Schreibtisch und zum Computer. Er ging zu dem Gerät und zog den USB-Stick heraus. Costa sah Benny an und sein Blick war pure Anklage.

»Hey, guck mal, Werner, was ist das denn? Was da wohl drauf ist?«

Bolle setzte den Rechner in Gang und öffnete die Dateien auf dem USB-Stick.

»Guck ma, lauter alte Penner. Mit Adressen. Was soll das denn? Kapierst du das, Werner?«

»Nee. Was ist denn da noch drauf?« Werner sah nur kurz zu seinem Kameraden am Rechner, behielt ansonsten Benny und Costa im Blick. Beide waren völlig mutlos. Unfähig zu einer Attacke, sogar unfähig, etwas zu sagen. Dieser Werner würde schießen, wenn es darauf ankäme, da war Benny sicher.

»Hier ein Brief«, sagte Bolle und starrte in verkrampfter Konzentration auf den Bildschirm.

»Lies mal vor!«

Bolle begann zu lesen. Langsam, stockend. Lesen gehörte nicht zu seinen Stärken. »Wir bekennen uns zur Entsorgung eines Lüneburger Penners am 16. Oktober 2017.

Dieser Penner musste sterben als Mahnung an alle asozialen Elemente deutschen und ausländischen Ursprungs in Lüneburg.

Penner, Asylanten, Junkies und anderes Gesocks: Verlasst schnellstmöglich unsere schöne Stadt. Ihr könnt irgendwo anders die Bürger drangsalieren und die Sozialkassen schröpfen. Sonst war dies nicht der letzte Tote.

Aktion für ein bürgerfreundliches Lüneburg.«

Bolle endete sichtlich erschöpft den Vortrag. »Ich kapier gar nichts. Was soll das?«

»Ich vermute mal, dass diese beiden Herren dort diesen Mist auf unseren Rechner packen wollten, um uns einen Mord anzuhängen. Oder vielleicht zwei, denn nach dem Mord ist ja noch ein Penner verbrannt.«

Werner funkelte Benny und Costa an: »Kann das sein, meine jungen Freunde? Wolltet ihr diesen Quatsch auf unserer Festplatte ablegen und dann den Bullen einen Tipp geben? Und die Fotos von den Pennern? Sollten das unsere nächsten Opfer sein?« Er lachte hämisch. »Für wie blöd haltet ihr die Bullen eigentlich?«

Benny und Costa sahen auf den Boden wie Achtklässler, die man auf dem Klo beim Rauchen erwischt hatte. Benny war sich dessen bewusst. Er spürte seine Schwäche und die Überlegenheit dieser harten Typen hier.

Und Costa sah man seine Verzweiflung noch deutlicher an. Er war kreidebleich, schwitzte und hatte überhaupt keine Körperspannung mehr.

Werner genoss die Situation. Überheblich grinsend führte er das große Wort. Sein Kamerad nickte nur dümmlich.

»Das alles lässt ja nur den Schluss zu, dass ihr die beiden Penner abgefackelt habt und nun eure ansonsten so weißen Westen wieder sauberwaschen wollt, oder?«

»Nein, das ist ...« Aber Benny konnte nicht ausreden.

»Mann, oh Mann. Was seid ihr nur für Scheißkerle. Arme Schweine, Obdachlose, die keinem was getan haben, heimtückisch ermorden. Wahnsinn. Warum?«

Benny holte wieder Luft, aber Werner ließ keine Entgegnung zu.

»Bist du nicht der Sohn von so nem reichen Anwalt? Fette Villa, kannst studieren und so. Warum machst du das?«

»Nein, wir haben das nicht gemacht. Das war anders.«

»Ach echt, wie denn?«

Benny hatte eine Idee und die gab im wieder etwas Mut. Costa spürte nichts davon.

»Ja, der erste Penner, das waren wir. Also nicht wir beide, sondern unser Kumpel. Aber wir waren dabei.«

»Und wo ist euer Kumpel jetzt?«, fragte Bolle.

»Der ist tot, hat sich aufgehängt«, sagte Costa und Benny war überrascht über diesen Vorstoß und über diese neue Einschätzung zu Lars Tod. Sollte Costa endlich vernünftig werden?

»Hätte ich auch gemacht, wenn ich so eine arme Socke abgefackelte hätte«, sagte Werner.

»Wer den Penner am Bahnhof angezündet hat, wissen wir nicht. Wir waren es jedenfalls nicht.«

»Verstehe. Und wenn ihr das nun so aussehen lasst, als ob ein paar völkische Freunde hier das Land säubern wollen, dann verlieren die Bullen das Interesse an euch. Klingt clever, ist aber total bescheuert, oder Bolle?«

»Ja, total bescheuert.«

Werner hatte das Gewehr nur noch achtlos auf dem Schoß liegen. Das wurde hier immer mehr zu einer Art lockerer Unterhaltung.

»So bescheuert ist das gar nicht«, fing nun Benny an, seinen neuen Plan auszubreiten. »Überlegt mal: Bei diesen NSU-Morden haben die Bullen über zehn Jahre lang viele Einzelfälle untersucht, alle möglichen Hintergründe und Motive herangezogen und sind nie darauf gekommen, dass es sich um zusammenhängende, politisch motivierte Morde handelte. Die sehen doch nur, was sie sehen wollen.«

»Und was hat das mit deinen verbrannten Pennern zu tun?«, wollte Werner wissen.

»Na, wenn es jetzt Hinweise auf so einen politischen Hintergrund gibt, werden die Bullen sich da voll drauf konzentrieren. Die werden richtig happy sein. Schließlich haben sie für diese NSU-Sache ordentlich Prügel kassiert. Da wollen die denselben Fehler nicht noch mal machen.«

Bolle kratzte sich am Kopf, zog sein Handy aus der Tasche und spielte darauf herum. Er war aus dem Gespräch ausgestiegen. Aber Werner war jetzt mittendrin.

»Ja, stimmt. Bist doch nicht so doof, wie ich dachte. Was studierst du noch?«

»Jura.«

»Ja. Wirst bestimmt mal ein guter Anwalt. Wenn du aufhörst, unbescholtene Bürger anzuzünden. Aber dein Plan hat einen kleinen Fehler.«

Benny sah ihn herausfordernd an.

»Wir Heimatfreunde haben überhaupt keine Lust, die Sündenböcke für euren Scheiß zu sein. Wir sind nämlich nicht so blöd, wie ihr glaubt. Wir sind keine hohlen Prügelnazis. Wir sind Menschen, die völkisch und vaterländisch denken. Wir sind politisch. Wir sind keine Killer. Aber den Unterschied kapiert ihr liberalen Wichser ja nicht.«

»Und wer ist so blöd?« Benny war nun vom bedrohten Opfer zu einem Verhandlungspartner geworden. Werners Aufmerksamkeit und sein Kompliment hatten ihm neue Energie verliehen. Das spürte nun auch Costa, der wieder etwas Spannung aufbaute und Farbe im Gesicht bekam.

»Wie meinst du das?«

»Wer sind die Prügelnazis, denen solche Taten zuzutrauen sind und die zu blöd sind, den Verdacht abzuwenden? Ihr kennt doch bestimmt solche Typen.«

Jetzt nahm Werner das Gewehr vom Schoss und lehnte es an den Schreibtisch. Er war interessiert.

»Ey, Bolle, kapierst, du was hier läuft?«

Der Hüne sah von seinem Handy auf, blickte Werner und die Jungs an: »Nee, nicht so ganz.«

»Ich glaube, der kleine Benny, du heißt doch Benny, will uns einen Deal vorschlagen, um seinen Arsch zu retten. Der feine Herr Anwalt. Stimmt's Benny?«

»Wenn ihr uns helft, den Verdacht auf andere zu lenken, nachhaltig und erfolgreich, dann kann ich versprechen, dass das meinem Vater einen Haufen Geld wert ist.«

»Nachhaltig und erfolgreich«, wiederholte Werner kopfschüttelnd, »du bist mir ein Fuchs.«

Und Bolle reagierte auf ein Stichwort: »Was ist ein Haufen Geld bei deinem Vater?«

Benny dachte kurz nach: »Hunderttausend?«

»Zweihunderttausend«, erhöhte Bolle reflexartig.

Plötzlich wurde es laut vor dem Haus. Mehrere Autos fuhren vor, Türen schlugen, Stimmen, Schritte. Alle vier Männer sprangen gleichzeitig von ihren Stühlen auf.

36. Kapitel

»Das hat ja ewig gedauert«, sagte Stephan Weide zu Marie, als sie aus dem Wagen stieg. »Ich war drauf und dran, alleine in das Haus zu gehen.«

»Gut, dass Sie es nicht getan haben. Wir haben die besseren Argumente mitgebracht.« Sie zeigte auf zwei Streifenwagen und den Bus des MEK. Nicht nur im Haus der Heimatfreunde, in ganz Natendorf wusste man nun von einem großen Polizeieinsatz. Ob das der Sache dienlich war, würde sich zeigen.

»Sind sie drin?«, fragte Marie.

»Ich weiß es nicht. Rausgekommen ist jedenfalls niemand.«

Marie nahm ein Megafon aus dem Kofferraum, schaltete ein und trat näher an das Haus.

»Hey, Benny, Costa, seid ihr da drin? Dann wird es jetzt Zeit, herauszukommen, damit das hier nicht unappetitlich wird.«

Im Haus rührte sich nichts. Keine Bewegung hinter den Fenstern. Keine Geräusche.

»Hey, ihr kommt hier sowieso nicht weg. Also lasst uns das abkürzen.«

Zunächst passierte nichts. Doch dann bewegte sich etwas an einem der Fenster an der Hausfront. Es wurde einen Spalt geöffnet, aber man konnte niemanden sehen.

»Hey, da draußen, hört gut zu!« Bennys Stimme. Marie und Walter gingen näher ans Haus. Die MEK-Leute hatten sich inzwischen im Kreis um das Haus aufgestellt, die schweren Waffen im Anschlag. Bereit, das Haus zu stürmen.

Davon musste man sie abhalten. Marie beschlich immer ein ungutes Gefühl, wenn die Kampftruppe anrückte. Die antrainierte Gewaltbereitschaft dieser Einheiten war nur schwer zu dosieren. Einmal entfesselt, konnte alles passieren.

Benny rief, offenbar neben dem Fenster stehend oder darunter hockend: »Wir haben hier zwei Männer von diesem Naziverein in unserer Gewalt und wir haben ein Gewehr. Wir sind zu allem entschlossen, wenn man uns nicht zuhört.«

Bennys Stimme klang fest und sicher. Offenbar wusste er, was er tat. Angst oder Zweifel schwangen nicht mit. Marie war erstaunt über so viel Kaltblütigkeit bei einem sonst so angepassten jungen Mann.

»Wir haben den Obdachlosen nicht angezündet. Das war Lars. Der war so betrunken, der hat das gar nicht absichtlich getan. Costa und ich haben versucht, ihn davon abzuhalten. Aber da war es zu spät.«

»Und warum seid ihr nicht gleich zur Polizei gegangen?«, rief Marie.

»Hätte uns doch keiner geglaubt.«

»Lars wollte zur Polizei gehen und ihr habt ihn daran gehindert.«

»Ja, also nein. Ja, er wollte zur Polizei gehen. Aber wir haben ihn nicht umgebracht. Wir haben ihm nur eine Lektion erteilen wollen, damit er den Mund hält. Und dann muss er sich befreit haben und hat sich aufgehängt.«

»Das glauben wir nun wirklich nicht. Da spricht vieles dagegen«, rief Marie.

»Der fühlte sich so schuldig. Der hat gelitten wie ein Tier.«

»Ihr fühlt euch nicht schuldig?«

»Doch. Klar, auch. Aber wir waren das nicht. Wir waren dabei, ja. Und es tut uns auch wahnsinnig leid. Aber wir waren das nicht. Lars war das.«

»Hey, wer sind eigentlich eure Geiseln? Wer ist da noch drin?«

Es dauerte eine Zeit, dann erschien ein Mann am Fenster, den Marie aus der Truck-Werkstatt kannte. »Ich bin Werner Grüther«, sagte er eher genervt als ängstlich. Er schien nicht besonders unter der Situation zu leiden. Dann kam ein großer Kerl mit Stiernacken ans Fenster: »Ich bin Robert Kempinski.«

Auch der verschwand gleich wieder.

»Noch geht es denen gut«, hörte man Benny nun wieder. »Das kann sich aber schnell ändern.«

»Das ist doch alles völlig verrückt, Benjamin«, schaltete sich jetzt Stephan Weide ein. Ohne Megafon, das war bei der Entfernung nicht notwendig.

»Du hast noch kein schlimmes Verbrechen begangen. Fang jetzt nicht damit an. Komm raus und wir regeln das.«

Marie nervte diese persönliche, nach Zugeständnissen klingende Ansprache.

»Glaubt ihr uns? Glaubt uns die Polizei, dass Lars den Penner verbrannt hat?« Die Stimme des Jungen klang zunehmend verzweifelt. »Los Costa, sag du doch auch, wie es war.«

»Wir wissen, doch gar nicht, wie das war, Benny«, kam es etwas aus der Ferne von Costa. »Kann sein, dass es so war. Aber wir haben doch alle einen Filmriss. Ich will, dass das jetzt endlich aufhört. Es muss Schluss sein.«

»Du bist so ein Idiot, Costa«, brüllte Benny. Dann krachte der ohrenbetäubende Lärm einer Flinte durch das verschlafene Dorf.

Noch bevor Marie realisierte, was passiert war, sprangen die MEK-Leute auf das Haus zu, brachen Fensterläden und die Tür auf, stürmten hinein. Einen kurzen Moment waren alle acht Leute vom Dunkel des Hauses verschluckt.

Stille. Ängstlich warteten die umstehenden lange Sekunden auf einen weiteren Schuss. Doch der blieb aus.

Stattdessen kam Einsatzleiter Rother durch die Haustür, die beiden jungen Männer in Handschellen vor sich herführend, vorbei an Marie. »Da sind der kleine Benny und der kleine Costa«, raunte er ihr zu, »diesmal keine Wildschweine.« Er übergab die jungen Männer den Streifenbeamten.

Marie und Weide ließen sich von Werner Grüther und Robert ›Bolle‹ Kempinski die Ereignisse der letzten Stunde schildern. Die Jungs waren in das Haus eingedrungen, warum hatten sie nicht gesagt. Erst konnten sie ihnen das Gewehr abnehmen, doch als die Polizei eintraf, waren Grüther und Bolle kurz abgelenkt und Benny griff sich die Büchse.

»Könnte ich mich für in den Arsch beißen«, fluchte Grüther. »So ein Anfängerfehler. Aber der Bursche hätte nie geschossen. Im Leben nicht. Hat der nicht die Eier für.« Der Schuss hatte sich gelöst, als Costa versuchte, Benny das Gewehr zu entreißen. Es wurde niemand verletzt.

Es gab keinen Grund, die beiden Typen vom Heimatverein mitzunehmen. Im Weggehen konnte sich Marie eine Bemerkung aber nicht verkneifen: »Ihre ganze altdeutsche Dekoration hier ist, soweit ich weiß, auch strafrechtlich relevant. Sie hören von unseren Kollegen.«

Aber Grüther grinste nur.

37. Kapitel

Start-up-Unternehmer Taubmann in Haft – Polizei schweigt über die Gründe, lautete die Schlagzeile der ›Lüneburger Stimme‹ am Samstagmorgen. Zeugnis eines verlorenen Kampfes der Reporterin Regina Feldmann gegen den sturen Polizeiapparat in Gestalt von Stephan Weide. Alles hatte sie am Vortag versucht, um wenigstens den Hauch einer Information zu bekommen. Ihre langjährige, vertrauensvolle Zusammenarbeit mit der Lüneburger Polizei hatte sie angeführt. Zum Schluss hatte sie die Keule ›Pressefreiheit‹ geschwungen. Vergeblich. Weide berief sich auf laufende Ermittlungen, die durch Information der Öffentlichkeit gefährdet würden, und hatte natürlich recht. Das wusste auch Frau Feldmann.

Also tat sie aus lauter Verzweiflung in ihrem Artikel, dass was sie gar nicht gerne tat: Sie spekulierte.

Taubmann hatte Insolvenz angemeldet und es gab allenthalben Zweifel daran, dass er wirklich pleite war. Es waren nur Gerüchte, doch wenn die Polizei mehr wusste, würde das eine Verhaftung wegen Verdunkelungsgefahr durchaus rechtfertigen. Aber: Das wäre keine Sache der Mordkommission. Also spekulierte Frau Feldmann weiter und landete bei dem toten Indonesier vom Hauptbahnhof. Taubmanns Bruder Thomas war ja bei dem Terroranschlag von 2002 ums Leben gekommen. Jürgen Taubmann hatte damals auf Bali alles geregelt. Davon hatte sie sogar Fotos im Archiv. Das war eine große Geschichte, weil die Taubmann-Brüder recht bekannt waren.

Hatte Taubmann seit damals Kontakte in Indonesien? Die Antwort blieb der Zeitungsartikel schuldig. Stattdessen kramte Frau Feldmann noch einen weiteren Toten hervor. Marcel Lejeune, genialer Programmierer in der Firma der Taubmann-Brüder, war 2002, ein paar Monate vor dem Anschlag auf Bali, tödlich verunglückt. Unfall mit Fahrerflucht, nachts auf der Landstraße bei Lüneburg. Der flüchtende Fahrer, so rekapitulierte der Text die Ereignisse von 2002, krachte wenige hundert Meter später gegen einen Baum und verstarb mit seinen drei Mitfahrern noch an der Unfallstelle. Frau Feldmann hatte Marcel Lejeunes Mutter zu dem längst vergessenen Ereignis befragt, die ihren alten Vorwurf, die Taubmann-Brüder hätten mit Marcels Tod zu tun, gerne noch mal in der Zeitung lesen wollte. Beweise für eine Verstrickung der Brüder in den Todesfall gab es keine, aber so konnte die Feldmann ihren Beitrag mit dem Satz schließen: *Vielleicht ist hier die Erklärung dafür zu finden, dass Jürgen Taubmann von der Mordkommission festgenommen wurde.*

Hilfreich war das nicht. Stephan Weide sah aber davon ab, sich bei Frau Feldmann zu beschweren. Sie würde ihn nur weiter nerven.

Sachlicher, aber auch viel kleiner, fiel der Beitrag über den mutmaßlichen Selbstmord eines Lüneburger Studenten im Göhrde Forst aus. Die ›Lüneburger Stimme‹ hielt sich an die inzwischen gängige Praxis seriöser Medien, über Suizide zurückhaltend zu berichten. Keine Spekulationen, keine Namen, keine Details, stattdessen am Ende die Telefonnummer einer Hotline, an die sich Menschen mit Selbstmordgedanken wenden konnten.

Fast hatte Weide ein schlechtes Gewissen, dass er der Öffentlichkeit so wenig mitteilte. Es ging die Bürger etwas an, wenn kurz hintereinander zwei Menschen mutwillig angezündet und ein weiterer erhängt wurden. Aber es liefen noch Täter frei herum. Er blätterte in seinem kleinen Notizblock.

Gut, mit den beiden jungen Männern aus der Jagdhütte waren mit ziemlicher Sicherheit zwei Beteiligte am Mord des ersten Obdachlosen in Gewahrsam. Der dritte Beteiligte war tot. Dessen Mörder, so es kein Selbstmord war, lief noch frei herum. Marie Gläser hielt es nämlich für wenig wahrscheinlich, dass ihn seine Freunde aufgeknüpft hatten. Wer also dann? Und dann war da noch der Indonesier, den sein Bruder Jürgen Taubmann zwar verprügelt, aber nicht angezündet hatte. Das war nicht nur glaubhaft, sondern auch durch Alibi nachweisbar. Weide legte den Notizblock weg. Zwei Mörder musste er noch fassen. Und zwar schnell.

Es war ziemlich ruhig im Polizeigebäude. Samstagsstimmung. Nur Beamte in Bereitschaft, die nicht mehr taten als unbedingt nötig. Marie Gläser, so vermutete Weide, liegt zu Hause in ihrem WG-Bett. Noch im Koma von der letzten Party-Nacht. Sie war so eine. Er war auch mal so einer. Bis er es dann übertrieben hatte.

Doch plötzlich stand sie in der Tür: »Ach, hier stecken Sie. Ich habe überall versucht, Sie zu erreichen.«

»Hab mein Handy zu Hause vergessen. Bin ins Büro gefahren, weil ich hier besser nachdenken kann als in meiner Bude. Und was reißt Sie aus dem Wochenendmodus?«

»Ich hab hier was«, strahlte sie und hielt etwas hoch.

»Ein Handy.«

»Nicht irgendein Handy. Es ist das iPhone von Jürgen Taubmann.«

»Das hat die KTU doch durchgecheckt.«

»Das Handy vielleicht. Verbindungsdaten, Messages, E-Mails. Aber sie waren nicht in der Dropbox.«

»Und?« Weide hasste diese Spielchen. Warum machte sie es so spannend? Warum sagte Sie nicht einfach, was sie hatte? Aber, wenn er ehrlich war, machte er es mit spektakulären Rechercheergebnissen auch ganz gerne mal dramatisch.

»Die Dropbox ist leicht zu öffnen, das Passwort hat der Anfänger in der App gespeichert. Ungewöhnlich für einen IT-Experten. Dort findet sich viel ungeordnetes Zeug und in einem Ordner mit Namen Thomas nur eine einzige Datei. Und jetzt spitzen Sie mal die Ohren.«

Marie tippte auf das Display und erst ertönte die übliche Mailbox-Stimme: »Der Teilnehmer ist zurzeit nicht erreichbar. Bitte hinterlassen sie nach dem Signalton eine Nachricht.« *Piep.* Dann folgte eine Männerstimme, die gehetzt, gebrochen klang. »Hallo Nadja, Liebes, ich bin´s. Ich habe Mist gebaut. Ich weiß nicht weiter. Ich hab Marcel überfahren. Er wollte zur Konkurrenz. Mit unserem Code. Ich bin völlig ausgerastet und hab ihn aus dem Auto geworfen. Und dann hab ich ihn überfahren. Er wollte uns alles kaputtmachen, der egoistische Arsch. Aber ich wollte das nicht. Bitte glaub mir. Ich liebe dich.«

»Wer ist Nadja?«, fragte Weide, der noch nicht ganz verstand, worauf die Gläser hinauswollte.

»Das habe ich mich natürlich auch gefragt. Die Ehefrau von Thomas Taubmann hieß Nadja und ist im Oktober 2002 bei einem Anschlag auf Bali getötet worden. Und Marcel ...«

»Ist der Mitarbeiter der Taubmanns, der bei einem Verkehrsunfall mit Fahrerflucht ... ich verstehe.«

»Ein fünfzehn Jahre altes Geständnis.« Marie strahlte.

»Nicht schlecht, Kollegin. Aber woher wissen wir, wer da spricht? Vielleicht gab es mehrere Männer, die ›Liebes‹ zu dieser Nadja sagten.«

»Ja. Möglich. Aber wir haben mehrere Ansagen von Thomas Taubmann auf der Mailbox von Jürgen aus den letzten Wochen. Die Kollegen müssen nur die Stimmen analysieren und vergleichen.«

»Und wie kommt Jürgen Taubmann an die Nachricht von Nadjas Mailbox?«

»Keine Ahnung. Vielleicht hat er ihr Handy an sich genommen und das zufällig gefunden. Kann auch sein, dass das gar nicht auf einer Mobilfunk-Mailbox war, sondern auf einem Anrufbeantworter. 2002 hatten viele Leute noch so ein Ding. Jürgen hat's gefunden und überspielt. Für alle Fälle.«

»Gut. Aber unser Mörder ist jetzt tot. Verbrannt. Und wenn sein Bruder ihn mit diesem Dokument erpressen wollte, dann würde er ihn sicher nicht umbringen.«

»Aber was hätte Jürgen von Thomas erpressen wollen? Geld hatte er keins.«

»Sein Schweigen?«

38. Kapitel

Benny und Costa hatten das Wochenende in der JVA Lüneburg, direkt neben dem Gericht, zugebracht. Dr. Klein bemühte sich am Freitag erst im Gerichtsgebäude, später im Polizeipräsidium, seinen Sohn freizubekommen. Er zog alle Register. Vergeblich. Seine Kontakte zur Staatsanwaltschaft, zu einigen Richtern, sogar ins Ministerium nach Hannover und natürlich zu Polizeipräsident Mucha halfen ihm nicht. Der Vorwurf Totschlag wog zu schwer und Fluchtgefahr bestand auch noch, nach der Geiselnahme in Natendorf. Mehr Gründe brauchte es nicht. Costa hätte vielleicht bessere Chancen auf Haftverschonung gehabt, aber der hatte keinen Anwalt in der Familie. Dimitri brüllte erst Marie an, dann Christoph Klein, der zufällig im Präsidium war. Benny habe den guten Costa versaut. Nur Drogen und Saufen und Weiber. Und keinen Respekt. Die Vorwürfe perlten an Klein einfach ab.

Noch am Freitag hatte sich Marie von Klein alle Personen nennen lassen, die die Jagdhütte in der Göhrde nutzten. Die Liste war kurz, weil Klein dafür sorgte, dass sie kurz blieb. So war die Hütte für Klein und seine Jagdfreunde immer frei. Was Klein für dieses Privileg gegenüber der Forstverwaltung tat, wollte Marie gar nicht wissen. Korruption fiel nicht unter ihre Zuständigkeit.

Marie telefonierte vier der fünf Jagdfreunde, die auf der Liste standen, ab. Alle hatten für den Zeitraum von Lars' mutmaßlicher Ermordung ein Alibi. Auf einer Konferenz in Köln, Brunch bei Freunden, Auftritt mit dem Kirchenchor. Jedes einzelne Alibi wurde sicher vorgebracht und war leicht überprüfbar. Da konnte man sich weitere Nachforschungen sparen. Klein selbst war erst zu Hause und dann in seiner Kanzlei.

Jetzt, am Montagmorgen, erreichte Marie endlich den Letzten auf der Liste und dieses Gespräch nahm eine merkwürdige Wendung. Karl-Heinz Paas, ein hörbar älterer Herr, freundlich und redselig, sagte: »Ich war ja erst vorige Woche, am Freitag, mit Christoph in der Hütte. Da war er noch sauer, weil er in aller Frühe in Lüneburg am Bahnhof auf mich gewartet hatte und ich dann doch nicht mit dem Zug gekommen bin.«

»Am 27.?«, fragte Marie. »Wann sollten Sie da in Lüneburg ankommen?«

»So um kurz vor vier. Aus Hamburg. Der Zug ist aber dann ausgefallen und ich bin doch mit dem Auto gefahren. Christoph hat meine Nachricht wohl nicht sofort bekommen.«

»Gehen Sie immer so früh auf die Jagd?«

»Das muss man, junge Frau. Bis man auf dem Hochsitz sitzt, ist es sechs. Mittags ist kein Wild unterwegs.«

Marie beendete das Gespräch und setzte den Lüneburger Polizeiapparat in Bewegung, um Christoph Klein festzusetzen. Nicht die Logik, sondern ein undefinierbares Gefühl sagte ihr, dass es kein Zufall war, dass Christoph Klein in der Nähe war, als Thomas Taubmann verbrannte.

Weide war natürlich dagegen. Klein und Taubmann kannten sich nicht. Es gab überhaupt kein Motiv. Weide führte auch wieder an, dass Ermittlungen Kleins guten Ruf unnötig beschädigen würden. Doch er musste zugeben, dass es mit Kleins Ruf nach der Verhaftung seines Sohnes sowieso nicht mehr weit her war. Maries schlagendes Argument für eine Verhaftung: Wenn Klein zum fraglichen Zeitpunkt am Bahnhof gewesen war, musste er etwas mitbekommen haben von dem Anschlag auf Taubmann. Aber er hatte sich nie gemeldet, obwohl es Zeugenaufrufe im Radio und in den Zeitungen gegeben hatte. Also hatte er etwas zu verbergen.

Gleichzeitig fuhren Streifenwagen zur Kanzlei und zu Kleins Villa. Dorthin war auch ein Abschleppwagen unterwegs, um den Cayenne einer intensiven Untersuchung zuzuführen. Das Auto fanden sie. Es stand in der Garage der Villa. Klein selbst war nicht auffindbar. Seine Frau wurde von Beamten in ihrer Praxis befragt. Sie war völlig aufgelöst, dass nach der Verhaftung ihres Sohnes nun auch noch nach ihrem Mann gefahndet wurde. Sie mutmaßte, dass Christoph mit ihrem Smart gefahren sei, wenn der nicht mehr in der Garage stehe.

Und so gab es innerhalb weniger Tage die zweite Großfahndung rund um das sonst so beschauliche Lüneburg. Weide wies Marie darauf hin, dass Klein vermutlich gar nicht auf der Flucht sei. Woher sollte er auch von ihrem Verdacht wissen. Also rief sie noch mal Jagdfreund Paas an. Und siehe da: Paas hatte natürlich seinem Freund Klein umgehend alle Details seines Gesprächs mit Marie berichtet. Wenn diese Information Klein in die Flucht geschlagen hatte, dann war das mehr als ein Beweis. Nur wofür? Was hatte Klein sich am Bahnhof zu Schulden kommen lassen? Unterlassene Hilfeleistung? Kein Grund zur Panik. Also was dann?

Der Smart von Frau Klein hatte keine besonderen Merkmale. Nur Farbe und Kennzeichen konnte man in die Fahndung geben. Nicht viel, wenn man in Lüneburg und Umgebung suchen musste.

Die Jagdhütte als Ziel kam nicht in Betracht. Die war der Polizei bekannt. Zu einem seiner Jagdfreunde? Unsinn. Einfach weg. Distanz zur Stadt aufbauen. Aber nicht aufs Land, sondern in unübersichtlichere Gefilde. Nach Hamburg. In der Großstadt unterkriechen. Verstecken. Und in Ruhe herausfinden, was eigentlich los ist. So würde Marie es machen.

Sie gab den Auftrag zur Luftüberwachung der Autobahn und der Landstraßen Richtung Hamburg in die Leitstelle.

Hamburg? Hatte Benny nicht mal gesagt, dass sein Vater einen Schlüssel zu seiner WG habe?

Marie rief in der Fahrbereitschaft an, bat darum, die große BMW fertig zu machen und verließ das Büro.

Sie hatte sich mit den Jahren zwei Eigenarten angewöhnt. Erstens: Die wichtigsten Schritte in einer Ermittlung selbst durchzuführen, bevor es andere versauen. Zweitens: Immer, wenn es schnell gehen muss, die schärfste Waffe im Lüneburger Fuhrpark zu nehmen, die BMW 1200 RT.

Während sie mit Blaulicht und mit weit über zweihundert Stundenkilometern über die A39 Richtung Hamburg raste, sah sie immer mal wieder einen Hubschrauber über sich. Mensch, Leute, dachte sie, ihr sollt nicht mich überwachen, sondern den Smart finden.

Als sie über die Elbbrücken nach Hamburg einflog, machte die festinstallierte Blitzanlage sicher ein Spitzenfoto von ihr. Natürlich durfte sie sich nicht ohne Genehmigung und Absprache in der Hansestadt auf Verbrecherjagd begeben. Aber Formalitäten waren in solchen Situationen nicht hilfreich und bei allem Respekt: Die Hamburger Kollegen würden ohne Eile eine Streife in die Hein-Hoyer-Straße nahe der Reeperbahn auf St. Pauli zu Bennys WG schicken. Die Beamten würden freundlich klingeln, fragen und wieder gehen. Ohne Haftbefehl war das der übliche Vorgang. Christoph Klein würde unbemerkt in der Küche sitzen, Kaffee trinken und lächeln.

Sie würde es anders machen. Warten hieß ihr Plan. Warten, bis Klein aus der Wohnung kommt und ihn dann ansprechen. Wenn er flüchten will, festhalten. Ganz einfach. Keine Wohnung verletzt, keine Fremden involviert.

Doch als sie in die Hein-Hoyer-Straße einbog, schien es alles noch viel einfacher. Ein silberner Smart mit Lüneburger Kennzeichen parkte gerade vor einer Dönerbude ein. Was man bei einem Smart so parken nennt, denn der Kleinwagen stand senkrecht zur eigentlichen Parkrichtung. Christoph Klein stieg aus. Er sah sich um.

Verdammt, dachte Marie. Sie stand zu nah, genau in seiner Blickrichtung. Das Polizeimotorrad war auffällig wie ein Leuchtturm in der Sahara. Klein zuckte zusammen, riss die Heckklappe des Smart auf und zog etwas Langes heraus. Ein Gewehr. Ist der irre? Er legte an und zielte auf Marie. Die sprang vom Motorrad, das mit dumpfem Knirschen umkippte, und hechtete zwischen parkende Autos auf der anderen Straßenseite. Sie zog ihre Dienstwaffe.

Es war Montagmittag. Auf den Straßen waren viele Leute unterwegs. Sie gingen in Imbisse und Geschäfte. Zwei Männer waren zu Marie gelaufen, als das Motorrad umkippte, wollten helfen. Doch Marie gab ihnen Zeichen zu verschwinden. Klein stand neben seinem Smart und zielte mit dem Gewehr in Maries Richtung.

»Herr Klein«, brüllte sie quer über die Straße. »Lassen Sie das. Geben Sie auf. Es wird doch alles nur noch schlimmer.«

»Lassen Sie meinen Sohn frei. Der hat den Obdachlosen nicht angezündet.«

»Wovor fliehen Sie, Herr Klein? Was ist an dem Morgen am Bahnhof passiert?«

»Nichts«, brüllte Klein. »Da ist nichts passiert. Ein Toter ist verbrannt. Kein Fall für Sie.«

Es hatte länger gedauert, als Marie erwartet hatte, aber jetzt nahte von allen Seiten die Hamburger Polizei mit großem Getöse. Marie war das recht, denn die Kollegen sperrten als Erstes die gesamte Straße ab.

Klein, ohnehin schon mit den Nerven am Limit, schoss. Mit Schrot. In Maries Richtung. Der erste Schuss traf die Vollverkleidung des Motorrads und hinterließ hässliche Löcher. Ziemlich schlechter Schuss für einen Jäger.

Der zweite Schuss war besser. Er zerfetzte die Heckscheibe des Autos hinter dem Marie sich verschanzt hatte. Den dritten Schuss wollte sie nicht abwarten. Marie hob sich kurz aus der Deckung, zielte und traf Klein an der Schulter. Mit schmerzverzerrtem Gesicht sackte er zusammen.

Die Hamburger Polizei hatte gleich einen Rettungswagen an den Ort des Geschehens beordert, der Klein ins Krankenhaus Altona fuhr. Ein Beamter war mit an Bord. Marie gab dem Einsatzleiter der Hamburger Kollegen noch ein paar fadenscheinige Erklärungen, wie es zu dieser Situation kommen konnte, dann fuhr sie ebenfalls ins Krankenhaus. Sie hatte noch Fragen an den bekannten Anwalt.

***

Dr. Christoph Klein war nicht schwer verletzt. Die Neunmillimeter-Kugel aus Maries Heckler & Koch SFP9 hatte eine lange Fleischwunde an der Schulteraußenseite gezogen. Knochen waren nicht getroffen. Nach einer halben Stunde war er unter örtlicher Betäubung genäht und auf einem Einzelzimmer vernehmungsfähig. Vor der Tür hielt ein Beamter Wache. Von Handschellen hatte man abgesehen.

»Ein Toter ist verbrannt, haben Sie eben gesagt, bevor Sie auf mich geschossen haben, Herr Klein. Haben Sie den Toten angezündet?«

Er schwieg. Der sonst so souveräne, gut aussehende Mann im Maßanzug saß im OP-Hemdchen zusammengesunken im Bett und starrte vor sich hin.

»Herr Klein?«

»Er lag da auf dem Bahnsteig. Mit einer Wunde am Kopf. Viel Blut. Der war ganz klar tot. Ich habe ihn angestupst mit dem Fuß. Nichts.«

»Warum haben Sie das getan?«

»Das war so eine blöde Idee, die kam mir, als ich ihn da liegen sah. Ich dachte, wenn jetzt noch ein Obdachloser verbrennt, dann sieht das wie eine Serie aus und mein Benjamin ist nicht mehr verdächtig. Der war ja zu dem Zeitpunkt in Hamburg.«

»Da haben Sie recht.«

»Womit?«

»Dass das eine blöde Idee war. Wie haben Sie es gemacht?«

»Mit Spiritus. Den habe ich immer im Wagen, um meine Gewehre zu reinigen.«

»Weiter.«

»Ich habe ihn übergossen und mit einem Streichholz angezündet. Der hat sofort lichterloh gebrannt. Dann bin ich weggefahren.«

»Wo stand währenddessen Ihr Wagen?«

»Neben diesem Casino. Ich wollte ja einen Freund abholen und war auf den Bahnsteig gegangen. Und habe den Mann dann dort liegen gesehen.«

»Und Ihr Freund kam nicht.«

»Nein. Sein Zug fiel aus. Er ist mit dem Auto direkt zur Hütte gefahren. Ich bin dann auch los.«

»Der Mann war nicht tot, das wissen Sie?«

»Nein. Das ist mir neu. In der Zeitung stand nur, dass er verbrannt ist. Klar musste man das denken. Aber er war schon tot. Ehrlich.«

»Bei der Autopsie wurde Ruß in der Lunge festgestellt. Eine erhebliche Menge. Das heißt, dass der Mann Rauch eingeatmet hat und daran erstickt ist.«

Klein schaute betreten auf die Bettdecke. Er schien erst ganz allmählich zu realisieren, was vorgefallen war. Jetzt, wo er etwas zur Ruhe kam, lag das ganze Ausmaß der Katastrophe gut ausgeleuchtet vor ihm. Sein reiches, privilegiertes Leben, sein Ansehen, seine saubere Familie: alles im Eimer. Nicht mehr lange, dachte Marie, dann heult Mr. Super-Tough wie ein Schlosshund.

»Das wollte ich nicht. Ich wollte niemanden töten. Das müssen Sie mir glauben.«

»Was ich glaube, spielt dabei keine Rolle. Aber Herr Klein, Sie sind doch ein intelligenter Mann. Haben Sie wirklich angenommen, dass wir Benny vergessen, wenn Sie uns den Verdacht eines Serienkillers liefern? Halten Sie die Polizei für so naiv? Sie haben einen Menschen geopfert, um Ihren Sohn vor Strafe zu retten. Ist das angemessen?«

Er schwieg.

»Seit wann wussten Sie, dass Ihr Sohn den Obdachlosen an der Ilmenau angezündet hat?«

»Er hat den Mann nicht angezündet. Das war dieser Lars. Das hat Ihnen Benjamin doch gesagt.«

»Und sein Freund Costa hat gesagt, dass sie es gar nicht mehr wissen, weil sie alle so weggetreten waren.«

»Benjamin konnte wenigstens noch Auto fahren. Dann wird er sich auch noch an den Vorfall erinnern.«

»Und schiebt jetzt den Beteiligten als Täter vor, der sich nicht mehr wehren kann? Sehr simpel. Herr Klein, warum sind Sie nicht direkt zu uns gekommen, als Benny Ihnen den Vorfall gebeichtet hat. Dann hätten wir jetzt zwei Opfer weniger.«

Kleins Stimme kippte in Gejammer: »Können Sie sich vorstellen, was in der Stadt los ist, wenn so eine Sache öffentlich wird? Der Sohn der Musterfamilie Klein ist in eine Gewalttat verwickelt.«

»Kann ich mir nicht vorstellen. Aber jetzt wird es sicher schlimmer. Herr Dr. Klein, ich verhafte Sie wegen der Tötung eines Mannes durch Brandstiftung am 27. Oktober am Bahnhof Lüneburg. Sie werden, sobald Sie transportfähig sind, ins Gefängnis nach Lüneburg gebracht. Sie dürfen vom Krankenzimmer aus einen Anwalt anrufen und diesen auch empfangen. Ihre Frau darf auch zu Ihnen. Sonst niemand. Telefonieren ist ebenfalls untersagt. Haben Sie das alles verstanden?«

Klein nickte.

»Lassen Sie Benjamin jetzt frei?«

»Nein. Dazu besteht keine Veranlassung.«

***

Marie bestieg die etwas ramponierte, aber noch fahrtüchtige BMW und trat den Heimweg nach Lüneburg an. Sie würde im Montagnachmittagsverkehr länger brauchen. Blaulicht war nicht geboten.

Das Telefon klingelte und sie nahm das Gespräch über die Freisprechanlage im Helm an. Walter war dran.

»Wir haben im Kofferraum des Porsche Cayenne von Klein Brennspiritus gefunden. Eine fast leere Flasche.«

»Die Tatwaffe. Er hat gestanden.«

»Haben wir also nur noch einen unaufgeklärten Mord. Oder glaubst du, dass Benny und Costa den Freund aufgehängt haben.«

»Möglich. Aber wenig wahrscheinlich.«

Sie beendete das Gespräch und zirkelte das schwere Motorrad durch den Hamburger Stadtverkehr. Da rief Weide an: »Marie, Ihre kleine Schießerei auf dem Kiez ist schon online. Ein prima Video auf Youtube von irgendeinem Blödmann, der da am Rand stand. Glückwunsch.« Marie schwieg, denn mit Weides Stimme kam Ärger durch die Leitung.

»Wäre es nicht besser gewesen, Sie hätten mich über Ihren kleinen Ausflug in die große Stadt informiert? Dann hätte ich vor Mucha nicht ganz so blöd dagestanden vorhin. Und Frau Feldmann, die das Video ebenfalls schon gesehen hat, will jetzt alles ganz genau wissen.«

»Dann sagen Sie ihr, dass ich Klein verhaftet habe. Er hat gestanden, Thomas Taubmann am Bahnhof angezündet zu haben.«

»Was?«

»Ja. Er dachte, der Mann sei sowieso tot und so könnte er von der Tat seines Sohnes ablenken.«

»Also hat Benjamin den Obdachlosen tatsächlich angezündet?«

»Schwer zu sagen. Vielleicht waren es auch alle drei. Dabei war er auf jeden Fall. Wird sicher ein schwieriger Prozess. Aber, Herr Weide, wie haben Sie den Jungen gerade genannt?«

»Benjamin. Das ist sein Name.«

»Ja. Aber alle nennen ihn Benny. Nur Sie und sein Vater sagen immer Benjamin.«

»Kann sein. Sein Vater mag das nicht, wenn man Benny sagt. Er meint, so heißen kleine Hunde, aber keine angehenden Juristen.«

»Gut. Ich muss jetzt Schluss machen. Ich habe noch etwas zu erledigen.«

Sie schaltete das Blaulicht ein und steuerte im Höchsttempo eine Lüneburger Adresse an.

Von unterwegs rief sie Jakob Pieper in der KTU an. »Jakob, habt ihr die Reifenspuren aus dem Wald schon analysiert?«

»Nein. Das galt nicht als dringlich. Ihr wart euch doch sicher, dass sie von diesem Dodge sind.«

»Aber Abdrücke habt ihr gemacht.«

»Ja.«

»Gut. Dann werte die bitte aus. Auch auf die Möglichkeit hin, dass die nicht alle von dem Dodge sind.«

***

Cornelia Wimmer war, drei Tage nach dem Tod ihres Sohnes Lars, noch nicht wieder nach Hamburg zur Arbeit gefahren. Die Frau wirkte gefasst, aber auch müde und niedergeschlagen. Schlecht frisiert, ungeschminkt und in einem grauen Hausanzug werkelte sie eher planlos in ihrer Küche herum. Sie war nicht überrascht, als Marie plötzlich in der Tür stand. Sie konnte sich denken, dass die Polizei noch Fragen hatte.

»Zeigen Sie mir bitte noch mal die letzte Nachricht, die Ihr Sohn Ihnen geschickt hat.«

Die Frau nahm ihr Handy zur Hand und gab es Marie. Die machte einen Screenshot von der WhatsApp-Nachricht und schickte das Bild an ihr eigenes Handy.

Bin mit Benjamin unterwegs. Weiß noch nicht, wann ich wiederkomme, warte nicht auf mich. Sendezeit sieben Uhr dreißig. Da war Lars längst tot.

»Wie hat Lars seinen Freund genannt?«

»Benny. Alle haben ihn Benny genannt.«

»Hat es Sie da nicht gewundert, dass er hier von Benjamin schreibt?«

»Habe ich nicht weiter beachtet. Was meinen Sie? Kann es sein, dass er die Nachricht gar nicht geschrieben hat?«

»Ja. Die hat sein Mörder geschrieben.«

Cornelia Wimmer sah Marie entsetzt an und fing augenblicklich an zu weinen. Marie konnte nicht anders, sie nahm die schmale, zitternde Frau in den Arm.

***

Nachdem Marie am Präsidium die Tirade vom Fuhrparkleiter über den Zustand der BMW entgegengenommen hatte, ging sie zu Pieper in die Werkstatt der KTU. Der saß an einem Bildschirm vor Scans der Reifenspuren und nickte zufrieden.

»Wie ein Fingerabdruck«, murmelte er.

»Bitte?«, Marie trat hinter ihn und sah ihm über die Schulter.

»Wenn ein Reifen ein paar Tausend Kilometer gerollt ist, dann ist er von anderen Reifen des gleichen Typs gut zu unterscheiden. Wie ein Fingerabdruck eben. Unterschiedlich abgefahren. Einschlüsse von kleinen Steinchen. Haarrisse. Nichts, was den Reifen unbrauchbar machen würde, aber eben unverwechselbar.«

»Prima, Jakob. Und mit was für Reifen haben wir es hier zu tun?«

»Hier«, Jakob zeigte auf eine graue Abbildung, »das sind die 275er Cooper vom Dodge. Recht grobstollige Geländereifen. Und das hier…« Er klickte ein anderes Bild auf dem Bildschirm an, »sind Nexen-Reifen. Eine 235er Breite und eher ein Straßenprofil. Sie werden seit letztem Jahr als Erstausstattung auf dem Porsche Cayenne ausgeliefert.«

»Und jetzt musst du nur noch ganz schnell überprüfen, ob sie von diesem Cayenne dort sind, Jakob.« Marie deutete auf Kleins Wagen, der auf einer Hebebühne stand.

»Nein. Muss ich nicht. Habe ich schon. Sie sind von diesem Cayenne. Würde ich jeden Eid drauf schwören.«

»Musst du nicht. Dein Bericht reicht mir. Danke, Jakob.« Marie zog, still in sich hinein triumphierend, in ihrem Büro ein.

Sie überließ es einem Kollegen der Hamburger Kripo, Christoph Klein im Krankenhaus mit den neuen Erkenntnissen zu konfrontieren. Der hatte schon Besuch von seiner Frau und war psychisch in einem äußerst desolaten Zustand. Anfangs versuchte er noch, sein Alibi aufrecht zu erhalten, doch dann gab er auf. Er hatte Lars zufällig in der Hütte angetroffen, erst befreit und zur

Rede gestellt. Lars hatte sein Vorhaben bekräftigt, der Polizei alles zu erzählen, und hatte abgestritten, selbst Feuer an den Mann gelegt zu haben. Klein wollte ihn nach Lüneburg fahren. Als der junge Mann aber Benjamin für alles verantwortlich machte und mutmaßte, dass er das Feuer gelegt hatte, war der sonst so coole Anwalt ausgerastet. Er hatte ihn gewürgt, irgendwann war Lars bewusstlos. Klein hatte ein Seil aus dem Kofferraum genommen und Lars aufgehängt. Er wollte einen Selbstmord vortäuschen. Es war anstrengend, hatte lange gedauert. Aber er war wie in Trance gewesen, hatte erst viel später begriffen, was er da getan hatte. Er heulte dem Polizisten die Ohren voll. Der ordnete ungerührt an, den mutmaßlichen Doppelmörder Klein nun mit Handschellen am Bett zu fixieren und einen weiteren Beamten vor die Tür zu stellen.

39. Kapitel

Tags drauf hielt Präsident Mucha eine Pressekonferenz ab. Das Interesse war groß, schließlich ging es um einen bekannten Anwalt und eine Familie der niedersächsischen Gesellschaft. Der brave und strebsame Sohn war im Vollrausch an der Ermordung eines Obdachlosen beteiligt. Sein reicher und erfolgreicher Vater hatte schwere Verbrechen begangen, um die Schuld seines Sohnes zu vertuschen. Das war Stoff für große Dramen. Die Presse war begeistert.

Die Begeisterung stieg ins Unbeschreibliche, als Mucha die Identität des Toten vom Bahnhof preisgab: Es handelte sich um Thomas Taubmann. Eine Hälfte der vor Jahren so erfolgreichen Taubmann-Zwillinge, tot geglaubtes Terroropfer von Bali, der nun als krebskranker Indonesier abermals auftauchte, um Hilfe zu finden. Vom Bruder Jürgen verprügelt und verletzt und Stunden später bewusstlos von Christoph Klein mit Spiritus übergossen und angezündet. Zwei Fälle, zwei Familientragödien liefen zufällig in einer kalten Oktobernacht hinter dem Automatencasino am Lüneburger Bahnhof zusammen.

Heimatreporterin Regina Feldmann, die das alles ja irgendwie geahnt hatte, brannte eine Frage auf der Seele: »Da wäre noch ein Mord offen, in dieser Geschichte. Marcel Lejeune, der vor fünfzehn Jahren angeblich bei einem Verkehrsunfall starb. Gibt es da neue Erkenntnisse?«

Mucha druckste rum, sah Marie fragend an. Die Mailbox-Nachricht mit Thomas' Geständnis war noch nicht endgültig verifiziert. Mit Spekulationen konnte man viel Schaden anrichten. Aber Marie verstand Muchas Blick als Aufforderung, zu berichten. »Jürgen Taubmann war im Besitz einer alten Mailbox-Nachricht«, sagte sie, »in der Thomas Taubmann, sehr aufgebracht und offensichtlich unter Drogen, gesteht, den Geschäftspartner Lejeune absichtlich überfahren zu haben. Lejeune wollte wohl mit seinem Wissen und seiner Kompetenz zur Konkurrenz gehen.«

»Ist Jürgen Taubmann dann nicht mitschuldig?«

»Das muss das Gericht bewerten.«

Die Feldmann war nun in ihrem Element: »Wie kommt es dann, dass man damals von einem Unfall mit Fahrerflucht ausging?«

»Ein – man kann sagen – tragischer Zufall. Kurz nachdem Thomas Taubmann Lejeune überfahren hat, ist in der Nähe ein Pkw mit jungen Leuten verunglückt. Alle vier starben. Der Fahrer war schwer alkoholisiert. Die Leute kamen von einem Dorffest. Man ging davon aus, dass der Fahrer den Fußgänger Lejeune, der nur einen Kilometer weiter weg wohnte, auch überfahren hat. Es wurde dann nicht weiter ermittelt.«

»Die Mutter von Marcel Lejeune hat die Polizei damals aber mehrfach darauf hingewiesen, dass sie die Taubmanns im Verdacht hat, ihren Sohn getötet zu haben.«

»Das mag sein, ist aber nicht aktenkundig. Die Verdächtigungen einer verzweifelten Mutter wurden damals vermutlich nicht so ernst genommen.«

Mucha sah Marie vorwurfsvoll an. Mit dem letzten Satz hatte sie den Medien wieder eine Steilvorlage geliefert, die Polizei als engstirnig, herzlos oder was auch immer darzustellen. Aber das war Marie egal. Sie konnte auch nicht verstehen, wieso diesen Hinweisen damals nicht nachgegangen wurde.

»Werden wir je erfahren, wer von den drei Saufköppen Helmut Thiele angezündet hat?«, fragte Walter, als er nach der Pressekonferenz mit Marie in der Kantine saß und Königsberger Klopse aß.

»Vermutlich nicht. Sie wissen es wahrscheinlich selber nicht. Totaler Filmriss.«

»Und wer wird nun für den Mord bezahlen?«

»Einer hat schon bezahlt. Lars. Ob er es nun war oder nicht. Ich hoffe, dass für die anderen beiden wenigstens Mittäterschaft in Betracht kommt. Aber ich bin froh, das nicht beurteilen zu müssen.«

»Und was machen wir jetzt mit Taubmann?«

»Gleich kommt sicher die Order, ihn laufen zu lassen. Die Körperverletzung wird Folgen haben, aber für eine U-Haft reicht das nicht.«

Ein Kollege, den sie nur vom Sehen kannten, kam vorbei, zügig auf dem Weg Richtung Ausgang. Typisches Raucherverhalten. Plötzlich fiel dem Mann seine Zigarettenschachtel aus der Hand, Walter direkt vor die Füße. Walter hob die Packung auf und warf sie dem Kollegen zu. Der fing sie mit einer Hand auf und bedankte sich mit einem Lächeln.

»Hast du das gerade gesehen?«, platze Marie heraus.

»Was?«

»Der Kollege. Die Zigarettenschachtel. Wie er sie gefangen hat?«

288

Walter sah Marie ratlos an. Was war los mit der Frau?

»Er ist Linkshänder.«

»Ja. Und?«

»Einer der Taubmann-Brüder war auch Linkshänder. Das habe ich in einem alten Artikel aus der ›Lüneburger Stimme‹ gelesen, als ich mich über die Jungs schlaugemacht habe. Das ist selten bei Zwillingen, kommt aber vor. Ihr Vater nannte sie scherzhaft ›Die linke und die rechte Hand des Teufels‹ nach irgendeinem alten Film.«

»Du meinst ...?«

»Thomas war der Linkshänder, Jürgen der Rechtshänder. Der, der hier neulich das Protokoll unterschrieben hat, war Linkshänder. Also Thomas. Ich weiß auch nicht, warum ich mir das gemerkt habe.«

»Dann ist Jürgen verbrannt und Thomas hat seine Identität angenommen?«

»Wäre praktisch für ihn. Deutsche Staatsbürgerschaft, Krankenversicherung, ein schönes Haus und lukrative Pornoseiten auf Zypern.«

»Und nicht der Mörder von Marcel Lejeune.«

Marie nahm ihr Handy und tippte auf eine Nummer aus der Anrufliste.

»Hey, Marie, wie geht's?«

Na also, dachte Marie, Mohamed hat ihre Nummer endlich gespeichert oder sogar im Kopf.

»Hallo, Mohamed. Du hast doch die Organe des Toten vom Bahnhof untersucht.«

»Ja.«

»Irgendwelche Auffälligkeiten?«

»Nur, was ich dir gesagt habe. Ruß in der Lunge. Er ist an einer Rauchvergiftung gestorben. Was meinst du?«

»Krebs. Leberkrebs. Im fortgeschrittenen Stadium.«

»Nein, Marie. Auf gar keinen Fall. Das hätten wir bemerkt, so ein Karzinom übersieht man nicht.«

»Danke, Mohamed.«

***

Eine Stunde später saß Thomas Taubmann im Vernehmungszimmer, Marie und Stephan Weide ihm gegenüber. Erst bestritt er den Vorwurf, die Identität seines Bruders angenommen zu haben. Aber die Beweise waren nicht wegzudiskutieren. Er war Linkshänder, er litt an Leberkrebs – also gestand er schließlich.

Nach der Schlägerei in der Nacht am Bahnhof war Jürgen bewusstlos. Thomas hatte in seiner Verzweiflung die einzige Person angerufen, der er sich anvertrauen konnte: Sybille Mair. Die riet ihm, zu ihr zu kommen. Er fuhr mit Jürgens Mercedes. Bei der Mair bekam er dann schwere Atemnot und sie brachte ihn mit ihrem Wagen ins Krankenhaus. Thomas hatte Jürgens Brieftasche aus dem Mercedes mitgenommen, darin steckte eine Krankenkassenkarte. So hatte er keine Probleme in der Notaufnahme.

Am nächsten Tag erfuhren sie aus dem Radio, dass am Bahnhof ein Mann verbrannt sei. Thomas versuchte, seinen Bruder zu erreichen. Vergeblich. Also musste der Tote vom Bahnhof Jürgen sein. Als die Polizei ein paar Tage später zu Sybille Mair kam, erfuhr er, dass man glaubte, er, Thomas, sei der Tote.

»Und wie kam Jürgen zu dem Bahnsteig, auf dem er dann angezündet wurde?«

»Keine Ahnung. Er hat sich wohl bis dahin geschleppt und ist dann wieder bewusstlos geworden«, sagte Thomas.

»Wo wollte er hin? Ins ›Salzlager‹?«

»Kaum. Er wusste ja gar nicht, dass ich dort wohnte.«

»Wir haben Ihren Rucksack bei ihm gefunden. Warum?«

»Ich hatte ihn vergessen. Er hat ihn dann wohl mitgenommen. Warum, das weiß ich nicht. Wollte ihn mir vielleicht zurückgeben.«

Weide stand auf und sagte zu dem Mann in Handschellen: »Wir wollten Jürgen Taubmann heute entlassen, weil Körperverletzung und unterlassene Hilfeleistung keine hinreichenden Haftgründe sind. Nun verhafte ich Sie, Thomas Taubmann, wegen des dringenden Verdachts, im Juni 2002 Marcel Lejeune überfahren und getötet zu haben. Außerdem werfen wir Ihnen schwere Körperverletzung im Falle Ihres Bruders Jürgen vor, wenn nicht sogar Totschlag.«

»Und ich werde mich nun um Sybille Mair kümmern«, fügte Marie an. »Sie hat sich der Mittäterschaft schuldig gemacht.« Marie ließ sich nicht anmerken, wie sehr es sie wurmte, auf die Trauershow der Frau reingefallen zu sein. Aber die Mair war vermutlich wirklich geschockt und verwirrt. Schließlich wusste sie ja, dass Jürgen tot war und nicht Thomas. Sie war geistesgegenwärtig genug, den Irrtum nicht aufzuklären, sondern daraus eine Chance für Thomas zu machen. Die Idee zum Identitätstausch wurde also erst während der Befragung am Halloween-Abend in der Wohnung von Frau Mair in Anwesenheit der Polizei geboren. Auch Thomas Taubmanns perfekte Inszenierung bei der Vernehmung in Jürgens Haus hätte Marie durchschauen müssen. Aber Weide war ja auch darauf hereingefallen.

Als Marie und Weide über den Gang zu ihren Büros gingen, stoppte Weide kurz und sah Marie an: »Gute Arbeit, Kollegin. Vier Morde auf einmal aufgeklärt. Besonders beeindruckend finde ich, dass Ihnen das mit den Links- und den Rechtshändern aufgefallen ist. Gutes Gedächtnis.«

»Danke, Chef. Ich nehme das Lob gerne an. Aber dass mir das auffiel, ist ein Zufall, wie man ihn sicher nur einmal in einem Polizistenleben erlebt.«

Epilog

Die Staatsanwaltschaft leitete gegen Benjamin Klein und Costa Lazaridis ein Ermittlungsverfahren wegen Totschlags ein. Die Studenten wurden unter Auflagen bis zum Prozess auf freien Fuß gesetzt. Christoph Klein wurde wegen Mordes in einem Fall und Totschlags in einem weiteren Fall angeklagt. Sybille Mair wird sich wegen Vertuschung einer Straftat verantworten müssen. Ein Haftgrund besteht nicht.

Auf Auslandskonten von Jürgen Taubmann beschlagnahmten die Behörden weit über eine Million Euro.

Wenige Wochen nach diesen Ereignissen fanden drei dreizehnjährige Jungen aus Lüneburg, die sich zum heimlichen Rauchen unter eine Eisenbahnbrücke an der Ilmenau zurückgezogen hatten, im Gebüsch ein Zippo-Feuerzeug. Es gefiel ihnen. Schon deshalb, weil es ein grünes Marihuana-Blatt als Verzierung trug. Sofort begann der Streit, wer es behalten dürfe. Jeder nahm es mal in die Hand, um es anzuzünden. Doch es funktionierte nicht. Hatte wohl zu lange in der Feuchtigkeit gelegen. Enttäuscht warf es einer der Jungen im hohen Bogen in den Fluss.

Eine Bitte des Autors:

Liebe Leserin, lieber Leser,

vielen Dank, dass Sie ›Brandopfer‹ gelesen haben. Wenn es Ihnen gefallen hat, sagen Sie es weiter. Bei Amazon.de, bei Thalia.de, in Ihren sozialen Netzwerken. Für einen verlagsfreien Autoren, der keine nennenswerten Werbebudgets zur Verfügung hat, ist diese Form der Unterstützung ausgesprochen hilfreich.

Vielen Dank.

K.K.

Lesen Sie auch:

TOTENWALD von Klaas Kroon, erschienen 2017

Der erste Fall der Lüneburger Kommissare Marie Gläser und Stephan Weide.

In einem Wald bei Lüneburg entdecken Jugendliche die halb verwesten Leichen eines Ehepaares. Während die Polizei ermittelt, geschieht der zweite Doppelmord. Wieder ein Ehepaar. An beinahe der gleichen Stelle. Die Taten erinnern fatal an eine Mordserie in diesem Wald aus den achtziger Jahren. Ist es überhaupt eine Serie? Zufall? Ahmt jemand den legendären, 1993 verstorbenen Göhrde-Mörder nach? Hat das Organisierte Verbrechen seine Finger im Spiel?

Als Ebook bei amazon

Als Taschenbuch im Buchhandel, ISBN: 3839112834